Rosmarie Anmalin

*Suomatra*

Ein Leben
in
zwei Welten

Fantasyroman

Bibliografische Informationen der Deutschen Nationalbibliothek:
Die Deutsche Nationalbibliothek verzeichnet diese Publi-
kation in der Deutschen Nationalbibliografie; detaillierte
bibliografische Daten sind im Internet über dnb.dnb.de
abrufbar.

1. Auflage    01.2025
Copyright © 2025 Rosmarie Anmalin

Covergestaltung: Akin-artist
Coverabbildungen: Clip Studio paint pro
Verlag: BoD · Books on Demand GmbH,
In de Tarpen 42, 22848 Norderstedt, bod@bod.de
Druck: Libri Plureos GmbH, Friedensallee 273,
22763 Hamburg
ISBN: 978-3-7693-3881-2


Alle Rechte vorbehalten, Nachdruck, auch auszugsweise, nur mit schriftlicher Genehmigung der Autorin, elektronische und sonstige Vervielfältigung, Übersetzung, Verbreitung und öffentliche Zugänglichmachung sind unzulässig.
Alle Inhalte – Personen und Handlungen – sind frei erfunden. Eventuelle Ähnlichkeiten mit lebenden oder verstorbenen Personen sind zufällig und nicht beabsichtigt. Markennamen und Warenzeichen, die in diesem Buch verwendet werden, sind Eigentum ihrer rechtmäßigen Eigentümer.

Hör niemals auf Fragen zu stellen!
Bis du die Antwort kennst!

## Kapitel 1

Larissa fuhr den Waldweg entlang, bald würde sie an der Hütte sein, die sie von ihren Eltern zum 18ten Geburtstag bekommen hatte. Sie fühlte sich in der Stadt nicht wohl, sie brauchte Natur, Wald, Wiesen und frische Luft. Deshalb hatten Ihre Eltern die Idee mit der Hütte, hier konnte sie sich die Auszeit nehmen, die sie brauchte und so vielleicht auch mit allem, was in ihrem jungen Leben schon passiert war fertig werden, oder es gar zu verarbeiten.

Sie war jetzt 22 Jahre alt und ihr Leben war das reinste Chaos. Mit gerade mal 7 Jahren hatte man sie hier im Wald gefunden, niemand wusste, wo sie herkam oder wer sie war. Alles, was Larissa erzählte, hielt man für die Fantasien eines kleinen Mädchens, das mit einem Trauma nicht fertig wurde. Erst die Adoption ihrer „Eltern" brachte etwas Ruhe in ihr Leben aber lange keine Antworten auf 1000 Fragen. Sie hatte 1 Jahr im Waisenhaus gelebt, bis sie adoptiert wurde.

Seit 4 Jahren kam sie nun hierher und suchte den Wald ab, nach irgendetwas, was auch immer. Sie hatte aufgegeben ihre Geschichte zu erzählen, es glaubte ihr ja doch niemand, und so war sie fest entschlossen selbst herauszufinden, was vor 15 Jahren passiert war.

Larissa parkte ihr Auto vor der Hütte, sie stieg aus und holte, ihre Taschen aus dem Kofferraum sie stellte alles vor die Tür und kramte nach dem Schlüssel, kurz hielt sie inne und holte tief Luft, sie liebte diesen Duft von Laub und Erde und gab sich den Geräuschen des Windes hin.

;Oh ja, hier will ich sein; dachte sie. Sie ging in die Hütte, packte den Proviant in die kleine, knorrige, alte Küche. Nur dicke Balken trennten die Küche vom kleinen Wohnzimmer nebenan, in dem ein ebenfalls alter Holztisch stand eine Coach, die vor 10 Jahren mal modern war, ein uralter Lehnsessel davor und ein offener Kamin. Dahinter lag das kleine Schlafzimmer, das sich an die Zeit der zwei anderen Räume anpasste und rechts daneben war ein kleines Bad mit Dusche in Altrosa. Als Larissa es betrat, grinste sie und murmelte: „Ja geil, voll mein Style"! Immer wieder musste sie lachen, wenn sie das Bad sah, alles andere an der Hütte liebte sie, wie es war.

Als sie alles verstaut hatte, machte sie sich Kaffee in ihrem „To go" Becher und ging runter zum kleinen Bach, sie wollte den Sonnenuntergang sehen. Es dämmerte bereits, als sie merkte, dass sie Hunger hatte, zurück in ihrer Hütte machte sich ein paar Brote, um danach ins Bett zu gehen, morgen würde sie sich wieder auf den Weg machen und den Wald absuchen und wenn es nur ein Baum war, an den sie sich erinnerte, sie wollte ihn finden!

**Kapitel 2**

Als Larissa aufwachte, ging gerade die Sonne langsam auf, sie streckte sich und stellte fest, dass sie wunderbar geschlafen hatte. Langsam schlüpfte sie aus dem Bett, um sich Frühstück zu machen, dabei fiel ihr ein, dass sie sich noch immer nicht bei ihren Eltern gemeldet hatte. Sie holte ihr Handy und während der Kaffee lief, drückte sie die Nummer.

„Hallo Mama, ich bin gut angekommen, sorry hab gestern vergessen anzurufen", sagte sie freudig. „Ah ok wir hatten uns schon gefragt, ob du vielleicht keinen Empfang hast". - „Doch Empfang ist gut. Ich werde aber viel unterwegs sein, spazieren gehen und so, also macht euch keine Gedanken", versicherte Larissa ihr und verabschiedete sich.

Larissa packte ihren Rucksack mit dem Nötigsten und machte sich auf den Weg in den Wald. Sie hatte eine Karte, in der sie schon alles angestrichen hatte, wo sie bereits war, viel war nicht mehr übrig, dann hatte sie den ganzen Wald durchforstet. Sie steckte sich ihre Kopfhörer in die Ohren und wählte die Playlist ihrer Lieblingsband.

Sie war bereits Stunden unterwegs und langsam wurde die Sonne schwächer. ;Verdammt wieder nix, was denke ich mir nur dabei, was soll ich schon finden ... ; dachte sie entmutigt und machte sich auf den Weg zurück zur Hütte. Mit einem Buch und ihrem Lieblingslongdrink, Lonkero (einem finnischem Nationalgetränk), setze sie sich in den

Lehnsessel und genoss die Ruhe.

In nördlicher Richtung lag ein kleiner See, dorthin machte sich Larissa am nächsten Morgen auf den Weg, um etwas zu schwimmen, bevor sie ihre Suche fortsetzen wollte. Sie liebte es, zu schwimmen, und konnte im Wasser ihre Gedanken sortieren.

Wieder steckte sie sich die Kopfhörer in die Ohren und startete die Musik von Sunrise Avenue, sie liebte Musik, diese ganz besonders, Musik gab ihr Kraft, beruhigte sie, machte ihr Mut und das alles auf einmal. Sie lief durch den Wald, kam an die Stelle am Straßenrand, hier wurde sie gefunden. Aber von welcher Richtung kam sie. Larissa drehte den Rücken zur Straße und schaute in den Wald. ;Ich hab keine Ahnung, jeder Baum sieht irgendwie gleich aus. Ich kann mich nicht erinnern, von wo ich kam; dachte sie. Wieder lief sie in den Wald hinein, hielt sich rechts und suchte. Die Zeit verstrich und wieder hatte sie nichts gefunden, was ihr weiterhalf. Als ihr eine Träne der Enttäuschung über die Wangen lief, hörte sie den Song

> It ain´t the Way< ;Na klasse, sagt das doch gleich; dachte sie und musste wieder lächeln.

Zurück in ihrer Hütte packte sie die Sachen alle wieder ein, das Wochenende war vorbei, sie musste zurück. Vielleicht würde sie das nächste Mal ja was finden.

Ihre Mutter umarmte sie herzlich, als sie zu Hause ankam. „Na wie war es" , fragte sie. „Super ich war schwimmen, hab ganz viel gelesen und war spazieren" , schwindelte sie leicht. Larissa ging, auf ihr Zimmer ließ sich auf das Bett fallen. ;Ob ich je herausfinden werde, was passiert ist; fragte sie sich.

Am nächsten Morgen setzte sich Larissa auf ihr Fahrrad und machte sich auf den Weg zum kleinen Blumenladen „Flower", indem sie arbeitete.

Carola, ihre Arbeitskollegin und beste Freundin, war bereits da. „Guten Morgen" , begrüßte Carola sie. „Hey, guten Morgen! Wie war dein Wochenende"? – „Oh ganz gut. Wir haben nicht viel unternommen, Fabian und ich wollten mal für uns sein", grinste Carola. „Ahhh!!! Bitte keine Details", kreischte Larissa lachend. „Pah, dann eben nicht", tat Carola gespielt beleidigt. „Kommst du dieses Wochenende mit zum Starnberger See"? – „Ich … ähm…eigentlich …", stotterte Larissa. „Komm schon, dein mysteriöser Wald läuft schon nicht weg, und das Wetter soll traumhaft werden. Du könntest schwimmen, schwimmen und noch ein bisschen mehr schwimmen, Ariel"! – „Schwimmen kann ich in dem kleinen See in meinem mysteriösen Wald auch", neckte Larissa sie. „Ja aber der Starnberger See ist viiiiiel besser, außerdem kommt Sven auch mit", wackelte sie mit den Augenbrauen. „Na und was soll ich denn mit dem"? – „Lass dich doch mal auf was ein, er mag dich wirklich uuund er sieht verdammt gut aus".

Frau Ringler, ihre Chefin, sperrte den Laden auf und die beiden machten sich daran die Blumen zu gießen, welke Blätter abzuzupfen und den Ladentisch vorzubereiten.

Larissa bündelte Sträuße und Gestecke, Carola kümmerte sich um die Kunden und räumte die Lieferung auf.

In der Mittagspause gingen sie zum Imbissstand, um die Ecke um sich Currywurst und Cola zu holen.

Carola setzte ihren bettelnden Hundeblick auf: „Bitte komm am Wochenende mit"! – „Na schön, ich komm mit, aber nicht wegen Sven, klar"! – „Völlig klar", zwinkerte sie und hauchte ein „Danke" daran.

Nach der Arbeit bummelten die zwei jungen Frauen durch die Stadt und schauten Schaufenster an. „Oh, schau da! Das Armband mit den roten Perlen ist schön", deutete Carola ans Fenster. „Ja, sehr schön", Larissas Blick hing an den roten Perlen. In ihre Gedanken schob sich das Bild einer witzigen, nicht menschlichen Gestalt, deren weiße Haare in alle Richtungen abstanden. „Larissa du brauchst unbedingt noch nen richtig heißen Bikini", holte Carola sie aus ihren Gedanken. Larissa zog die Augenbrauen zusammen und musterte ihre Freundin: „Nein brauche ich nicht"! – „Oh doch, ich hab vor kurzem den perfekten gesehen. Sven wird sich nicht halten können", kicherte sie. „Carola hör endlich auf mit Sven! Ich hab keine Lust auf nen Freund und ich hab Pläne in denen Sven einfach keinen Platz hat"! Carola grinste nur und zog sie mit sich in den Laden. Larissa verdrehte die Augen, wenn Carola sich etwas in den Kopf gesetzt hatte, dann war sie nur schwer wieder davon abzubekommen. Begeistert drückte sie ihr das besagte Stück in die Hand. „Los anziehen"! Larissa musterte den Bikini: „Heilige Scheiße…. mehr Stoff hatten sie wohl nicht! Nie im Leben zieh ich das Ding an"!! Sie legte den Bikini zurück und schaute sich weiter um. Ihr fiel ein schwarzer in die Hand der um das Dekolleté und um die Hüfte einen weinroten, glitzernden Besatz hatte, damit verschwand sie in der Kabine. Freudestrahlend kam sie zurück. „Den nehm ich"! – „Du bist fies ich wollte ihn auch sehen", schmollte Carola.

„Wirst du am Wochenende", kicherte Larissa schadenfroh. „Ich mach mich aber jetzt auf den Heimweg, ich will noch weiter meinen Urlaub in Finnland planen". – „Was willst du eigentlich allein in Finnland? Vier lange Wochen"! – „Das ist nicht lange, ich will durchs Land reisen, mir alles ansehen, die Natur genießen, in der Ostsee schwimmen, ins Moomin Land und….", – „Dann fahr doch zusammen mit Sven, wird sicher lustig und ihr könnt euch besser kennenlernen", unterbrach Carola ihren Redefluss. „Also der is das letzte, was ich da brauche! Ich will nicht ihn kennenlernen sondern Finnland"! Larissa war sauer, wieso konnte Carola das nicht lassen? Sie verabschiedete sich und fuhr nach Hause.

## Kapitel 3

„Da bist du ja", begrüßte sie ihre Mutter. „Ja, Hallo. Hast du gerade etwas Zeit? Ich würde gern mit dir reden und dich was fragen", setzte Larissa vorsichtig an. „Aber sicher, setz dich! Was ist passiert"? Larissa ließ sich im Schneidersitz auf den Sessel fallen. „Schuhe ausziehen"! – „Oh sorry, klar". Ohne Schuhe nahm sie wieder ihren Platz ein und fing an, ihre Hände zu kneten, ihre Füße zuckten nervös. „Jetzt raus mit der Sprache! Was ist los", forderte ihre Mutter sie erneut auf. Larissa wusste das ihre (Adoptiv-) Mutter dieses Thema nicht mochte, aber sie musste es wissen. Alles!

„Mom, was weißt du genau von mir? Was haben die im Waisenhaus euch gesagt? Bitte, alles", fing sie leise flüsternd an. „Wieso ist das immer noch wichtig? Du hast jetzt ein Zuhause, eine Familie, die dich liebt, was fehlt dir? Was machen wir falsch", antwortete ihre Mutter gekränkt. „So meine ich das doch gar nicht. Ihr seid super, wirklich! Ich möchte doch nur wissen, wie ich in diesen Wald gekommen bin und wo ich herkam. Niemand hat nach mir gesucht! Niemand hat mich vermisst! Ich war sieben Jahre alt, und erinnere mich an nichts reales", leise Tränen liefen über ihre Wangen, mit zitternder Stimme sprach sie weiter: „Ich erinnere mich an ein Schloss, Pferde und Kutschen. An Berge hinter einem Fluss und an Wälder, da ist ein Wasserfall, der in ein Tal fällt, was da unten ist weiß ich nicht. Ich erinnere mich an seltsame Wesen und daran das ich Fieber hatte, dieses Fieber fühlte sich an als würde ich innerlich brennen. Und an einen

Drachen, das ist doch alles totaler Blödsinn! Was ist wirklich passiert"? – „Sie haben gesagt das du dir eine Welt ausgedacht hast, in der du eine Prinzessin bist, etwas Besonderes. Sowas sei normal für ein kleines Mädchen, das mit einem Trauma fertig werden muss", erzählte ihre Mutter. „Ich bin jetzt 22 Jahre und es sind noch immer keine anderen Erinnerungen, und wann genau wollte ich eine Prinzessin sein, ich war an Fasching: Pipi Langstrumpf, Bibi Blocksberg, eine Piratin, Ariel, eine Elfe aber nie eine Prinzessin, das macht doch keinen Sinn"! – „Vielleicht wolltest du unbewusst aus dieser Fantasiewelt fliehen, ich weiß es nicht, Süße. Was genau machst du wenn du in den Wald fährst"? – „Was soll ich schon machen. Ich praktiziere dunkle Magie, die mich in meine Welt zurück teleportiert", antwortete sie mit Sarkasmus getränkter Stimme. „Ich lese, höre Musik, gehe schwimmen und ja ich suche nach etwas, woran ich mich erinnere, etwas Reales, irgendwas. Wie zum Beispiel das ich aus einem Auto gestoßen werde, weil man mich nicht will oder wie ich aus einem illegalem LKW springe, weil ich aus einem anderem Land ohne Papiere über die Grenze kam, alles grausam sicher, aber das wäre nachvollziehbar". – „Larissa ich versteh dich ja, aber das mit dem LKW ist wohl falsch, du hast akzentfrei deutsch gesprochen. Leider wurde uns auch nicht mehr gesagt, sie wissen nicht, wo du herkommst, und was passiert ist. Die Polizei hat damals den ganzen Wald nach Hinweisen abgesucht, sie haben nichts gefunden, auch keine Reifenspuren. Du warst in den Nachrichten, Weltweit! Nichts! Als wärst du vom Himmel gefallen". – „Ahhh, siehst du! Keine Prinzessin", lachte Larissa, „Ein Engel vom fünften Stern der Galaxie ganz nah bei den Nordlichtern! Ich habe mich versehentlich aus meiner Umlaufbahn entfernt und der Wind blies mich in diesen Wald. Sobald Engel die Erde berühren, verschwinden ihre

Flügel und sie können nicht zurück", wieder kicherte sie „Klingt auch nicht realer, oder"!? Ihre Mutter lachte nun auch: „Du hast eine blühende Fantasie". – „Tja, sieht ganz so aus. Trotzdem verstehe ich nicht, warum ich mich nicht erinnere. Danke, ich gehe nach oben und beschäftige mich mit meiner Reise nach Finnland. Dort soll es Kobolde geben", zwinkerte sie, „ Hullua totta! (Verrückt oder). Sind Kobolde real? Oder muss ein ganzes Land mit einem Trauma klarkommen, oder verschießen wir nur die Augen um das fantastische um uns nicht zu sehen, weil wir nicht wissen, wie wir es erklären solln"?

Larissa zog ihre Schultern hoch, ging in ihr Zimmer und ließ sich aufs Bett fallen, sie war müde und wollte nur noch schlafen. Sie schaltete die Musik an und dachte ;Engel, die vom Himmel fallen, Prinzessinnen die innerlich brennen, komische Wesen und Kobolde in Finnland; Ein Schmunzeln breitete sich auf ihrem Gesicht aus, als sie den Song >Keep Dreaming< hörte.

**Kapitel 4**

Die Woche verging und schon saß sie in ihrem Zimmer neben ihrer Tasche für den Starnberger See. Carola schrieb ihr eine Whats App, das Sven sie abholen würde. Larissa verdrehte die Augen „Das ist jetzt nicht ihr Ernst, oder? Was soll der Scheiß", schrie sie ihre Wut heraus. Wut, die sie innerlich glühen ließ, Wut, die sich anfühlte wie Feuer, das passierte ihr öfter, immer wenn sie wütend war. Larissa schloss die Augen, sie musste sich beruhigen, diese Hitze war fast unerträglich. Sie griff, nach ihren Kopfhörern drehte laut und wählte >Lifesafer< aus der Playlist, das half immer. Und auch dieses Mal hörte das Brennen wieder auf, genau in dem Moment als Sven unten hupte. ;Geh mir auf die Nerven und du erlebst was; dachte sie, packte ihre Tasche und ging nach unten.

„Mom, ich bin dann weg", rief sie in die Küche. „Viel Spaß, pass auf und meld…", führte sie ihren Satz nicht zu Ende, als sie Sven sah. „Du hast gar nicht erzählt das du einen Freu…", – „Oh nein! Mom, wag es ja nicht! Das ist nur Sven nichts weiter", stoppte Larissa ihre Mutter. „Und Carola wird was zu hören bekommen, ich könnte jetzt im Wald sein und die Ruhe genießen. Aber ich musste mich ja überreden lassen"! Doch ihre Mutter schien ihr nicht zuzuhören, breit grinsend sagte sie: „Er sieht gut aus"! – „Ahhh!", genervt nahm Larissa ihre Tasche und warf sie in den Kofferraum, stieg ins Auto und begrüßte Sven mit einem gereizten: „Hey" – „Hey, schön dass du mitkommst….", – „Ja ganz toll. Fahr"! – „Ok, du hast schlechte Laune, ich hoffe das bessert sich noch", grinste er mit einem Augenzwinkern und sah in ihre grünen Augen. Larissa wich seinem Blick aus und schaute aus dem Fenster. Die ganze Fahrt über redete sie kein Wort mit ihm.

Sven parkte den Wagen vor der Ferienwohnung, die sie in Tutzing gemietet hatten, oder besser die Carola gemietet hatte, nur 200m vom See entfernt. Carola und Fabian waren bereits da und kamen zu ihnen, um sie zu begrüßen. „Hey, Ihr", quietschte Carola. „Was sollte das", flüsterte Larissa ihr zu und deutete kaum merklich mit dem Kopf in Svens Richtung. „Sorry, er wollte unbedingt! Komm rein die Wohnung ist toll"! Carola zog sie mit sich und zeigte ihr die Wohnung. „Und das ist euer Zimmer". – „Unser Zimmer? Spinnst du! Kommt nicht in die Tüte", fauchte Larissa. „Was denn? Hättest du lieber das Zimmer mit Doppelbett gehabt? Es sind Einzelbetten mindestens 1m voneinander entfernt, sei nicht so spießig"! Larissa stöhnte, ließ ihre Tasche auf eines der Betten fallen, setzte sich daneben und vergrub ihr Gesicht in ihren Händen.

Sven hingegen war mit Carolas Wahl ohne Einwände zufrieden. „Okay machen wir uns fertig und dann ab ins Wasser", versuchte Carola die Spannung zu lösen.

Larissa verschwand im Badezimmer und zog sich um. Schwimmen war genau das, was sie nun brauchte. Sie zog über den Bikini ein leichtes Sommerkleid, stopfte Handtuch, Sonnencreme und ihren MP3-Player, der fürs Wasser geeignet war in den Rucksack und ging zurück zu den anderen.

Auf dem Weg zum See griff Sven nach ihrer Hand und schaute sie mit seinen braunen Augen an. Kurz hielt sie seinen Blick, löste ihn dann aber und entzog ihm ihre Hand. Sven atmete tief und enttäuscht ein. „Komm ich crem dich ein", sagte er sanft, als sie auf der Picknickdecke saßen. „Lass mal, musst du nicht", wehrte sie ihn ab. „Ich weiß, aber ich würde gern", zwinkerte er ihr zu.

Carola und Fabian tobten im Wasser. Larissa sah ihnen zu, würde sie je so glücklich und unbeschwert sein können, wie die beiden, in ihren Gedanken versunken, bemerkte sie nicht, das Sven ihr die Sonnencreme aus der Hand nahm, erst als sie seine Hände auf ihrem Rücken spürte, erschrak sie leicht. „Keine Panik, bin nur ich", raunte er ihr ins Ohr. Larissa schloss die Augen, er war unglaublich zärtlich und es fühlte sich gut an, doch dann unterbrach sie es erneut: „Ok, danke, das reicht"!

Etwas entfernt spielten zwei Mädchen und ein Junge fangen, gedankenverloren schaute Larissa den Kindern zu, plötzlich änderte sich das Bild vor ihrem geistigen Auge, >Ein Brunnen, mitten in einem Schlosshof, sie, als siebenjähriges Mädchen, ein weiteres Mädchen und ein Junge etwa in ihrem Alter, rannten um den Brunnen. Die witzige Kreatur mit den weißen, abstehenden Haaren quietschte: „Hab ich euch erwischt"! Larissa blieb wie angewurzelt stehen, das andere Mädchen rannte in ein Gebäude, der Junge nahm ihre Hand, zog sie mit sich: „Komm! Verstecken"! Kichernd saßen die drei in einer Pferdebox, ganz hinten im Stall. Die Kreatur schimpfte. Der Junge strich ihr die zerzausten roten Haare aus dem Gesicht ...< auf ihrem Gesicht lag ein sanftes Lächeln. Als sie bemerkte, dass Sven ihr eine rote Strähne, die sich aus ihrem Zopf gelöst hatte, zärtlich hinters Ohr strich. Er deutete ihr Lächeln völlig falsch und flüsterte ihr ins Ohr: „Lass es doch einfach zu, bitte"! Er kam ihren Lippen näher, erst jetzt schaffte Larissa es die Situation klar wahrzunehmen und drückte ihn von sich weg. „Hör auf damit"! Er blies Luft aus seinen Lungen und ging ins

Wasser.

Larissa schaute wieder zu den Kindern, aber sie waren nicht mehr da. Kurze Zeit später, kam Carola zu ihr: „Süße, du hängst zu fest in der Vergangenheit! Lebe im Hier und Jetzt! Was bringt es wenn du etwas von damals herausfindest, du kannst nicht ändern was passiert ist! Erlaube dir endlich etwas Glück! Sven ist verrückt nach dir". Larissa aber spürte wieder diese Wut, diese Hitze: „Du hast doch keine Ahnung, wie es sich anfühlt, wenn von dir, in dir etwas fehlt! Dein Leben ist doch lückenlos perfekt, und du willst mir Tipps geben, echt jetzt! Und dann willst du mir auch noch erzählen das ER ... ", sie deutete mit dem Daumen über ihre Schulter in Svens Richtung, „... die Lösung meiner Probleme ist?! Nur weil er mich mag? Interessiert es jemanden, was ich mag", schrie sie Carola an. „Du spinnst doch, wäre besser du wärst in deinen scheiß Wald gefahren, dann würdest du uns nicht das Wochenende versauen", schrie sie zurück.

Larissa rannte weg, zurück zur Ferienwohnung, warf sich auf das Bett, drückte sich das Kissen ins Gesicht und schrie ihre ganze Wut in die Federn, sie weinte. Mit zitternden Händen machte sie die Musik an, um allem entfliehen zu können. Sie schloss die Augen und ließ sich in diese unglaubliche Stimme fallen.

Sven kam ins Zimmer, setzte sich zu ihr und nahm ihre Hand: „Hey", flüsterte er „Komm wir wollen Essen gehen"! – „Keinen Hunger"! – „Sei nicht so stur, ihr habt gestritten, kann schon mal passieren, Schwamm drüber". Er strich ihr die Tränen von den Wangen und lächelte sie an. „Nein"! Larissa stieß seine Hand weg und wandte sich von ihm ab. Einige Minuten später ging Sven.

Am nächsten Morgen schlich sie sich früh aus der Wohnung und ging schwimmen. Nicht auf direktem Weg, sie wollte die anderen nicht sehen, also lief sie am Ufer entlang, weit genug entfernt ging sie ins Wasser und schwamm. Neben der Musik war Schwimmen ihre zweite Leidenschaft, im Wasser fühlte sie sich frei.

Als die Sonne schon in ein traumhaftes Abendrot über ging, machte sie sich auf den Rückweg.

„Man! Wo hast du gesteckt? Wir haben uns Sorgen gemacht", kam Carola ihr entgegen. „In der dunklen Vergangenheit! Wollte nur sicher gehen dass ich euch dabei nicht das Wochenende versaue! War offensichtlich wieder falsch", gab sie gereizt zur Antwort und wollte sich an Carola vorbeidrücken. Diese hielt sie am Arm fest: „Das war nicht ok von mir, tut mir leid was ich gesagt hab. Ich will doch nur … ", Larissa unterbrach sie: „Schon gut, mir tuts auch leid". Sie senkte ihren Blick, doch Carola zog sie in eine feste Umarmung, Larissa drückte ihre Freundin fest an sich. „Lass uns Essen gehen und nen schönen Abend haben, ok", flüsterte Carola. Larissa nickte: „Ich mach mich schnell frisch"!

Der Streit war vergessen, der Abend war unbeschwert, fröhlich und die vier amüsierten sich prächtig. Es war schon fast Mitternacht, als sie zurück in der Wohnung waren. Larissa kam gerade aus dem Bad und wollte ins Bett gehen. Doch Sven zog sie zu sich und drückte sie sanft gegen die Wand: „Gib mir doch wenigstens eine Chance", hauchte er ihr zu. Larissa wollte dieser Nähe entfliehen, aber da Sven links und rechts von ihr seine Arme gegen die Wand presste, war sie gefangen. Er verringerte den Abstand zwischen ihnen noch mehr und küsste sie schließlich. Seine Hand griff in ihre Haare und an den Hinterkopf, drückte sie so noch mehr an sich. Irgendwann gab Larissa ihren Widerstand auf und erwiderte den Kuss. Es fühlte sich gut an, aber irgendwie nicht gut genug, etwas fehlte. Vom Triumph angetrieben wurden Svens Küsse leidenschaftlicher und fordernder.

Bis Larissa es schaffte sich, von ihm zu lösen. „Nicht so schnell, ok", flüsterte sie. Enttäuscht lies Sven von ihr ab und legte sich in sein Bett.

Nach dem Frühstück gingen sie zum Schwimmen, Sven, suchte Larissas Nähe, sie leis es zu, fühlte sich aber nicht so gut dabei, sie stellte es sich anders vor, wenn man verliebt ist. Sie hatte schon Beziehungen mit allem, was dazu gehört, aber Liebe musste doch was Größeres sein als das hier.

Carola jedoch war zufrieden, sie hatte die beiden verkuppelt, das war ihr Plan für dieses Wochenende.

Sven brachte Larissa nach Hause. Bevor sie ins Haus ging, zog er sie nochmal zu sich und küsste sie. „Du bist klasse Larissa", hauchte er und biss ihr sanft ins Ohr. ;Was mach ich hier bloß; waren ihre Gedanken, bevor er losfuhr.

# Kapitel 5

„Das Wochenende war ja ein voller Erfolg, Kleines", zog ihr Vater sie auf, als sie ins Haus kam. „Ich wusste gleich dass er der richtige ist", kam von ihrer Mutter euphorisch. Larissa hingegen verdrehte die Augen und sagte: „Ja, alles perfekt"! ;Nur ich bin mir nicht sicher, das scheint aber niemanden zu interessieren; dachte sie. „Bin oben"!

Sie schaltete den Computer ein, machte Musik an und öffnete den Ordner: Finnland.

;Flug von München nach Helsinki, Vaanta. Unterkunft suchen, unbedingt nach Suomenlinna, Vallisaari und Lonna, die Inseln um Helsinki. Fahrt im Sky Weel, Helsinki von oben ist sicher der Hammer. Zum weißen Dom, in die große Bibliothek, Oodi. Dann weiter mit dem Zug nach Turku, Moomin Land. Zug nach Tampere; dachte sie. ;Ich muss unbedingt noch genau planen wie lange ich, wo bleiben will, und was ich alles sehen will. Nationalparks, die sind ein Muss! Ich hab noch knapp vier Wochen, dann bin ich den ganzen Juli in Finnland unterwegs; .Die Vorfreude darauf machte sich mit einem angenehmen Kribbeln im Bauch bemerkbar. Ein Kribbeln was sie, wie sie es sich eingestehen musste, in Svens Nähe nie hat.

Sven war fast jeden Abend bei ihr. Larissa wurde das allmählich zu viel, sie wollte noch planen und weiter die Sprache lernen, kam aber durch seine Anwesenheit zu nichts. „Am Wochenende hab ich ne Überraschung für dich, Lissy"! Sie versuchte zu lächeln. „Ich heiße Larissa.

Ich mag keine Abkürzungen, und Lissy schon gar nicht". – „Schon wieder schlechte Laune! Ist echt nicht leicht mit dir, weißt du", sein Blick war fest und seine Stimme gereizt. „Ach wirklich, es zwingt dich keiner hier zu sein, da ist die Tür, ich hab eh noch zu tun wegen meiner Reise nach Finnland und am Wochenende will ich in meine Hütte – ALLEIN"! – „Was willst du ständig in dem blöden Wald! Und was Finnland angeht, da komme ich mit dir, ich will nicht das meine Freundin allein durch ein fremdes Land tingelt", selbstgefälliges Grinsen lag auf seinem Gesicht. „Wie bitte! Hast du sie noch alle? Du kommst nicht mit! Das ist meine Reise, schon ewig geplant, und zwar ohne dich"! Wieder fühlte sie diese Wut in sich aufkeimen. „Darüber reden wir noch, wenn du wieder umgänglicher bist", schrie er sie an, verließ das Zimmer und fuhr mit quietschenden Reifen davon.

„Was war denn hier los", klopfte ihre Mutter an die Tür. „Sven will mit nach Finnland. Er will nicht das seine Freundin allein durch ein fremdes Land tingelt", äffte sie ihn nach. „Aber das ist deine Reise, dein Traum. Mir wäre es zwar auch lieber wenn ich wüsste das du nicht allein bist, aber das ist deine Entscheidung". – „Sag das ihm! Und ich bin nicht allein, in Finnland gibt es Menschen, kaum zu glauben was"! – „Und die Kobolde nicht zu vergessen", lachte ihre Mutter. „Tarkalleen". – „Was", fragte sie ihre Tochter. „Mom", lachte Larissa, „Das heißt (genau)", – „Aha, woher soll ich das denn wissen, ich frag mich eh, wo diese große Interesse für das Land herkommt. Aber wie es scheint, machst du mit der Sprache auch Fortschritte", – „Seit Sven komme ich so gut wie gar nicht mehr zum Lernen". – „Liebst du ihn denn", fragte sie und lenkte so das Gespräch in eine völlig andere Richtung. „Ich mag ihn, aber Liebe stelle ich mir anders vor", antwortete Larissa wahrheitsgemäß. „Verstehe, dann solltest du eine Entscheidung treffen, er hat die Wahrheit verdient". – „Tiedän" – „Sprich deutsch! Ich versteh das nicht"! – „Tut mir leid, ich wollte, (ich weiß) sagen. Wer weiß, Mom, vielleicht bin ich ja auch Finnin, und daher diese große Interesse für das Land", zwinkerte sie. „Eine Finnin, die mit sieben Jahren akzentfrei deutsch spricht, also, und die die eigene Sprache mühsam lernt, ja sehr wahrscheinlich", gab ihre Mutter zurück.

Einige Wochen später, Sven hatte sich, ganz zu Larissas Freude distanziert, so konnte sie die Reise planen. Ihre Wochenenden im Wald waren wieder erfolglos. Sven kam, ohne anzuklopfen, in ihr Zimmer, nahm sie fest in die Arme und fing an sie stürmisch zu küssen. Larissa drängte ihn mit aller Kraft von sich. „Was soll das denn", keuchte sie. „Ich hab was für dich", er wedelte mit irgendeinem Papier vor ihr rum. „Carola sagt, du stehst drauf"! Sven übergab ihr die Zettel. Larissa schaute drauf, 2 Karten für das Sunrise Avenue Konzert in München am Königsplatz. „Carola sagt das, hm? Selber bist du da nicht drauf genkommen? Sehr nett, aber ich hab mein Ticket schon seit dem Vorverkauf. Deswegen ja auch erst im Juli, Finnland! Sä ymmärrät", (Du verstehst). „Was", verständnislos schaute er sie an. „Ganz ehrlich, Sven. Du weißt nichts von mir, wir könnten unterschiedlicher nicht sein. Ich werde allein nach Finnland fliegen, ich werde allein durchs Land *tingeln*" , untermalte sie seine Worte mit abfälligem Ton. „Es ist meine Reise, mein Traum, mein Abendteuer, für dich ist da kein Platz"! – „Hab ich denn überhaupt irgendwo in deinem Leben Platz", fragte er. „Nein"! – „Nein", wiederholte er atemlos. „Heißt das du machst Schluss, einfach so nach so kurzer Zeit, gib mir doch ne Chance dich kennenzulernen"! – „Ja, denn wenn ich jetzt keine Gefühle für dich habe, dann werden da auch keine mehr kommen. Tut mir leid", sagte sie sanft, aber bestimmt. „Verstehe, war also alles nur gespielt", wütend stand er auf und ging, ohne noch einmal umzusehen oder etwas zu sagen.

**Kapitel 6**

Carola stand vor dem Flowers, und schaute sie böse an. „Was hast du gemacht", warf sie Larissa entgegen. „Dir auch einen guten Morgen" , antwortete sie gereizt. „Sven ist total am Ende, er versteht nicht, was er falsch gemacht hat. Er wollte für dich da sein, er liebt dich, er versucht dir … " – „Fragt irgendwer auch mal mich", schrie sie „Er hat mir jeglichen Raum genommen, er war ständig da, er hat Entscheidungen getroffen, ohne mich zu fragen, was ich davon halte. Und er braucht dich, um herauszufinden worauf ich stehe. Er … er … ach, vergiss es", wieder diese Wut, wieder diese Hitze in ihr. „Was willst du in Finnland? Nur wegen Sunrise Avenue, das ist doch bescheuert", keifte Carola. „Das hat überhaupt nichts mit Sunrise Avenue zu tun"! – „Außer dass die ganz zufällig Finnen sind", konterte Carola. „Ja sind sie, und ja sie haben mich auf das Land gebracht, aber die Begeisterung für das Land, die Leute, die Einstellung und Lebensweiße hat nichts mehr mit Sunrise Avenue zu tun, das bin einfach nur ICH", rechtfertigte sie sich. Doch Carola war nicht zu überzeugen „Wer´s glaubt", sagte sie mit verachtender Stimme. „Wieso ist es dir so wichtig, dass ich mit Sven zusammen bin? Warum er? Irgendwann wird schon mal einer kommen, wo alles passt, und wenn nicht dann eben nicht"! – „Glaubst du wirklich das ein anderer deinen ganzen Mist von damals erträgt. Deine Launen, deine ewige Suche nach dem NICHTS! Sven hätte das alles hingenommen, weil er dich liebt. Aber die Prinzessin wartet auf den Prinzen, schon klar! Wach auf Larissa! Du bist keine Prinzessin, egal was damals passiert ist, eine Prinzessin bist du sicher nicht"! Larissa schnaubte vor Wut, die Hitze in ihr war unerträglich. „Kann bitte jemand helfen", hörten sie Frau Ringler rufen „Der Mülleimer hat Feuer gefangen"! Carola und Larissa rannten ihr zur Hilfe und löschten die Flammen gemeinsam. „Wie ist das denn passiert", fragte Carola außer Atem, als das Feuer aus war. „Ich habe euch streiten gehört und wollte zu euch rüber gehen, und wie aus dem nichts fing das Ding zu brennen an, liegt wohl an diesen heißen Tagen und der starke Sonne". Larissa drehte sich von den beiden weg: „Ich geh dann mal arbeiten"! Kein Wort sprach sie mit Carola, ihr Mittagspause verbrachte sie auf einer Bank im Park mit Musik in den Ohren und ohne etwas zu essen. „Larissa, bitte lass uns reden", bettelte Carola nach Ladenschluss. „Keine Zeit! Könnte doch gut möglich sein das so ein bescheuerter Prinz auf seinem weißen Ross zu Hause auf mich wartet", schmetterte sie ihrer Freundin entgegen. „Das war blöd was ich da gesagt hab", versuchte Carola sich zu entschuldigen. „Ach, schon wieder", blaffte Larissa, schwang sich auf ihr Fahrrad und fuhr nach Hause. Dort angekommen ging sie wortlos nach oben und blieb im Rahmen ihrer Zimmertür wie angewurzelt stehen. „Was willst du denn hier"? – „Mit dir reden. Ohne uns anzubrüllen und zu streiten", Svens ruhige monotone Stimme beruhigte auch Larissa etwas die noch immer wütend auf Carola war. „Und worüber"? – „Über uns"! – „Es gibt kein uns, gab es nie wirklich", sagte Larissa leise. „So denkst du also! Du bist mir wichtig, aber ich hab oft das Gefühl das du die Welt um dich herum gar nicht wahr nimmst. Du bist so sehr mit dir beschäftigt das du niemanden an dich ran lässt. Ich versteh ja das die Lücke deiner Vergangenheit dich nicht loslässt, aber mal ehrlich, was willst du finden? Es ist 15 Jahre her, wenn da je was war jetzt ist es sicher weg. Du musst deine Traumwelt endlich loslassen, es gibt sie nicht! Schau in die Zukunft, Larissa", seine Stimme war immer noch sanft und ruhig, aber auf Larissa wirkte sie nicht mehr beruhigend. „Amen! Bist du fertig? Dann kannst du ja jetzt gehen"! Larissa deutete auf die Tür. „Verdammt! Larissa, rede mit mir! Ich will dir helfen, für dich da sein"! – „Sven ich will dich nicht in meinem Leben haben, ich brauche deine Hilfe nicht! Geh endlich", keifte sie. Kopfschüttelnd verlies Sven das Zimmer, drehte sich nochmal um und sagte: „Das mit Finnland tut mir leid, ich wollte dich nicht bevormunden, ich wollte nur ... ach egal", brach er ab, als er in ihren grünen Augen die Wut sah, es sah fast aus, als würden sie leicht rot glühen. Ohne auf eine Reaktion von ihr zu warten, ging er.

Larissa ließ sich auf ihr Bett fallen, schlug die Hände vor ihr Gesicht und trampelte mit den Füßen auf den Boden. Alles wurde ihr zu viel. ;Weg! Ich will weg von hier! Weit weg, am besten für immer; dachte sie, drückte auf Play und hörte >Runaway<.

**Kapitel 7**

Endlich war es soweit, sie würde das Sunrise Avenue Konzert am Königsplatz genießen, erleben, in sich aufsaugen und dann noch ein paar Tage zur Hütte fahren, zur Ruhe kommen, um dann endlich ihr Abenteuer Finnland zu beginnen, dafür hatte sie Urlaub angespart.

Überglücklich fiel sie auf ihr Bett! ;Was war das für ein Mega - Hammer – Konzert; dachte sie.

Larissa schloss die Augen und war sofort wieder am Königsplatz, sie hatte keine Musik an, doch hörte sie deutlich in sich klingen, sie sah das ganze Konzert nochmal vor ihrem geistigen Auge. Diese Band, diese Musik, das brauchte sie, wie der Fisch das Wasser. Mit einem glücklichen Lächeln schlief sie schließlich ein.

Sie packte ihre Reisetasche mit Klamotten, den Rucksack für unterwegs und die Einkaufstasche mit Proviant und versaute alles in ihrem Auto.

Carola schrieb ihr eine Whats App und bittet sie um ein Gespräch. Larissa verdrehte genervt die Augen und tippte „Bin schon unterwegs" als Antwort, was gelogen war, aber sie hatte keine Lust zu reden ein andermal aber nicht jetzt. Sie verabschiedete sich von ihren Eltern und fuhr los. Wieder parkte sie ihr Auto vor der Hütte und brachte ihre Sachen rein. Wieder machte sie sich einen Kaffee und setzte sich ans Ufer des kleinen Baches, um den

Sonnenuntergang zu sehen. Sie hatte die Musik an, Hoffnung dieses Mal etwas zu finden, durchströmte sie, gemischt mit der Überzeugung das es dieses Mal anders sein würde als die unzähligen Male vorher. So ein Gefühl hatte sie bisher nie. Mit >Point of no return< im Ohr machte sie sich auf den Rückweg, ohne zu ahnen, das Sunrise Avenue ihr schon wieder, unbeabsichtigt, mit diesem Song den Weg wies.

## Kapitel 8

Sie machte sich Kaffee, packte Handy, sämtliche Ladekabel, Powerbank, etwas zu trinken und Handtuch in ihren Rucksack, zog den Bikini an, schlüpfte in eine kurze Hose und warf ein T-Shirt über, dann machte sie sich auf den Weg zum kleinen See, um zu schwimmen.

In gleichmäßigen Zügen und mit ruhiger Atmung schwamm sie durch den See, als sie plötzlich eine Unruhe überkam, sie musste aus dem Wasser, sofort, sie musste weitersuchen.

Aus dem Rucksack kramte sie die Karte und begann erneut mit der Suche nach dem Irgendwas.

Die Sonne wich der Abenddämmerung und wieder hatte sie nichts gefunden, enttäuscht zerknüllte sie die Karte und warf sie wütend in den Mülleimer am Wegesrand. ;Sie haben alle recht, ich werde nichts finden; dachte sie und begann zu weinen.

Mit tränenverschleiertem Blick lief sie weiter in den Wald hinein, entfernte sich vom Weg in ein Dickicht, planlos, links, gerade aus, rechts wieder links, bis sie schließlich nicht mehr wusste, wo sie war. Panik stieg in ihr auf, sie hatte keine Ahnung, in welcher Richtung ihre Hütte lag oder der See. Sie setzte sich auf die Wurzel eines umgestürzten Baumes und versuchte, sich zu beruhigen, konzentrierte sich auf die Musik, bis ihre Atmung wieder gleichmäßig wurde. Sie holte tief Luft, wollte sich orientieren.

Als sie einen riesigen Baum sah. Ihr Herz fing an, schneller zu schlagen, sie hatte das Gefühl ihren eigenen Herzschlag zu hören. ;Ja ne is klar und dahinter is ein verwunschenes Königreich, echt du bist bescheuert; schoss es ihr durch den Kopf. Trotzdem zog dieser Baum sie an, sie musste alles genau sehen. Irgendwie muss sie doch in diesem verdammten Wald gekommen sein, es kann doch nicht sein, dass man nichts findet, gar nichts. Ein leichtes Lächeln huschte ihr ins Gesicht als der Song >Nothing is over<, zu hören war. ;Na, dann meine lieben Finnen sehen wir mal, ob ihr Recht habt; dachte sie grinsend und lief auf den Baum zu.

;Na toll; dachte sie; da geht's ganz schön runter; Sie stand neben dem großen Baum und schaute den Abhang hinunter, unten waren eine Lichtung und einige Bäume, viele Birken, Larissa liebte Birken. ;Ich breche mir alle Knochen, wenn ich da runter will; schoss es ihr durch den Kopf. Sie blickte in alle Richtungen und hoffte, einen Weg nach unten zu finden aber ohne Erfolg. ;Verdammt ich muss da runter; ihre Gedanken kreisten. >Fight til dying< lief in ihrer Playlist, ;Ha, na ihr habt gut reden! Mist, na wird schon schief gehen; dachte sie. Langsam tastete sie mit den Füssen den Waldboden entlang, suchte sich Halt an Büschen und Ästen und arbeitete sich so Stück für Stück nach unten. Auf halber Strecke rutschte sie auf dem Laub aus und schlitterte unkontrolliert nach unten, sie versuchte noch sich, an einer Baumwurzel festzuhalten, was ihr aber misslang, schnitt sich dabei die Innenfläche ihrer Hand auf. „Perkele paska" ! (Verdammte Scheiße), schimpfte sie, als ihre irre Rutschpartie zu Ende war. Larissa stand auf und klopfte sich den Dreck von der Kleidung. ;So unten und jetzt;

Ihre Gedanken drehten sich, als ihr Blick auf eine kleine Birke fiel, unten im Moos leuchtete etwas hellrot, es pulsierte fast schon. Larissa ging darauf zu und hob es auf, es war ein Armband mit roten Perlen. „Das Ding kommt mir bekannt vor, ist das meins", sagte sie vor sich hin. Dann erinnerte sie sich das sie so ein ähnliches Armband in dem Schaufester gesehen hatte, als sie mit Carola shoppen war.

Wieder kam diese witzige Kreatur mit den weißen Haaren in ihre Gedanken, und wieder dieser Brunnen, das Mädchen und der Junge, sie kicherten und rannten um den Brunnen.

;Aber wie soll das Ding denn hierherkommen; dachte sie. Und wenn man es genauer ansah, sah es doch völlig anders aus als das im Schaufenster. Es wirkte edel und hatte dieses Leuchten. Sie drehte es in der Hand, strich über die glänzenden, glatten, leuchtenden Perlen, irgendetwas war mit diesem Armband. Sie streifte es sich über ihre verletzte, linke Hand und streckte diese aus, um das Schmuckstück zu betrachten. Da tauchte vor ihr ein glitzerndes Oval auf. „Was zum Henker is das denn jetz", fragte sie sich. Von Neugier gepackt streckte sie ihre Hand weiter aus, um dieses Ding zu berühren, erschrocken zog sie die Hand zurück, sie konnte durch fassen, ihre Hand verschwand darin. Nochmal streckte sie ihre Hand in das, was auch immer ... Sie spürte keinen Widerstand, ihre Neugier wurde größer und sie machte einen Schritt auf das Oval zu, blieb an einer Wurzel hängen und stolperte der Länge nach in das Glitzer – Ding. Larissa schlug hart auf Beton auf.

**Kapitel 9**

Sie schaute sich um, es war stockdunkel und es roch nach Pferden. Sie versuchte, ihre Umgebung zu ertasten, sie fühlte Stroh, Beton und eine Tür aus Holz, wagte es aber nicht, diese zu öffnen. Auf allen vieren kroch sie ans Ende gegenüber der Tür, lehnte sich an die Mauer und zog die Knie an. Irgendwann nickte sie ein, bis es langsam heller wurde. Sie schaltete die Musik aus und packte alles in ihren Rucksack.

Nochmal schaute sie sich um, sie war in einer leeren Pferdebox, in einem Stall. ;In dem Wald gibt es keinen Pferdestall; dachte sie. Die Tür des Stalles wurde geöffnet, jemand kam den Gang entlang. Larissa versteckte sich, sie versuchte hinter einen der Strohballen zu kriechen und schlug sich den Kopf an dem Riemen, an denen man die Pferde festbinden konnte. „Au", rutsche es ihr raus. Jemand stand an der Tür und schaute in die Box. Larissa zog die Beine näher zu sich. „Wer ist da," hörte sie eine angenehm klingende Stimme. Jemand öffnete die Boxentür, ihr Herz schlug ihr bis zum Hals, sie schloss die Augen, betete, das er wieder geht, sie spürte, das er direkt vor ihr stehen blieb und sie spürte den Blick. „Wer bist du? Und wie kommst du hier rein", fragte er ruhig. Langsam schlug sie die Augen auf, hob den Kopf und schaute in fast schwarze Augen, er lächelte leicht und sein braun gebräuntes Gesicht wurde von schwarzen, kurzen Haaren die oben etwas verstrubbelt und länger waren umrandet. Er wirkte freundlich.

„Ich ... ich weiß es nicht", sagte sie leise. „Du weißt nicht, wer du bist", kicherte er amüsiert. „Doch! Aber ich weiß nicht, wie ich hier her komme". – „Okay, dann fangen wir damit an, was du weißt, wer bist du", er streckte ihr seine Hand entgegen, die Larissa zögernd nahm, er zog sie hoch und deutete auf den Strohballen, sie setzte sich. Er nahm auf dem Ballen ihr gegenüber Platz. „Also", begann er. „Ich heiße Saato, ich bin der Stallbursche hier am Königshof". Larissa zog die Augenbrauen zusammen. ;Hatte er Königshof gesagt; fragte sie sich gedanklich ;Ok, jetzt bin ich total übergeschnappt, oder ich liege im Bett in meiner Hütte und träume, ja ich träume, ganz sicher, das klingt logisch; Saato sah sie mit großen, belustigten Augen an: „Ich beiße nicht, versprochen"! Larissa musste lachen: „Ich heiße Larissa, arbeite in einem Blumenladen in der Nähe von München, ich war im Wald spazieren und da war ... ", sie brach ab, er würde sie für verrückt halten, wenn sie von dem Glitzer – Ding sprach, „ ... und dann war ich plötzlich hier". – „In welchem Wald, im grausamen oder dem beim Wasserfall? Das Schlosstor und auch der Pferdestall waren verschlossen! Und was oder wo soll denn München sein"? – „Wasserfall", flüsterte sie. „Ja, nicht weit von hier. Bist du eine Hexe"? – „Eine was?? Nein, ich bin Larissa, einfach nur Larissa", ihre Stimme begann zu zittern und Tränen rannen über ihr Gesicht. „Hey, schon gut! Nicht weinen, ich wollte nicht ... " –

„Waaas ist denn hier los", quietschte eine weitere Stimme und betrat die Box. Vor ihr stand eine Kreatur, die aussah wie eine riesige Kartoffel mit Armen und Beinen, einem Kopf, aus dem weiße Haare in alle Richtungen abstanden. Es trug eine Latzhose mit nur einem Träger, der über die Schultern ging, es stemmte beide Arme in die Seiten und schaute Larissa an. „Wer bist du? Und wie kommst du hier rein"? – „Ähm, Karuun, das hatten wir schon, halt die Klappe", stoppte Saato die Kreatur und wandte sich dann wieder an Larissa. „Das ist Karuun, der Schlosstroll, keine Sorge er ist harmlos. Als ich klein war, haben wir uns immer in dieser Box vor ihm versteckt, Tarija, ich und … ", er machte eine Pause, wirkte plötzlich unbeschreiblich traurig und seufze „ … und Saariia", er schaute in Larissas grüne Augen. „Du und zwei Mädchen? In deinem Alter", fragte sie und leichte Nervosität stieg in ihr auf, sie dachte an ihre Erinnerung oder Vision, alles Zufall?

„Ja Saariia hatte Augen wie du", seine Stimme klang tonnenschwer, er schüttelte den Kopf, als wolle er die Erinnerung an dieses Mädchen vertreiben. „Sie hatte? Was ist mit ihr"? – „Sie ist … sie ist weg. Seit 15 Jahren spurlos verschwunden", er wischte sich mit dem Handrücken über die Augen. Larissas Herz raste, alles Zufall? „Wie alt war diese Saariia denn"? – „Saariia ist … war so alt wie ich, als sie verschwand war sie sieben, heute wäre sie 22 Jahre alt, sie ist… war die Pr ... " – „Stopp!!! Was ist das", schrie der Troll plötzlich auf und zeigte auf das Armband. „Das hab ich im Wald gefunden, es lag im Moos", antwortete Larissa nachdenklich. „Das gehört Saariia!! Was hast du mit ihr gemacht", schrie der Troll und seine Stimme überschlug sich fast. „Nichts! Ich kenn diese Saariia doch gar nicht. Ich hab's im Wald gefunden, ich heiße … ", sie stoppte, war Larissa wirklich ihr Name, hatte man ihr nicht einfach einen Namen ausgesucht und ihre Papiere darauf ausgestellt, oder drehte sie nun völlig durch, alles Zufall!? „Wo bin ich hier"? – „Du bist in Suomatra, das solltest du wissen, im Moment befindest du dich im Reich der Saben. Sag mal wie stark hast du dir den Kopf an dem Ding an der Wand gestoßen, hmm", grinste nun Saato wieder. „Genug mit dem Gesäusel. Ich bring sie zum König und der Königin, und du kommst mit Stallbursche, du hättest sie längst zu ihnen bringen müssen, statt alles auszuplaudern", befahl Karuun und sah Larissa streng an. „Auszuplaudern! Sieh sie dir doch an!! Sie hat Augen wie Saariia"! – „Pappalapapp, und wenn schon das heißt nicht dass sie es ist", wehrte Karuun, Saato ab und zog Larissa mit sich, raus aus dem Stall, auf den Schlosshof. Dort stand in der Mitte ein prächtiger Brunnen, gegenüber des Pferdestalls befand sich ein großes Haus, rechts von Larissa war das Schlosstor und zu ihrer linken befand sich das Schloss, mit zahlreichen Ärkern und Türmchen wie aus einem Disneyfilm. Ein großer, wunderschöner Garten mit Blumen in allen Farben und Formen, umrandeten das Schloss. Ein mit roten Pflastersteinen ausgelegter Weg führte zum Schloss. Larissa schaute zurück zum Brunnen. ;Komm verstecken; halten die Worte des Jungen in ihrem Kopf wider. Sie schaute in den Brunnen: „Ist da mal ein silberner Ring mit einem roten Herz reingefallen", fragte sie sich eher selbst als an die anderen gerichtet. Saato blieb abrupt stehen, schaute sie wieder eindringlich an. „Saariia? Bist du Saariia", fragte er, seine Stimme von Hoffnung getragen. „Halt die Klappe! Sie ist nicht Saariia! Aber der König wird rausfinden, was sie mit ihr gemacht hat", kreischte Karuun wütend. „Aber ... ", setzte Saato an, doch Karuun stieß bereits die Schlosstür auf und zerrte Larissa quer durch die mit Marmor ausgelegte Eingangshalle, links und rechts schmiegte sich eine gebogene Treppe der Wand entlang in das obere Stockwerk, wieder stieß Karuun eine Tür auf, schleifte Larissa mit sich in den Raum. An einem aus Eiche, glänzend lackiertem, ovalen Tisch saßen, ein Mann und eine Frau. Larissa nahm an das dies der König und die Königin waren.

Der König war ein großer, kräftiger Mann mit feuerrotem Haar, wie Larissa es hatte. Die Königin war klein mit schwarzen, gelockten Haaren und grünen Augen. Larissa schaute die beiden an, man könnte auf die Idee kommen, dass Larissa eine Mischung aus den beiden Königleuten war. ;Oh nein! Nein! Nein! Sicher nicht, dann wäre ich eine Prinzessin, das ist totaler Blödsinn, kann ich jetzt bitte endlich aufwachen; dachte sie verwirrt.


„Wer ist das", fragte der König an Saato und Karuun gewandt. „Sie hat sich im Stall versteckt, mein König, sie … sie trägt Saariias Armband", überschlug sich Karuuns Stimme. Der König nahm Larissas Hand und schaute auf das Armband. „Woher hast du das"? – „Ich habe es im Wald gefunden, es lag bei einem Baum im Moos. Im Wald bei München, mein Name ist Larissa, ich wollte nicht … ". Der König hob die Hand, um sie zum Schweigen zu bringen, die Perlen hatten ihr Leuchten verloren. „Dann erklär mir, wie du aus der Parallelwelt nach Suomatra kommst", befahl er. Larissa schluckte: „Aus der was"? – „Du willst nicht reden! Gut dann sperrt sie im Wohnhaus in den Keller, bis sie bereit dazu ist"! – „Nein! Halt! Bitte, ich will nur wieder zurück in den Wald", flehte Larissa. „In den Wald, bei München"! – „Ja, bitte"! – „Es gibt keinen Weg von Suomatra in die Parallelwelt und auch nicht andersrum", schrie er zornig. „Und du bringst sie jetzt in den Keller und sperrst ab"! – „Aber Hoheit, was wenn sie Saariia ist, schaut sie Euch an, schaut in ihre Augen … " – „Ich hab mich doch deutlich ausgedrückt, oder"? – „Ja, Sir", antwortete Saato zerknirscht. Saato senkte den Blick, nahm sanft Larissas Hand: „Komm mit", sagte er leise, sah sie aber das erste Mal nicht an.

Er führte sie zurück durch die Eingangshalle, über die roten Pflastersteine, am Brunnen vorbei in das Haus gegenüber des Pferdestalls. Er ging mit ihr die Treppe in den Keller hinunter und schob Larissa sanft in einen Raum. „Bitte nicht", flehte sie und Tränen liefen über ihr Gesicht, sie krallte sich an Saato´s Arm fest. „Ich hab keine Wahl. Tut mir leid. Sag dem König die Wahrheit, er ist ein guter und gütiger König, sicher wird er dir helfen. Aber du musst ehrlich sein"! – „Aber ich hab die Wahrheit gesagt", wimmerte sie.

Saato löste sich von Larissa, verließ das Zimmer, und

sperrte von außen ab, wie ihm befohlen wurde.

**Kapitel 10**

Larissa hämmerte gegen die die Tür: „Saato! Saato, mach auf, bitte!" Nichts rührte sich auf der anderen Seite der Tür, sie war allein, eingesperrt in irgendeiner Parallelwelt in einem bescheuertem Königreich, das konnte doch nicht wirklich passieren?!

Sie schaute sich um, im Zimmer stand ein abgewetzter Holztisch mit einem Stuhl davor, ein ebenfalls in die Jahre gekommenes Bett aus Holz, mit einem Kissen und einer Decke, die einer Pferdedecke glich. Larissa setzte sich auf das Bett, ihr Blick wanderte zu dem kleinen, vergittertem Fenster, sie war eingesperrt, keine Möglichkeit zur Flucht. Mit zitternden Händen holte sie ihr Handy und die Kopfhörer aus dem Rucksack, machte die Musik an, sie konzentrierte sich auf die Stimme, aber das erste Mal schien sie nicht die gewohnte Wirkung auf sie zu haben. Noch nie hatte sie sich so allein, verlassen und hilflos gefühlt. ;Dem König die Wahrheit sagen. Wo sollte sie da anfangen? Was wollte er hören? Er würde sie nie wieder rauslassen, wenn sie es nicht schaffte ihn zu überzeugen. Oder hatte Saato recht, war sie diese Saariia? Sie hatte ihr Alter, sie ist mit sieben verschwunden. Könnte es sein das sie aus dieser Parallelwelt, Suomatra, verschwunden war? Das würde erklären, warum sie nicht vermisst wurde, dort wo man sie fand, es würde erklären, warum keine Spuren in dem Wald zu finden waren, wenn sie durch das Glitzer–Ding gegangen war. Es erklärte aber nicht, wie das möglich war, der König sagte, es gibt keinen Weg zwischen den beiden Welten; dachte Larissa, lehnte ihren Kopf an die Wand. >Prisoner in Paradiese< hörte sie und begann zu weinen.

Der Schlüssel wurde im Schloss gedreht, Larissa packte die Musik weg, im gleichen Moment betrat Saato das Zimmer, er hatte ein Tablett dabei mit Essen und etwas zu trinken, dass er auf dem Tisch abstellte. Er schaute sie mitfühlend an: „Hey, hör auf zu weinen! Es wird alles gut werden. Iss, dann soll ich dich nochmal zum König bringen!" – „Und dann? Ich weiß nicht was ich ihm sagen soll. Ich weiß nicht was er hören will. Am Ende wirft er mich den Krokodilen zum Fraß vor", schniefte sie. Saato lachte. „Du hast eine blühende Fantasie! Aber keine Angst, in Suomatra gibt es keine Krokodile, viele andere Wesen aber keine Krokodile. Und Drachen sind in diesem Teil des Landes eher selten, zudem glaube ich das Menschen nicht zwingend auf deren Speiseplan stehen". Larissas Augen weiteten sich „Drachen"? – „Ja aber nicht hier, versprochen". – „Drachen, Trolle! Das … das kann doch alles nicht wahr sein", ihre Stimme war nur noch ein Flüstern. „Wieso gibt es das in diesem München nicht", fragte Saato überrascht. „Ähm, nein, erzähl das dort und die stecken dich in die Klapse, pumpen dich mit Medikamenten voll und du kommst da nie wieder raus", kicherte Larissa. „Was ist das denn für ein bescheuerter Ort, und euer König hat sie wohl auch nicht mehr alle"! –

„Kein König, eine Regierung, die beschließen die Gesetze dort, aber das ist nie nur eine Person", erklärte Larissa. „Und das ist gut?" – „Da ist wohl jeder irgendwie anderer Meinung, aber im Großen und Ganzen funktioniert es," – „Ok, du solltest jetzt essen! Ich hol dich bald ab," sagte Saato schließlich und ließ sie wieder allein.

Larissa setzte sich an den Tisch, sie hatte keinen Appetit, aber sie war hungrig, also aß sie. Danach setzte sie sich auf das Bett und wartete auf Saato. Aber Saato kam nicht zurück. Das Tageslicht wurde schwächer und ging in die Abenddämmerung über, aber Saato kam nicht, auch niemand anders. Enttäuscht legte Larissa sich hin, zog sich die kratzige Decke über und machte die Musik an.

Mitten in der Nacht wurde die Tür geöffnet, das Licht angeknipst und der Stuhl knatternd über den Boden zu Larissa ans Bett gezogen. Sie rieb sich die Augen, das plötzliche Licht sorgte dafür, das sie erst gar nichts sehen konnte. Als sich ihre Augen daran gewöhnt hatten, erkannte sie Karuun, der auf dem Stuhl hockte, seine Beine baumeln, lies und sie anstarrte. „Was hast du da in den Ohren", fragte er. „Kopfhörer"? – „Und wozu sind die gut"? Larissa atmete tief ein, was wollte dieses Ding jetzt mitten in der Nacht. „Ich höre damit Musik". – „Und wo kommt die Musik her"? – „Aus meinem Handy", hielt sie es ihm entgegen. Karuun nahm es an sich, drehte es in seinen knolligen Händen, schüttelte den Kopf und gab es Larissa zurück. „Sowas hab ich noch nie gesehen. Kommst du wirklich aus der Parallelwelt"? Larissa schaute in seine kugelrunden, schwarzen Augen, die sie erwartungsvoll anfunkelten. „Ich weiß es nicht, Karuun, ich weiß nicht, wie ich das alles erklären soll. Wieso hat Saato mich nicht geholt? Er sagte, der König wolle nochmal mit mir sprechen, aber er kam nicht zurück." – „Der König hatte zu tun! Er wird mit dir sprechen, bald", sagte Karuun, stand auf, stellte den Stuhl zurück, löschte das Licht und verschwand fast panisch, jedoch nicht ohne die Tür wieder abzusperren. Larissa wunderte sich über das plötzliche Auftauchen und genauso plötzliche verschwinden von Karuun. Aber vielleicht machten das Trolle ja so, woher sollte sie wissen, was ein normales Verhalten für solche Kreaturen war. Sie drehte sich zur Seite und schlief wieder ein.

Ein Prasseln weckte sie und ihr Blick glitt zum Fenster, es schien zu regnen. Karuun kam und brachte ihr Essen und Trinken, redete aber kein Wort mit ihr. So ging das vier Tage und Nächte lang, ihr Rücken tat weh von der harten Matratze. Ihr Handy hatte keinen Empfang, aber zum Glück gab es eine Steckdose, so konnte sie es laden und hatte wenigstens Musik.

Wieder kam Karuun und brachte Essen. „Karuun, wo ist Saato"? – „Der macht seine Arbeit"! Karuun sah sie weder an, noch lies er es zu, sich in ein weiteres Gespräch mit ihr verwickeln zu lassen. „Wann will der König mich sehen", setzte sie erneut an. „Bald"! – „Wie lange wollt ihr mich noch einsperren? Ich hab nichts getan"? – „Weiß ich nicht! Das entscheidet der König", mit diesen nichtssagenden Antworten verschwand Karuun wieder.

Larissa schlug gegen die Tür. „Ich hab nichts getan, verdammt nochmal! Lasst mich hier raus", schrie sie.

Aber niemand schien sie zu hören. Sie packte das Tablett und warf es gegen die Tür. Sie war wütend, und ihr war heiß, innerlich heiß, sie hasste dieses Gefühl, weil sie es nicht erklären konnte. Larissa wollte zurück, zurück nach Hause, zu ihrer Familie, zu Carola, sinnlos erschien ihr jetzt der Streit mit ihr und sie hätte sie gern fest in die Arme genommen und gedrückt. Und Finnland! Sie wäre jetzt eigentlich schon dort. Ihre Augen füllten sich mit Tränen und liefen unaufhaltsam über ihr Gesicht. >Don´t cry< hörte sie in den Kopfhörern, sie war sauer, riss sich die Dinger aus den Ohren und schmiss sie auf das Bett. Sie trommelte mit den Händen gegen die Tür, trat mit den Füßen dagegen und schrie ihre Wut aus Leibeskräften raus, bis sie kraftlos an der Wand zu Boden rutschte und wieder weinte, eigentlich sollte sie gar keine Tränen mehr haben.

Nach einer gefühlten Ewigkeit stand sie auf und legte sich auf das Bett, sie steckte sich die Kopfhörer wieder rein, schloss die Augen und lies sich in die Stimme fallen. >Lifesaver< „Ha! Ja bitte! Bin gespannt wie ihr das anstellen wollt", sagte sie genervt und drückte Stopp.


Stille, Stille, die sie regelrecht anschrie ;Wenn diese blöde Kreatur, das nächste Mal das Zimmer betritt, mach ich Püree aus der dämlichen Kartoffel; dachte sie.


Wieder vergingen Tage. Sie hatte Karuun nichts getan. Sie hatte keine Wutanfälle mehr. Das Essen lies sie meist unberührt stehen, nur das Wasser trank sie. Was würde sie für eine Tasse Kaffee geben.

Musik war das Einzige, was sie irgendwie aufrecht hielt. >Never giving up< hörte sie, von Rea Garvey, dessen Musik sie auch sehr mochte. ;Never giving up; dachte sie und es fühlte sich an wie ein Schlachtruf. ;Nein, diese Hinterwäldler hier werden mich nicht brechen. Ich werde nicht aufgeben, ich werde kämpfen, auch wenn es keinen Ausweg gibt. Ich kämpfe, bis ich wieder zu Hause bin und wenn ich Suomatra dafür abfackeln muss. Dieser König würde sie nicht klein bekommen! Niemals;

**Kapitel 11**

„Na, keine Wutanfälle mehr", fragte Saato. Larissa antwortete ihm nicht, ihre Augen blitzen ihn bedrohlich an. „Du sollst dich frisch machen, ich bringe dich ins Bad, Tarija hat dir frische Kleidung bereit gelegt. Der König will dich sehen"! – „Oh! Hat er nach zwei Wochen die Güte mit mir zu reden? Ich werde ihm seine fucking Krone vom Kopf reisen und in seinen königlichen Arsch schieben", fauchte sie. Saato sah sie entsetzt an, reichte ihr aber dennoch seine Hand. „Ich bin 22! Ich kann alleine laufen", knurrte sie und schlug seine Hand weg. „Hör zu, es tut mir leid, dass es so lange gedauert hat. Leider ging es nicht früher. Aber du solltest dich vor dem König beherrschen, so machst du es nur schlimmer", redete er ruhig mit ihr. „Ach wirklich! Wieviel schlimmer denn? Muss ich meine Luxuszelle dann gegen den feuchten Kerker mit sämtlichen, widerlichen Getier tauschen", antwortete sie abfällig. „Ich versteh dich ja, aber diese Kampfhaltung und dein Dickkopf bringen dich nicht weiter, glaub mir"! Sie waren am Badezimmer angekommen: „Darf ich allein duschen? Oder willst du mir Fußfesseln anlegen"! Traurig schüttelte Saato den Kopf und antwortete leise: „Nein". – „Gut"! Larissa schlug die Tür zu, das warme Wasser lief über ihren Körper, was sie tatsächlich beruhigte. Ihre nassen Haare steckte sie wieder hoch und zog die Jeans und das Shirt an, das bereit lag, alles passte ihr perfekt, sie öffnete die Tür. „Fertig", sagte sie tonlos. Saato hockte an der Wand gelehnt am Boden, als er sie sah, stand er auf und reichte ihr erneut seine Hand. Larissa schnaubte, straffte ihr Schultern und hob den Kopf, seine Hand ignorierte sie. „Na schön, wie du meinst"! Er ging an ihr vorbei und ihr voraus zum Schloss. Er führte sie in den gleichen Raum, mit dem Eichentisch wie an ihrem ersten Tag. Die Königsleute saßen am Tisch. Als sie eintrat, erhob sich der König und deutete ihr am Tisch Platz zu nehmen. Ohne Regung in ihrem Gesicht sah sie ihn an: „Nein! Ich kann stehen"! – „Hmm, es tut mir leid dass unser Gespräch sich so lange hingezogen hat, das war nicht meine Absicht, lies sich aber nicht ändern. Setz dich! Lass uns reden, sei unser Gast", redete der König milde. „In Suomatra sperrt man seine Gäste also wochenlang ein, sehr freundlich, wirklich". – „Wir wissen nicht wer du bist, und ob du für uns oder das Land eine Bedrohung bist", versuchte er sich zu erklären. „Klar, versteh ich! Ich war bis zu den Zähnen bewaffnet, mit Kopfhörer und einem Handy, ganz offensichtlich Massenvernichtungswaffen", zischte sie. „So kommen wir auf beiden Seiten nicht weiter. Bitte setz dich! Wir werden bei einer Tasse Kaffee alles klären. Und ich verspreche dir, du wirst nicht wieder eingesperrt", mischte sich die Königin ein. Larissas harte Fassade bröckelte, irgendetwas in ihrer Stimme wirkte vertraut. Und Kaffee hörte sich verlockend an. Larissa nickte, lächelte die Königin kaum merklich an und setzte sich an den Tisch.

**Kapitel 12**

Eine alte Frau brachte Kaffee und Tassen, stellte sie auf den Tisch, lächelte Larissa liebevoll an und verlies wieder den Raum.

Die Königin schenkte Kaffee in die Tassen und reichte Larissa, Milch und Zucker. „Nur Milch, Danke", sagte sie freundlich, sie nahm einen Schluck aus ihrer Tasse und schloss kurz die Augen, die heiße, braune Flüssigkeit rann ihre Kehle hinunter und tat unbeschreiblich gut.

„So na schön, dann fangen wir jetzt nochmal ganz von vorne an, in Ordnung", begann der König das Gespräch, seine Stimme ruhig und freundlich klingend. „Ich weiß nicht, wo vorne ist", gab Larissa kleinlaut zu, und schaute bedrückt auf ihre Tasse. Der König lächelte: „Du hast gesagt, du warst in einem Wald, bei München. Warum warst du dort? Und was ist passiert das du jetzt hier bist. Fangen wir doch damit an! Wir werden sehen, ob uns das weiter bringt". – „Das klingt aber alles vielleicht verrückt und so gar nicht real, was wenn ihr denkt, ich lüge". – „Mir sind die Gewohnheiten der Parallelwelt nicht ganz fremd. Rede einfach! Lass nichts weg! Füge nichts hinzu! Egal wie verrückt es in deiner Welt klingen mag", forderte der König sie auf.

„Na schön", setzte Larissa an „Ich habe in diesem Wald eine kleine Holzhütte, meine Pflegeeltern haben sie gekauft, weil ich die Natur so liebe. Ich fahre fast jedes Wochenende dort hin und … " .Die Königin unterbrach sie, was der König mit einem strengen Blick tadelte. „Deine Pflegeeltern? Wieso hast du Pflegeeltern? Wo sind deine richtigen Eltern", fragte sie. „Ähm, ich wurde vor 15 Jahren in diesem Wald gefunden, völlig allein und wie sie sagten verwirrt. Ich wurde nicht vermisst, keiner kannte mich. So steckte man mich in ein Waisenhaus, von da wurde ich als ich acht Jahre alt war adoptiert. Seit vier Jahren habe ich nun diese Hütte und suche den Wald nach irgendetwas ab, ich weiß nicht mal nach was", beantwortete Larissa der Königin ihre Fragen. „Wie alt warst du, als man dich dort fand"? – „Sieben Jahre". Die Königin schlug ihre Hand vor den Mund, ihre Augen wurden glasig: „Und wie alt bist du jetzt", fragte sie mit belegter Stimme weiter. „22", antwortete Larissa knapp. Die Königin stand auf, lief nervös im Zimmer auf und ab. „Hab ich was falsches gesagt", fragte Larissa und wechselte einen besorgten Blick zwischen dem König und der Königin. „Nein, alles in Ordnung", antwortete der König und an seine Frau gewandt sagte er: „Setz dich wieder und lass uns weiter reden". – „Sieh sie dir an! Du hättest auf Saato hören sollen, er hats dir gesagt, aber du sperrst deine … "! – „Du sollst dich wieder setzen," unterbrach er seine Frau, und die Königin tat, was er sagte. „Gut, weiter du fährt regelmäßig in diesen Wald und suchst nach etwas! Hast du was gefunden"? Larissa schaute zur Königin, der immer noch leise Tränen die Wangen hinunter liefen. „Nein, ich hab nichts gefunden.

Auch damals wurde nichts gefunden, nur an dem Tag vor zwei Wochen passierte etwas seltsames, komisches, ich weiß auch nicht, irgendwie unerklärliches". Die Brauen wurden vom König in seine Stirn gezogen und er blickte Larissa erwartungsvoll an, also redete sie weiter. „Da war ein Abhang, ich hatte mich wohl verlaufen, denn dort war ich noch nie zuvor. Ich kletterte den Abhang hinunter, dort unten fand ich dieses Armband, und dann war da so ein Glitzer–Ding, es war plötzlich aufgetaucht und es war wunderschön. Aus Neugier streckte ich meine Hand danach aus, und sie verschwand darin. Dann bin ich gestolpert und in das Glitzer–Ding regelrecht hineingefallen. Kurz darauf war das Ding wieder verschwunden und ich in der Pferdebox. Bitte, ich weiß, wie sich das anhört, aber es ist die Wahrheit", nervös drehte sie die Tasse in ihren Fingern. „Du bist durch ein Portal nach Suomatra gekommen, aber du weißt nicht, wie du es geöffnet hast! Verstehe ich das richtig"? –

„Por … tal? Ich hab nichts geöffnet, es war plötzlich einfach da, und genauso plötzlich wieder weg. Wäre ich nicht gestolpert, wäre gar nichts passiert". Er nickte, stand auf, verlies den Raum. Irritiert schaute Larissa zur Königin, sie lächelte, auch wenn ihre Augen von den Tränen noch gerötet waren, sah und spürte Larissa so viel Liebe in ihnen.

Der König kam zurück, setzte sich wieder an den Tisch. „Erinnerst du dich an irgendwas, vor dem Zeitpunkt an dem du als kleines Mädchen in dem Wald gefunden wurdest", fragte er nachdenklich.

;Toll, jetzt wird's richtig komisch, was soll ich denn

sagen, die denken dann doch auch, ich bin verrückt; dachte Larissa. „Ähm, an nichts Reales. Eher an eine Traumwelt oder so was, sie sagen, das wäre ein Schutzverhalten, um mit einem Trauma klarzukommen", antwortete Larissa. „Wer sagt das", hackte der König ein. „Behörden und Psychologen", wieder drehte sie ihre Tasse und ihre Stimme war nur noch ein Flüstern, bedrückt sah sie den König an. „Psychologen also! Vergiss, was die gesagt haben, und erzähl mir von dieser Traumwelt, egal wie surreal es klingen mag"! – „Im Laufe der Jahre habe ich immer mehr verdrängt. Es sind nur Bruchstücke, meist zusammenhanglos", versuchte Larissa sich zu erklären. „Dann erzähl mir davon"!

Ängstlich blickte sie sich um: „Ich ähm, das macht keinen Sinn, es sind eher Sequenzen, die ich selber nicht zuordnen kann. Ihr würdet mir nicht glauben", stammelte sie leise. „Ob ich dir glaube oder nicht, entscheide ich, nicht du", lächelte er ihr aufmunternd zu.

„Da bin ich, mit einem Mädchen und einem Jungen, wir rennen um einen Brunnen, eine Kreatur, die Karuun ähnelt, schimpft mit uns, wir verstecken uns in einer leeren Pferdebox, wir lachen. Ich erinnere mich an einen Wasserfall, der in ein grünes Tal fällt, was da unten ist weiß ich nicht. Dann habe ich damals wohl erzählt das ich eine Prinzessin sei, was Blödsinn ist, ich kann mich nicht erinnern das ich je eine Prinzessin sein wollte. Und dieses Armband kam mir bekannt vor, als ich es fand, aber ich hatte mal so ein ähnliches in einem Schaufenster gesehen, vielleicht auch deshalb. Als Karuun mich vor zwei Wochen das erste Mal ins Schloss brachte, hatte ich das Gefühl, dass ich in dem Brunnen mal einen Ring verloren hab. Aber wahrscheinlich bringe ich da nur was durcheinander". Der König fasste sich mit Zeigefinger und Daumen an die Augen, zwickte diese zusammen und blinzelte.

Mit belegter Stimme sagte er: „Du bist nicht Larissa! Du bist Saariia, unsere Tochter, die vor 15 Jahren spurlos verschwand, du bist eine Prinzessin! Das Mädchen ist Tarija und der Junge Saato, ihr habt Karuun ständig geärgert. Er hatte die Aufgabe euch im Auge zu behalten und ihr habt ständig versucht ihn abzuhängen. Das Armband ist aus Trollperlen, Karuun hat es dir gemacht, sie tragen einen Tropfen deines Blutes in sich, deswegen leuchten sie, je nach deiner Gefühlslage mal stärker, mal schwächer, oder wie im Moment gar nicht, du versuchst deine Gefühle im Augenblick unter Kontrolle zu halten weil du wütend bist. Und ja du hast einen Ring im Brunnen verloren, einen silbernen mit rotem Herz, auch aus einer Trollperle. Es tut mir leid, als dein Vater hätte ich dich erkennen müssen, die roten Haare, die Augen deiner Mutter. Saato hatte von Anfang an recht. Wir haben so lange vergebens nach dir gesucht, ich hab die Augen vor dem offensichtlichen verschlossen, aus Angst erneut enttäuscht zu werden. Bitte verzeih mir, Saariia. Deine unermüdliche, jahrelange Suche hat dich zurück nach Hause gebracht, auch wenn ich im Moment nicht erklären kann, wie das mit dem Portal sein konnte, aber das ist erstmal unwichtig".

Larissa / Saariia schluchzte: „Ihr habt nach mir gesucht? Ihr wolltet mich also nicht loswerden, ihr habt das siebenjährige Mädchen geliebt"?! – „Ja, und wir lieben dich immer noch. Es ist unverzeihlich was ich getan habe, die letzten Wochen, es tut mir so leid", sagte der König und kam um den Tisch, zog Saariia hoch und schloss sie fest in seine Arme. Saariia war verwirrt, es fühlte sich fremd und doch so vertraut an. Weinend vor Glück, nahm auch die Königin sie fest in die Arme. „Lass dich ansehen", flüsterte sie, sie löste die Spange in Saariias Haar, und diese fielen über ihre Schultern bis zu ihren Hüften.

Genau in diesem Moment öffnete sich die Tür, eine junge Frau trat ein, blieb wortlos stehen, hinter ihr kam Saato, sah sie an, und lies die vielen Taschen, die er trug, fallen: „Saariia", hauchte er überwältigt. „Ja Saato, du hattest recht, sie ist Saariia", wandte sich der König an ihn. „Tarija, zeig meiner Tochter, der Prinzessin, ihr Zimmer, und bringt die Sachen, die ihr besorgen solltet nach oben", ordnete er an. „Komm mit", forderte Tarija sie auf. Saariia warf einen schüchternen Blick zum Königspaar, die ihr beide liebevoll zulächelten, und folgte Tarija. Sie führte sie die gebogene Treppe nach oben, zum rechten Ende des Ganges. „Du hast die tollsten Zimmer im ganzen Schloss. Oh mein Gott! Ich kanns nicht glauben, ich dachte ich seh dich nie wieder", fand Tarija endlich Worte. „Was ist in den Taschen", wollte Saariia wissen. „Klamotten, der König hat angeordnet das ich welche besorgen soll und Saato hat mich hingebracht, abgeholt und beim Tragen geholfen. Wir haben ja die gleiche Größe", kicherte sie. „Ich helf dir beim Auspacken, wenn du willst, ich hoffe sie gefallen dir". – „Ja gerne, seid ihr wirklich sicher das ich diese Saariia bin"? – „Klar der König ist sich sicher, Saato wars vom ersten Augenblick an. Du etwa nicht", fragte Tarija überrascht. „Naja die letzten zwei Wochen war ich eine Gefangene und jetzt soll ich die verlorene Prinzessin sein? Ein rasanter Aufstieg in der Karriereleiter, findest du nicht!"? – „15 Jahre. Er hat 15 Jahre vergebens nach dir gesucht. Die Königin ist am Schmerz, des Verlustes ihrer Tochter fast zerbrochen, diese gnadenlose Ungewissheit was dir passiert ist! Verurteile sie nicht"! Saariia nickte. Als alle Kleidungsstücke verstaut waren, Tarija hatte einen verdammt guten Geschmack, lies Tarija sie allein, mit den Worten sie würde sie später zum Essen holen.

Es waren zwei Zimmer, sie stand vor einer Balkontür, Saariia öffnete sie und ein leichter Wind blies ihr ins Gesicht, tief atmete sie ein, noch nie hatte sie so reine, klare Luft in ihren Lungen gespürt. Ihr Blick viel auf eine weite, grüne Wiese und dahinter glitzerte etwas, da musste ein See sein und hinter dem See, waren riesige Berge. Rechts lag ein dichter Wald. Sie ging zurück ins Zimmer, an der Wand zum Balkon stand ein Schreibtisch und an der rechten Wand entlang standen Regale, mit einigen Büchern, Stiften, Papier und ähnlichem Krimskrams. An der hinteren Wand stand eine große Kommode und daneben war die Tür zum Schlafzimmer, dort war ein Kleiderschrank mit einem schön verzierten Spiegel, ein großes Fenster ließ Licht auf das mitten im

Zimmer stehende Bett fallen. Die Kissen und Bettdecke wirken mächtig dick und am liebsten hätte sie sich einfach reinfallen lassen. Auf der linken Seite neben dem Bett war die Tür zum Badezimmer, dort befand sich eine Badewanne, eine Duschkabine, ein Waschbecken mit Spiegelschrank darüber und eine Toilette, alles in cremeweiß. Es wirkte alles angenehm beruhigend auf Saariia.

Saariia setzte sich an den Tisch und ihre Mutter sagte: „Du hast sicher 1000 Fragen, aber ich glaube du solltest dir erst mal alles ansehen, um herauszufinden woran du dich erinnerst. Karuun wird dir alles zeigen, er brennt schon drauf und platzt fast vor Glück".- „Ja, ich glaube das ist ne gute Idee. Aber darf ich eine Frage stelle"? - „Natürlich, darfst du". Saariia biss auf ihrer Lippe rum und wusste nicht so recht, wie sie es sagen sollte. Ihre Mutter lachte auf „Das hast du früher auch immer gemacht, wenn du etwas angestellt hattest, meistens mit Tarija. Na los, was willst du wissen"? - „Karuun, ähm er ist ein Troll. Gibt es in Suomatra noch mehr solcher, naja, Wesen"? Der König blickte sie milde an und sagte lächelnd: „Ohja, jede Menge, wir haben Trolle, Elfen, Hexen, Geister und sogar Drachen". - „Geister", entfuhr es Saariia. „Na ja, wenn du den Geschichten und Legenden glaubst, dann haben wir Geister. Ich hab aber noch nie einen gesehn, wenn dich das beruhigt". - „Ja irgendwie schon. Und all die anderen Wesen existieren"? - „Trolle, Hexen und Drachen ganz sicher, Elfen zwar auch aber sie meiden die Menschen, halten sich für was Besonderes, diese eingebildeten, kleinen Dinger".

Mona, eine alte Frau, die die Köchin des Schlosses war, brachte das Essen und Saariia genoss, jeden Bissen es schmeckte fabelhaft. Geredet wurde während des Essens nicht mehr.

Mona kam ins Zimmer und räumte den Tisch ab. „Vielen Dank für das leckere Essen", sagte Saariia. „Sehr gerne meine Liebe", gab Mona mit einem gütigen lächeln zur Antwort.

Die Königin stand auf und legte ihren Arm um Saariias Schulter. „So das war dann alles in allem ein sehr aufregender und anstrengender Tag, und glaub mir solche werden noch viele kommen. Wir gehen jetzt besser zu Bett, du bist sicher müde. Morgen ist ein neuer Tag mit neuen Entdeckungen". - „Ja stimmt ich bin wirklich ziemlich kaputt", bestätigte Saariia „Wäre ja auch komisch, wenn nicht", lachte ihr Vater. „Vielen Dank, für alles, gute Nacht", Saariia stand auf und ging zur Tür. „Gute Nacht Liebling", kam von beiden zurück. Verlegen lächelte sie, das konnte doch nicht wirklich gerade alles passieren? Oder doch?


Sie machte die Tür hinter sich zu, lies ihren Blick nochmal zum See schweifen und ging dann ins Schlafzimmer. Sie ließ ihren Kopf ins Kissen sinken und fand das urgemütlich, es war völlig anders, als in diesem Keller. Sie kramte in ihrem Rucksack nach Handy und Kopfhörer, steckte sie sich in die Ohren und drückte auf Zufallswiedergabe >Welcome to my life< ;Echt jetz, ihr macht mich sowas von fertig, Kiitos; (Danke) lächelnd fiel sie in einen tiefen Schlaf.

**Kapitel 13**

Als Saariia am nächsten Tag aufwachte, schien schon die Sonne. Tarija klopfte an ihre Schlafzimmertür. „Ja", sagte Saariia „Ich bins Tarija, darf ich reinkommen"? - „Ja, klar". – „Hey Schlafmütze aufstehen! Hier Kaffee", lächelte sie und gab ihr die Tasse. „Du bist ein Schatz, danke". Saariia nahm einen Schluck und schlüpfte aus dem Bett. „Wie spät ist es"? - „Fast 11 Uhr, Schlafmütze", kicherte sie.

Ihre Eltern saßen auf der Terrasse und tranken Kaffee. Saariia tänzelte zu ihnen „Guten Morgen", sang sie schon fast. „Na Murmeltier, auch schon wach", lachte ihr Vater. „Ähm, ja ich hab geschlafen wie ein Stein. Echt ich weiß nicht wann ich das letzte Mal so gut geschlafen hab". - „Du bist zu Hause, Engel, endlich kannst du zur Ruhe kommen", meinte ihre Mutter.

„Bist du bereit für die Stadt"? - „Wieso für die Stadt? Was soll ich denn da"? – „Du brauchst noch Sachen die Tarija nicht ohne dich besorgen konnte. Sie kommt mit dir und zeigt dir alles. Ihr beide wart früher schon unzertrennlich", lachte ihr Vater. „Saato bringt euch mit der Kutsche in die Stadt und holt euch wieder ab, ihr müsst nur eine Zeit ausmachen". ;Kutsche? Na klasse; dachte Saariia. In diesem Moment kam Saato schon auf die Terrasse. „Hallo, die Kutsche ist so weit, kommt ihr"? – „Ja klar, komm Saariia", sagte Tarija und boxte sie mit dem Ellbogen in den Arm. Saariia schaute sie etwas verdutzt an und ging mit. Im Hof stand eine gewöhnliche

Kutsche mit zwei Haflingern vorne dran. „Einsteigen die Damen"! Tarija schob Saariia in die Kutsche und schon fuhr Saato los. „Gibt es hier keine Autos"? – „Ähm nein wir haben Pferde und ne Bahn. Autos verschmutzen die Umwelt und machen krank", erklärte Tarija. „Krass! Aber irgendwie cool", lachte Saariia. Nach ca. 20 Minuten hielt die Kutsche an. Die Mädchen stiegen aus, Saariia staunte, es gab viele Geschäfte. Alle Leute in der Nähe tuschelten und sahen Saariia an. ;Heilige Scheiße, das kann ja heiter werden; dachte Saariia. „Ich bin in 4 Stunden wieder hier, reicht euch das", fragte Saato „Ja klar das schaffen wir", versicherte ihm Tarija. „Na dann viel Spaß, bis später". Und schon war er wieder auf dem Rückweg. Die beiden machten sich auf den Weg in alle möglichen Geschäfte.

„So und was genau brauch ich denn jetzt", fragte Saariia „Du brauchst ein richtiges Prinzessinenkleid mit allem Drum und Dran"! – „Häh!? Ich brauch bitte WAS"? - „Es gibt Anlässe da kannst du nicht in Jeans auftauchen", Tarija musste lachen, als sie das Gesicht von Saariia sah. Sie schleifte Saariia mit sich in einen kleinen Laden und eine ältere Frau kam auf sie zu. „Ah Saariia da bist du ja. Ich hab mich schon gefragt, wann du kommst. Komm mit ich zeige dir ein paar schöne Kleider". Saariia folgte ihr. Als sie die Kleider sah, schaute sie Tarija an. „Nicht dein Ernst, oder"? – „Doch total mein Ernst oder besser der deiner Eltern". – „Na klasse, echt das is so gar nicht mein Stil"! - „Na wie redest du denn über meine Sachen", lachte die Frau. „Du musst sowas nicht oft tragen aber es gehört nun mal dazu. Also stell dich nicht so an, such dir was aus und probier es an"! – „Na gut, wenn's sein muss", Saariia sah sich die Kleider genauer an „Ich werd darin aussehen wie Cinderella"! - „Ha ha, ja Scherzkeks, das is der Plan", kicherte Tarija. Saariia griff nach einem Kleid in sattem, kräftigen grün mit Silber. „Oh ja, das stell ich mir sehr schön an dir vor, es schmeichelt deinen

Augen, zieh es an", sagte die Frau. Sie nahm das Kleid und ging in eine Kabine. Nach wenigen Minuten kam sie wieder raus und sagte: „Ich seh tatsächlich aus wie Cinderella"! - „Woww, Saariia das is traumhaft", Tarija strahlte. „Eher märchenhaft", gab Saariia zurück und schüttelte den Kopf. „Gut ich hab so ein Ding, dann können wir jetzt ja gehen, Saato kommt sicher auch bald". - „Nicht so schnell Prinzessin, Schuhe und Perlen fürs Haar fehlen noch", sagte die Frau. „Und du sollst zwei Kleider aussuchen", legte Tarija noch eins drauf. Saariia zog den Mund schief und schaute nochmal die Kleider durch. Ihr Blick blieb an einem zarten gelben Kleid hängen mit kräftigem Rot. „Ja das ist sehr gut", sagte die Frau „Du hast einen sehr angenehmen Geschmack". - „Danke". Als sie auch dafür die passenden Schuhe und Haarperlen hatten, verabschiedeten sie sich und verließen den Laden. „Tarija, wie oft muss ich diesen Fummel tragen", fragte sie mit großen Augen. „Das kommt drauf an, immer wenn es eben diese königlichen Anlässe gibt. Oder wenn deine Eltern dir einen Prinz vorstellen". - „WAS!!! Was zum Geier soll ich denn mit nem Prinzen"? - „Na was wohl, heiraten"! - „Ja ne, sicher nicht", energisch schüttelte Saariia den Kopf. „Das klärst du besser mit dem König und der Königin". Sie liefen zurück zum Treffpunkt, wo Saato schon auf sie wartete. Er nahm ihnen die Taschen ab und verstaute sie, dann fuhren sie zurück zum Schloss.

Dort angekommen gab Saato ihnen die Taschen wieder und da kam auch schon Karuun an gehüpft. „Ich helfe euch"! - „Danke, Karuun, aber so viel ist es nicht", sagte Saariia.

Kopfschüttelnd legte sie die Kleider auf ihr Bett und schaute sie an. ;Wieso zum Henker muss ich ne Prinzessin sein. Ich will weder diesen Fummel noch nen Prinzen;

dachte sie, als ihre Mutter ins Zimmer kam. „Oh die sind sehr schön", stellte sie mit leuchtenden Augen fest. „Maaama," sagte sie, obwohl es sich irgendwie fremd anfühlte. „Ich will sowas nicht tragen und ich will keinen Prinzen, letzteres ganz ganz sicher nicht", schmollte sie und verschränkte trotzig die Arme vor ihrer Brust. „Keiner sagt, dass du morgen heiraten sollst. Aber früher oder später wird das nun mal so sein, du übernimmst zusammen mit einem Prinzen den Thron", erklärte ihre Mutter. „Ohhh nee, beides nicht mein Verlangen"! – „Du brauchst noch Zeit und die bekommst du zu genüge, dein Vater hat noch nicht vor den Thron abzugeben". – „Sehr gut, er kann ihn auf immer und ewig behalten", Saariia gefiel der Gedanke überhaupt nicht, Prinzessin was für Mist!!!

**Kapitel 14**

Saariia setzte sich zu ihren Eltern an den Frühstückstisch und langte ordentlich zu. „Was willst du heute so machen", fragte ihre Mutter. „Hmmm, ich würde gerne zu dem See hinten bei den Bergen. Kann man da schwimmen"? – „Das ist ein Fluss und ja man kann dort schwimmen, Karuun kann mit dir gehen dann siehst du auch gleich ein bisschen was von deinem zukünftigen Reich", grinste ihr Vater. Saariia sah ihre Mutter an, die nur lächelte. ;Aha sie hat es ihm also erzählt; dachte sie. „Ja das is ja toll", Saariia hatte keine Lust, sich wieder mit diesem dämlichen ‚Prinzen Thema, zu beschäftigen. Als sie fertig gegessen hatte, ging sie in ihr Zimmer und packte sich Badesachen ein, den Bikini zog sie gleich an, dann ging sie raus und suchte nach Karuun. „Karuun kommst du? Ich will zum Fluss, schwimmen". – „Ja ich komme"! Und schon hüpfte er ihr entgegen. „Saariia, es tut mir leid, wie ich zu dir war, ich hätte wissen müssen das du es bist, ich war dein ständiger Begleiter, und dann erkenn ich dich nicht, aber der Stallbursche erkennt dich, das verzeih ich mir nie", sagte Karuun kleinlaut. „Schon gut, es ist lange her, ich bin kein kleines Mädchen mehr, da ist das nicht so einfach, Schwamm drüber". Die beiden liefen über die große Wiese auf einem Pfad an dem Wald vorbei. „Was ist hinter dem Wald", fragte Saariia „Nix, was soll da schon sein", antwortete Karuun und hüpfte weiter. „Ja wie nix. Kann doch nicht einfach ein Ende sein". – „Doch! Kann es und ist es". – „Und was ist hinter den Bergen"? – „Auch nix"! Karuun wurde leicht nervös

„Sehr viel nix hier, was"! Saariia fiel Karuuns Unruhe auf und wusste, dass er ihr nicht die Wahrheit sagte. Der Fluss floss in einem traumhaften blau/grün vor sich hin. Saariia zog ihre Sachen aus und ging zum Ufer. „Du willst da wirklich rein"? – „Ja, warum nicht"? – „Naja es ist Wasser, ich mag kein Wasser und außerdem…". Karuun brach ab und schaute zu Boden. „Und außerdem"?? - „Nix, gar nix"! – „Aha wieder *Nix* war ja klar, du bist keine große Hilfe echt. Wie soll ich denn über das Land was erfahren, wenn nur *Nix* deine Antwort ist", langsam war Saariia genervt und ging ins Wasser. „Woww, das is superwarm! Wieso ist das so warm"? – „Woher soll ich das Wissen, es ist wie es ist". Saariia verdrehte die Augen und schwamm los. Es war herrlich und das Wasser glasklar. „Was ist hinter den Bergen", fragte sie nochmal. „Nix!" – „Aber wieso führt dann ein Weg ins *NIX*"? Saariia gab nicht auf. „Das ist kein Weg, da steht eben nur kein Berg"! ;Zwecklos mit ihm, warum will er mir nicht sagen, was da ist; dachte sie. Nach einiger Zeit kam sie aus dem Wasser, trocknete sich ab und legte sich in die Sonne. „Karuun? Wie viele Könige gibt es in Suomatra"? – „Ähm, 4". – „Na super was für eine Auswahl", sie konnte nicht anders, ständig musste sie an diese Prinzen Sache denken. „Auswahl", hackte Karuun nach. „Naja an Prinzen, haben die denn überhaupt alle Söhne"? – „Ja haben sie, die meisten sogar mehr als einen. Da findet sich schon einer für dich"! – „Und was, wenn ich keinen will", Saariia bockte „Na einen wirst du irgendwann nehmen müssen"! – „Bist du irre!!! Ich hasse diesen ganzen verdammten Mist. In meiner Welt, gab es in diesen Sachen keine Vorschriften", langsam stiegen Tränen in ihre Augen. War das hier wirklich der richtige Ort für sie? Alles war so fremd. Saariia stopfte ihr Badetuch in die Tasche. „Gehen wir, ich hab keine Lust mehr mich mit *nix* und Vorschriften zu beschäftigen", sie war sauer und wollte nur noch allein sein. Gerade als sie kehrtmachen wollte, sah sie am gegenüberliegenden Flussufer einen Mann. „Karuun, wer ist das"? Karuun schaute sich um: „Niemand", sagte er und ging schneller. „Hmm, ja klar. Also *Niemand* der im *Nix* wohnt sieht unverschämt gut aus! Soweit ich das von hier beurteilen kann"! – „Was!! Nein, spinnst du, mitkommen sofort Prinzesschen"! Jetzt war auch Karuun sauer „Pffff", machte Saariia und drehte sich nochmal um. „Wirst du das jetzt wohl lassen"!! Karuun schrie sie fast an und packte sie am Arm, zerrte sie mit sich. „Auaa, geht's noch! Du bist ja echt ein ganz toller Freund, Super"! Saariia riss sich von ihm los und rannte zum Schloss. Dort angekommen stürmte sie die Treppe hoch in ihr Zimmer und knallte die Tür zu, sie warf sich aufs Bett und weinte. Minutenlang konnte sie sich nicht beruhigen, bis sie schließlich ihre Tränen wegwischte und nach ihrem Handy griff.

;Wenigstens können sie mir die Musik nicht nehmen, in diesem bescheuerten, blöden, hinterwäldler Suomatra; Sie steckte sich, die Kopfhörer in die Ohren und drückte Play, >Choose to be me< lief gerade, ;Ja wie denn? Hier wird einem ja sogar das Atmen vorgeschrieben, eine Prinzessin muss dies, eine Prinzessin muss das, Fuck!! Es war besser, als kleine Verrückte mit Trauma abgestempelte zu werden als DAS hier; sie schlug mit der Hand gegen das Kissen und fing wieder an zu weinen.

Es klopfte an der Tür. „Saariia? Essen ist fertig komm bitte runter". Sie erkannte Tarijas Stimme. „Nein, hab keinen Hunger lass mich allein"! – „Saariia, was ist denn los? Kann ich reinkommen"? – „Was los ist", ihre Stimme bebte. „Das hier is los, Suomatra ist los, ich gehör hier nicht her. Ich will zurück", schrie sie verzweifelt unter

Tränen weiter „Und NEIN du darfst nicht reinkommen, ich will niemanden sehn ich will nach Hause in meine Hütte. Ich will hier weg"! Erschrocken über die Worte ihrer Freundin ging sie wieder und fragte sich, was wohl passiert ist. Tarija suchte nach Karuun, um ihn zu fragen, aber der meinte nur, er würde nicht wissen, was Saariia hat.

Irgendwann schlief sie unter Tränen ein und wünschte sich ihr altes Leben zurück. Als sie am nächsten Morgen aufwachte, erinnerte sie sich daran, dass sie von diesem *Niemand* geträumt hatte. ;Wer ist das; fragte sie sich. Sie hatte noch die Kleidung von gestern an, huschte schnell ins Bad, machte sich frisch, schnappte sich die Tasche mit Badetuch und schlich sich aus dem Schloss. Kaum draußen rannte sie, so schnell sie konnte, zum Fluss und setzte sich hin, mit dem Rücken an einem Baum. Ihr Blick viel genau in den Weg zwischen den Bergen. Ihre Gedanken fuhren Achterbahn und wieder rannen Tränen ihre Wangen hinunter. Nach einiger Zeit zog sie sich aus und sprang in den Fluss, mit jedem Zug, den sie schwamm, fühlte sie sich besser.

„Na, Ariel, schon Flossen bekommen", fragte plötzlich jemand. Erschrocken schaute sie nach, wo die Stimme herkam, eine Stimme, die sie nicht kannte, die aber unglaublich tief und warm klang. Am Flussufer sah sie *Niemand* sitzen, der ihr breit entgegen grinste. Saariia schwamm ans Ufer. „Hey, du hast mich ganz schön erschreckt". – „Ups, sorry, war keine Absicht, Liekki", grinste er noch breiter „Wer bist du? Wieso nennst du mich Flamme und wieso sprichst du finnisch", fragte sie. „Wow, wie kann man so viele Fragen auf einmal stellen", grinste er. „Du sprichst also auch finnisch. Habt ihr keinen Spiegel, Prinzessin? Du hast Haare wie eine lodernde Flamme, selbst wenn sie nass sind". – "Wer bist du? Und nein ich spreche kein finnisch, weiß nur ein paar Wörter. Und doch wir haben Spiegel und ich weiß das ich rote Haare hab, kann ich auch nix für, Blondschopf"! Er lachte "Ganz schön frech die wiedergefundene Prinzessin"! – "Woher weißt du, wer ich bin", sie zog sich aus dem Wasser und setzte sich neben ihn. "Das verbreitet sich gerade wie Laubfeuer, im ganzen Land. Ich bin Kasiim", stellte er sich vor "Du bist doch Saariia, die Prinzessin der Saben, die vor 15 Jahren verschwunden ist? Oder etwa nicht"? Er sah sie mit seinen meerblauen Augen an. ;Woww was für Augen; dachte Saariia, "Ähm ja die bin ich wohl. Was sind Saben"? – "Na du bist die Prinzessin, oder besser eine der Prinzessinnen der Saben. Und ich bin ein Maare vom Volk der Maaren das hinter den Bergen lebt. Hat dir das keiner gesagt", erklärte Kasiim. "Mir sagt hier keiner was. Ich hab's so satt hier. Mach dies, du brauchst das, man erwartet jenes. Und Fragen werden mit einem *Nix* beantwortet. Ich will hier gar nicht sein", brodelte es aus ihr heraus. "Glaub ich zumindest, ach was weiß ich, is ja auch egal"! – "Woww, du bist ziemlich schlecht gelaunt, was! Lass dir Zeit, du kannst nicht 1000 Fragen auf einmal beantwortet bekommen. Was ist damals eigentlich passiert"? - "1000 Fragen! Pfff, es waren zwei! Zwei, gottverdammte Fragen und keine Antworten. Wie viele Fragen darf man denn in diesem tollen Suomatra pro Tag stellen, um sicherzugehen das man eine vernünftige Antwort bekommt", zornig sah sie ihn an. Kasiim hob beide Hände "Oookay, ganz langsam, ich kann auch nichts dafür. Bitte Gnade, eure Hoheit"! – "Blödmann", sagte Saariia und lachte dann doch. "Na wenigstens lachst du wieder, den Blödmann hab ich jetzt einfach mal überhört, dieses eine Mal", zwinkerte er ihr zu. "Warum sagt mir niemand was"? – "Lange Geschichte, und keine schöne, Liekki, komm morgen wieder her, dann erzähl ich sie dir. Jetzt muss ich leider gehen". Er stand auf, zwinkerte ihr nochmal zu und ging auf den Weg zu, der eigentlich ja keiner war, laut Karuun. Saariia ließ sich ins Wasser gleiten und schwamm zurück ans andere Ufer. Wesentlich besser gelaunt ging sie zurück zum Schloss.

Karuun kam ihr entgegen „Saariia, was hast du gemacht? Wo warst du"? – „*NIX* hab ich gemacht und *NIRGENS* war ich"! – „Was soll das denn heißen? Das sind keine Antworten"! - „Ach was? Sag bloß! Blöd mit so dämlichen Antworten, hmm", schon war sie wieder sauer. Ging an ihm vorbei ins Schloss, ohne ein weiteres Wort.

Wieder legte sie sich auf ihr Bett und machte die Musik an, aber sie hörte sie gar nicht. Ihre Gedanken waren bei Kasiim mit seinen blonden Haaren, die an den Seiten und hinten etwas länger waren und dem Pony, der ihm auf der rechten Seite bis über das Auge fiel. Die Augen, diese wahnsinns, blauen Augen, meerblau und mit einem Funkeln, wie wenn die Sonne sich im Wasser spiegelt. ;Morgen seh ich ihn wieder und dann gibt es auch ein paar Antworten; dachte sie und schlief ein.

**Kapitel 15**

Am nächsten Morgen stand sie auf, ging ins Bad und unter die Dusche. Ihre Kleider warf sie in den Wäschekorb und zog sich frische an. Saariia putzte sich die Zähne und schaute in den Spiegel. ;Liekki; dachte sie lächelnd, na wenn er meint.

Sie ging nach unten, um mit ihren Eltern zu frühstücken. „Was war denn gestern mit dir los", fragte ihre Mutter. „Öhm, weiß auch nicht hatte schlechte Laune". – „Heute wieder besser", ihr Vater schaute sie, mit festem Blick an. „Ja klar alles gut". – „Schön und was stellst du heute an"? Der Blick ihres Vaters war unverändert. „Ich dachte ich geh spazieren. Ganz schön groß mein zukünftiges Königreich". Saariias Stimme war tonlos, was ihrem Vater auffiel. „Schön nimm Karuun mit". – „Karuun? Also echt der bringt mir gar NIX"! – „Oh habt ihr euch gestritten? Is dass der Grund für die schlechte Laune gewesen"? – „Ja irgendwie schon, aber egal". Saariia wollte es jetzt wissen „Was ist hinter den Bergen"? Laut zog ihr Vater die Luft ein und sagte: „Hinter den Bergen lebt ein anderes Volk, Saariia, es ist eine lange, alte und schreckliche Geschichte für den Moment sollte dir unser Volk reichen. Die Sache mit den Maaren ist…kompliziert. Ich werde dir dazu alles erzählen, wenn die Zeit dafür gekommen ist, fürs erste ist es nur wichtig, dass du, solltest du je einen von ihnen treffen, den Kontakt vermeiden musst"! – „Ok deine Antwort war wesentlich genauer als ein NIX, aber warum muss ich den Kontakt vermeiden? Sind die böse", erleichtert das ihr Vater ihr eine halbwegs vernünftige Antwort gab. „Nein, sie sind nicht böse, es ist nur Gesetz das sich Saben, das sind wir, und Maaren sich aus dem Weg gehen. Nimm es erst mal so hin, genaueres dazu zu einem anderen Zeitpunkt".- „Okay, klingt ja mystisch", lachte Saariia verabschiedete sich und lief zum Fluss.

Eine Weile saß sie im Gras und schaute den Weg an. Man konnte nichts erkennen kein Haus oder sonst was. Dann zog sie sich aus und ging im Fluss schwimmen. Kasiim lehnte an einem der Berge und schaute ihr zu. Einige Minuten später ging er ans Ufer, setzte sich hin und sagte: „Nixe würde besser passen als Prinzessin". – „Hey! Nixe wäre ich auch viel lieber als Prinzessin". Saariia schwamm zu ihm und setzte sich auch ans Ufer. ;Für den Moment ist es nur wichtig, dass du den Kontakt zu den Maaren meidest; dachte Saariia an die Worte ihres Vaters. ;Ach was, kann so schlimm nicht sein; beschloss sie die Anordnung, des Vaters zu missachten. „Nixen, können zeitgleich auch Prinzessinnen sein, denk mal an Ariel. Und sie sind ständig im Wasser und rotzfrech"! – „Rotzfrech?? Ich glaub du spinnst Mr. Neunmalklug"! Kasiim lachte „Na stimmt doch Nixe. Nur die Sache mit den Haaren passt nicht so ganz". Saariia kniff die Augen zusammen und sagte: „Blödmann! Wolltest du mir nicht diese Geschichte erzählen, sonst kommt nur wieder *,ich muss gehen*, wenn du die Zeit mit dummem Geplapper verschwendest"! Kasiim schüttelte den Kopf „Ich gebs auf mit dir", lachte er, „Also gut die Geschichte:

*„Es ist jetzt etwa 100 Jahre oder so her. Da waren die Prinzessin der Saben und ein Stallbursche der Maaren ineinander verliebt, das alleine war schon verboten genug, zudem waren die Saben und Maaren damals zwar befreundet, aber Liebe war für alle Schichten verboten..."*

– „Warum?" – „Dafür gibt's leider nur ne blöde Antwort, aber sie ist die Wahrheit! Man wollte nicht das sich die Völker vermischen, die Saben sind rot- und schwarzhaarig, die Maaren blond - und braunhaarig und so sollte das Bleiben". – „Das is ja mal superbescheuert", stellte Saariia fassungslos fest „Ich sagte doch es ist blöd, aber es ist so". – „Ok weiter, was war mit den beiden dann"? Kasiim fuhr sich durch die Haare und erzählte weiter:

*„Sie trafen sich immer an der Brücke hier am Fluss..."* - „Welche Brücke," warf Saariia dazwischen. „Kannst du vielleicht einfach die Klappe halten und zuhören!!

*Irgendwann erfuhr der König davon und sperrte seine Tochter im Schloss ein, der Stallbursche war weiter jeden Tag an der Brücke, aber sie kam nicht. Nach einiger Zeit ließ der König seine Tochter wieder raus und sie lief sofort zur Brücke, doch der Stallbursche kam nicht mehr zur Brücke. Eines Tages, die Prinzessin war immer noch täglich an der Brücke, kam der Stallbursche, sie rannte ihm entgegen und in seine Arme. Er allerdings drückte sie von sich und sagte ihr, dass das alles keinen Sinn macht und es besser ist, wenn sie sich nicht mehr sehen, daraufhin ging er zurück ins Dorf.*

Was dann passierte weiß keiner.

*Der Stallbursche kehrte zur Brücke zurück, er wollte nochmal mit ihr reden, als er dort ankam, trieb ihr toter Körper im Fluss..."*

„Nein", stöhnte Saariia!

„Doch, leider.

*Der König, getrieben von Trauer, Wut und Hass, er war ein herzloser, gnadenloser König in allen Bereichen, er ließ den Stallburschen wegen Mordes an seiner Tochter hängen, riss die Brücke ein und verhängte das Gesetz, wenn je ein Sabe sich wieder mit einem Maaren abgibt würde dieser das gleiche Schicksal erleben wie der Stallbursche.*

Und dieses blöde Gesetz gilt heute noch", schloss Kasiim seine Erzählung. „Das is grausam! Glaubst du, dass er ihr etwas getan hat", fragte Saariia „Nein, das glaube ich nicht". – „Was dann? War es Selbstmord"? Kasiim holte tief Luft „Ich weiß es nicht, Liekki. Es gibt eine Legende, einen Mythos, aber niemand weiß, ob das wahr ist", versuchte er zu erklären „Welchen"? – „Hmm, es heißt

*vor mehreren Jahrhunderten gab es eine Hexe, die einen Zauberer liebte,...".*

„Sag jetzt nicht, dass das auch verboten war". – „Nein das war es nicht.

*Aber der Zauberer liebte eine andere Hexe und betrog diese eine, als sie das erfuhr nahm sie sich das Leben hier im Fluss. Die Legende sagt, dass ihr Geist noch im Fluss sein Unwesen treibt und Menschen mit gebrochenem Herzen oder einer verbotenen Liebe zu sich holt. Man sagt auch das seitdem das Wasser des Flusses so warm ist."*

Beide saßen nebeneinander und keiner sagte etwas, bis Saariia leise fragte: „Gehst du deswegen nicht in den Fluss"? Kasiim grinste, er wollte die gedrückte Stimmung lockern und antwortete: „Nein, ich geh nicht in den Fluss, weil du sonst nur noch an mich denken könntest, bei dem Anblick", er lachte, und schupste sie ins Wasser. Saariia tauchte wieder auf und schimpfte „Du! Du! Du"!

Schwamm zu ihm ans Ufer und zog ihn am Fuß mit in den Fluss. Kasiim schwamm auf sie zu und drückte ihren Kopf unter Wasser „Du kleines Biest"! Mühsam durch die nassen Klamotten zog er sich zurück ans Ufer. Saariia folgte ihm. „Warum hat Karuun mir das nicht erzählt"? – „Dein Troll liebt dich und will dich beschützen", meinte Kasiim „Ich kann gut auf mich aufpassen"! – „Ja hat man gesehn"! Und wieder schupste er sie ins Wasser „Blödmann, mit dir werd ich allemal fertig"! Kasiim warf den Kopf zurück und lachte: „Ja das is deutlich zu sehen"! Sie schwamm zu ihm, blieb aber diesmal im Wasser. „Verdammt, wie erklär ich das jetzt"! Kasiim schaute auf seine tropfnassen Klamotten. „Ach Blondschopf, das is ganz einfach. Du sagst einfach, dass du zu tollpatschig bist und in den Fluss gefallen, ich verspreche dir, das glaubt jeder", Saariia lachte, als sie sein Gesicht sah, und schwamm zurück an andere Ufer. „Na warte! Dich krieg ich noch", drohte Kasiim lächelnd, stand auf und ging. Saariia trocknete sich ab, blieb noch etwas in der Sonne liegen und ging dann zurück zum Schloss. ;Eine schreckliche Geschichte, aber wieso hält man nur an so dämlichen Gesetzen fest; dachte sie.

**Kapitel 16**

Als Saariia ins Schloss ging, kam Tarija auf sie zu. „Hey", sagte sie vorsichtig. „Hey, sorry das ich dich gestern so angefahren hab, aber ich war so genervt von Karuun". – „Von Karuun? Als ich ihn gefragt hab, hat er gesagt er wüsste nicht was du hast. Na ja, erst mal egal, du sollst zu deinen Eltern kommen". – „Ok, weißt du warum", fragte Saariia. „Ähm ja, aber das sollen sie dir selber sagen". ;Ach herrje, was is denn jetzt wieder; dachte sie.

Saariia ging ins Wohnzimmer, aber da war niemand. „Tarija? Wo sind sie denn"? – „Oh sorry hab ich vergessen zu sagen, im Arbeitszimmer, den Flur unter der rechten Treppe ganz nach hinten. Ähm und Saariia, klopf an, dein Vater mag es dort nicht wenn man einfach reinplatzt". – „Mag er es nicht oder is es Gesetz"? – „Wie meinst du das denn jetzt", Tarija schaute sie verwundert an. „Ach schon ok, war nur so ein Gedanke". Sie lächelte und ging Richtung Arbeitszimmer. Dort angekommen blieb sie vor der Tür stehen, holte noch mal tief Luft und klopfte. „Ja", hörte sie die Stimme ihres Vaters. Sie trat ein, ihr Vater saß am Schreibtisch und ihre Mutter etwas versetzt neben ihm. „Hallo, ich soll kommen. Hab ich was falsch gemacht"? Saariia hatte ein ganz ungutes Gefühl. „Ach was nein, gar nicht. Setz dich zu uns". –

„Ooookayy". – „Also für heute Abend hat sich deine Tante Maarla und ihr Sohn Vulaan zum Essen angemeldet. Es wäre schön, wenn du etwas Schickes anziehst, also nicht *diese* Kleider. Nur Stoffhose und Bluse oder so etwas",

sagte ihre Mutter. „Klar mach ich kein Problem", sie war
erleichtert, sie hatte sich sonst etwas ausgemalt. Saariia
wollte gerade kehrtmachen, als ihr Vater sprach. „Warte,
das war noch nicht alles. Am Wochenende ist im Ballsaal
ein großes Fest, alle Königsfamilien werden da sein. Und
da musst du eines *dieser* Kleider tragen"! – „Oh, was ist
das denn für ein Fest"? – „Das ist einmal im Jahr, alle
kommen zusammen, so können sich die Königskinder
kennenlernen", erklärte er ihr. „Was! Nein ich will da
nicht hin, ich will *KEINEN* Prinzen, bitte"! – „Darum
geht es doch gar noch nicht. Aber so kannst du schon mal
sehen, Wen du nett findest". ;Ich glaub es nicht; dachte
Saariia „Keinen, sind alle doof", war ihre Antwort. „Das
kannst du doch gar nicht wissen. Außerdem ist es nur ein
Kennenlernen, nichts weiter", beruhigte sie ihre Mutter.
„Na schön, wenn's unbedingt sein muss. Wann kommt
Tante Maarla"? – „19 Uhr". – „Gut dann geh ich noch ein
bisschen in mein Zimmer. Bis später. Oder war noch
was", sie hoffte, dass dem nicht der Fall war, dieser Ball
war ja wohl Folter genug. ;Vonwegen nur kennenlernen
nichts weiter, das is ja wohl das Letzte. Es geht nur darum
welcher dieser Nachwuchsblaublütler für mich, und
andere Prinzessinnen in Frage kommt; dachte Saariia.
„Nein, das war alles sei pünktlich, das man dich nicht
holen muss und gut gelaunt wäre auch ein Vorteil",
meinet ihr Vater und zwinkerte. „Alles klar, immer doch",
sie versuchte, zu lächeln, was ihr aber misslang.


Sie legte sich auf ihr Bett und schaltete die Musik an. Sie
schloss die Augen und ließ sich in die Musik fallen, die
Welt, jede Welt, hörte für diesen Moment auf, zu
existieren, das kann nur Musik …

Noch eine Stunde bis zum Essen. Saariia nahm die Kopfhörer raus und ging ins Bad. Sie zog sich an und versuchte ihre Haare mit einer Spange zu bändigen, was ihr auch gelang. Ein Blick zur Uhr sagte ihr, dass es an der Zeit war, runter ins Esszimmer zu gehen.

„Oh, sehr hübsch", sagte ihre Mutter, als sie das Zimmer betrat. „Danke". Sie setzte sich zu ihnen und Mona brachte Wasser in einer schönen Karaffe. Kurze Zeit später begleitete Tarija ihre Tante und Cousin ins Zimmer. „Saariia, da bist du ja wieder, was für eine Überraschung", trällerte ihre Tante und nahm sie in die Arme. Saariia lächelte sie verlegen an „Ja, unglaublich", sagte sie. Irgendetwas stimmte nicht, Saariia hatte das Gefühl, das ihre Tante gar nicht erfreut war, sie zu sehen. Maarla war eine große Frau mit roten, schulterlangen Haaren, na ja eher kupferfarben. Sie hatte kalte, strenge Augen. Saariia mochte sie nicht. Vulaan hingegen hatte schwarze kurze Haare und strahlte Wärme und Güte aus. ;Sicher, dass er dein Sohn ist, muss nach seinem Vater kommen; dachte Saariia. Alle setzten sich und Mona brachte mit Tarija das Essen. Während des Essens wurde nicht gesprochen. Kaum hatte Mona abgeräumt, ging es aber los.

„Jetzt erzähl mal Saariia, wo hast du gesteckt, was is überhaupt passiert und wie bist du zurückgekommen", bohrte Maarla. Saariia sah sie an, sie konnte nicht anders, diese Frau war falsch, hinterhältig und böse. „Ja, ich weiß gar nicht so recht wo ich da anfangen soll, ich kann mir selber nicht erklären was passiert ist oder warum." – „Na irgendwas musst du ja wissen, oder? Wir haben ganz Suomatra nach dir abgesucht, dass du in eine Parallelwelt gelangt bist, konnte ja keiner ahnen." – „Wirklich *GANZ*

Suomatra? Oder nur den Teil der Saben"? – „Ach, darüber weißt du also schon Bescheid, aber Dinge, die dich betreffen weißt du nicht", zischte Maarla „Wenn ich jemanden finde der Fragen nicht mit *NIX* beantwortet dann hab ich gute Chancen, alles was passiert ist zu erklären, aber da müssen wir wohl alle warten, bis der *richtige Zeitpunk*t gekommen ist. Nicht so einfach, dieses Frage/ Antwort – Spiel in Suomatra"! - „Saariia", rügte ihr Vater sie. „Was denn? Jeder fragt mich immer und immer wieder die gleiche Sch ... Und ich weiß nur das vor mir im Wald so ein Portal-Dings aufgetaucht ist und jetzt bin ich hier. Jeder will alles von mir wissen. Aber wenn ich etwas wissen will, wird das *vertagt* oder mit *nix* abgetan". – „Du könntest ruhig etwas Dankbarkeit zeigen, scheint in der Parallelwelt nicht wichtig zu sein, dein Verhalten ist inakzeptabel", knurrte Marla böse.

;Was zum ... ist das für ne blöde Kuh; sie zitterte vor Wut. Saariia stieß den Stuhl zurück und verließ wütend den Raum. Sie lief im Garten umher, als Saato sie sah. „Woww, welche Laus ist dir denn über die Leber gelaufen", fragte er. „Welche wohl, MAARLA"!! Saato lachte. „Ok du magst sie nicht". – „So ist es, sie ist, sie ist.... falsch! Alles an ihr ist falsch"! Saato nahm ihre Hand „Komm mit"! Ohne zu fragen, folgte sie ihm. Er brachte sie in den Pferdestall in die leere Box ganz hinten, wo er sie auch gefunden hatte. „Hier haben wir uns als Kinder immer versteckt. Weißt du noch? Immer dann, wenn die Erwachsenen uns tierisch genervt haben, oder wir uns vor Karuun versteckt haben", erzählte er lächelnd. „Ich glaube nicht. Nur Schemenhaft, tut mir leid. Ich weiß nichts mehr. Was wenn ich gar nicht diese Saariia bin? Was wenn ich einfach nur die verwirrte Larissa bin und zufällig hier hin gestolpert bin", sie setzte sich auf einen der Strohballen. Saato deutete auf das Armband „Das ist deins, Karuun hat es dir gemacht"! – „Ich hab's im Wald gefunden, kann also auch jemand anderen gehören", sie spielte an ihrem Armband. „Blödsinn, du bist Saariia, ich würde diese Mähne unter einer Million anderen Menschen erkennen". Saato sah sie an und löste ihre Haarspange, wie glühende Lava fielen ihr die Haare auf ihre Schultern und bis zum Strohballen. „Siehst du! Sowas gibt's nicht zweimal". Saariia schaute in die fast schwarzen Augen und sagte: „Saato, was ist damals passiert? Warum ist es passiert"? Tränen liefen ihr die Wangen hinunter und sie konnte nichts dagegen tun. „Ich weiß es nicht, leider. Glaub mir, ich würde dir alles sagen, aber ich war auch noch ein Kind, kaum älter als du. Ich weiß es nicht", seine Stimme war mehr ein ersticktes Flüstern. „Schon gut. Kennst du jemanden der es wissen könnte", fragte sie. „Glaub mir, wenn es so jemanden gäbe und wir, vor allem der König und die Königin wüssten davon, wärst du keine 15 Jahre verschwunden gewesen". – „Das bedeutet dann also es wird immer ein Geheimnis bleiben", traurig sah Saariia ihn an „Ja, ich fürchte schon. Saariia du solltest zurückgehen und dich bei deiner Tante entschuldigen. Des Familienfriedens wegen". Saariia verdrehte die Augen „Du hast Recht. Das werd ich wohl müssen. Saato, du bist dir sicher, dass ich, ich bin"? – „Felsenfest sicher, du bist Saariia".

Saariia ging zurück ins Esszimmer. Böse funkelte Maarla sie an. „Ich muss mich entschuldigen. Ich bin etwas durcheinander, so vieles was ungeklärt ist und wohl auch bleiben wird, alles ist fremd hier und ich denke immer, dass ich die Erwartungen nicht erfüllen kann". Saariias Stimme war zuckersüß, schuldbewusst und um Vergebung bittend zu gleich, aber was sie sich dachte, waren nicht die Worte, die sie aussprach. „Ach Kind, das war ja auch eine schrecklich schwere Zeit für dich", sagte Maarla mit

herablassender Stimme. ;Super, blöde Ziege, dann mach das du deinen arroganten Arsch, hier raus bewegst. Könnt ja sein, dass ich meine Ehrlichkeit wiederfinde;
dachte Saariia und sagte „Danke das du mich verstehst". Mit Engelsaugen schaute sie Maarla unschuldig an. ;Raus jetzt, verpiss dich; forderte sie gedanklich. „Oh, schon so spät! Wir müssen uns dann mal wieder auf den Weg machen", sagte Maarla. Innerlich schrie Saariia ;Tschakka, and the winner is … ;

Tarija brachte Maarla und Vulaan zur Tür und weg war sie, diese aufgeblasene Pute. Saariia ging auf ihr Zimmer, das war genug für heute.

**Kapitel 17**

Saariia kam zum Frühstücken ins Zimmer. „Da bist du ja", sagte ihr Vater. „Mhmmm, guten Morgen". – „Was war denn das gestern, kannst du mir erklären was du dir dabei gedacht hast"? – „Papa, es tut mir leid, aber ich mag Maarla nicht. Sie ist…! Ich weiß auch nicht, irgendetwas stimmt nicht, sie fühlt sich falsch an", versuchte Saariia zu erklären. „Genauso falsch wie die Gesetze hier. Was soll das denn mit den Saben und Maaren und den Verboten, das is uralter Tobak und niemand macht sich die Mühe auch nur mal darüber nachzudenken, dass es an der Zeit ist etwas zu ändern. Nein, alle klammern sich an dem fest was so ein bescheuerter König erlassen hat, der dann noch einen unschuldigen hängen lässt. Wenn das die Art ist ein Königreich zu führen solltest du verhindern das ich je auch nur in die Nähe eines Throns komme", ohne nachzudenken, plapperte sie einfach los. „Woher weißt du davon"? – „Stand in der Tageszeitung"! – „Jetzt ist es genug mit deinen dummen Sprüchen, ich hab dir gesagt, dass ich dir alles erzählen werde … ". Saariia unterbrach ihn „Ja hast du, wenn die Zeit dafür gekommen ist, bla bla, naja ich hab jemanden gefunden der Zeit hatte, du warst zu langsam"! Der König stand auf „Wer? Wer hat dir davon erzählt"? – „Ähm, jetzt flipp nicht gleich aus okay. Ein Maare. Aber das war, bevor du mir gesagt hast, dass ich nicht mit ihnen reden soll. Und woher sollte ich es denn wissen das es verboten ist, mir sagt ja keiner was". - „Ein Maare, so und nun denkst du die Saben sind die bösen, weil sie diesen Buschen hängen ließen und die

Maaren sind die armen", zornig sah er seine Tochter an. „Nein! Das denke ich nicht! Und die Maaren denken das auch nicht"! – „So tun sie nicht! Was denken sie dann"? – „Du hast noch nie mit einem darüber gesprochen? Sie denken das der Stallbursche unschuldig war, ja. Aber sie wissen nicht was am Fluss mit der Prinzessin passiert ist. Vielleicht war es ja auch ein … Unfall, oder so was". – „Hast du dich nochmal mit ihm getroffen", streng sah ihr Vater sie an „Ja", sagte Saariia leise und blickte schuldbewusst zu Boden. „Ich fasse es nicht! Geh jetzt! Wir reden später weiter"!

Saariia lief zum Fluss, setzte sich an einen Baum und wusste nicht, was jetzt noch werden soll. Etwas glitzerte vor ihr, sie blinzelte und sah eine kleine, fast durchsichtige Gestalt, es trug ein orangefarbenes Kleid aus Baumblättern, hatte orange Haare, die hochgesteckt waren und nur ein paar Strähnen tanzten ums Gesicht, es hatte silberne Flügel, die wie Diamanten glitzerten. „Wer bist du", fragte Saariia. „Ich bin Sassa. Du sorgst ganz schön für Wirbel, was", kicherte es „Ich mach doch gar nichts. Bist du eine Elfe"?- „Ja, ich bin eine Elfe. Du machst nichts? Ich kann mir denken deine Tante schäumt immer noch vor Wut". Sie hielt ihre zarte Hand vor den Mund, kicherte wie verrückt und schlug Saltos in der Luft. „Woher weißt du davon", wollte Saariia wissen. „Na hör mal ich bin eine Elfe, wir wissen ALLES"! - „Oh super, so jemanden suche ich. Was ist vor 15 Jahren passiert? Warum ist es passiert? Bin ich wirklich Saariia? Wie bringe ich … ". Die kleine Elfe stieß einen spitzen Schrei aus und hielt sich die Ohren zu. „Mal ganz langsam, ich hab gesagt, dass ich alles weiß. Nicht aber, dass ich es dir sage"! – „Bitte, Sassa! Bitte, wie soll ich es denn sonst erfahren", bettelte Saariia. „Wenn ich dir das nicht sage, erfährst du es nie"! - „Genau! Also bitte sag es mir"! Die Elfe folg aufgeregt hin und her „Ich kann nicht.

Ich darf nicht. Ich darf nicht mal mit dir reden"! - „Aber du redest mit mir! Also stört dich etwas, etwas was du loswerden willst. Wieso darfst du nicht mit mir reden"? Nervös schaute sich Sassa um „Elfen reden nicht mit Menschen", sagte sie schließlich „Ich bin aber ein Mensch, und du redest gerade mit mir. Bitte Sassa"! - „Na schön. Jemand wollte dich los haben mit Hilfe einer Hexe, wurde ein Portal geschaffen, das dich in eine andere Welt brachte. Und es war nicht der Plan das du je zurückkommst". - „Warum? Wer", fragte Saariia „Nein mehr sag ich nicht"! - „Sassa, welche Hexe? Wie heißt sie? Wo finde ich sie"? - „Xantria, sie lebt hier im Wald. Saariia du musst aufpassen, du bist in Gefahr! Denn du *bist* die Prinzessin. Hör auf daran zu zweifeln und wähle weise wem du vertraust. Hör auf dein Herz, es wird dich leiten, wenn du dazu bereit bist, wird sich alles erklären. Liebe zu etwas, für etwas. Zum Beispiel war es die Liebe, die dich angetrieben hat, nach der Wahrheit zu suchen und schließlich hast du es irgendwie geschafft, nach Suomatra zurückzukommen … Das ist genug jetzt, mehr sag ich nicht"!- „Ok, danke. Das hilft schon ein bisschen weiter", sagte Saariia, aber da war die Elfe schon weg.

„Mit wem redest du"? Kasiim kam vom Fluss her. „Ich, ähm, mit niemanden, ich hab … gesungen, ja", stotterte Saariia. „Klar, du weißt schon, dass du ne miserable Lügnerin bist"! Kasiim setzte sich zu ihr, schaute sie an: „ Wie war es so in der Parallelwelt"?- „Was willst du denn genau wissen", stellte sie die Gegenfrage. „Warst du glücklich dort"? – „Naja, es ging so. Es war nie leicht. Ich war ständig damit beschäftigt herauszufinden was vor 15 Jahre passiert war und damit habe ich viel von mir gestoßen. Aber im Allgemeinen war es ok". – „Hattest du … ", er räusperte sich „ … ich meine, ähm erzähl mir von dir" ;Was genau will er denn hören, und wieso druckst er so rum; dachte sie. „Ich bin Floristin. Mit 8 Jahren wurde ich adoptiert und meine Pflegeeltern sind klasse. Ich geh gern schwimmen … ". Er unterbrach sie mit einem Lachen: „Wirklich? Du gehst gern schwimmen, hätte ich jetzt nicht gedacht. Erzähl mir was, was ich nicht weiß"! „Blödmann! Wie wäre es denn wenn du von dir erzählst! Ich weiß nur deinen Namen und das du Maare bist"?! – „Aaahhh! Da gibt's nicht viel zu erzählen. Ich glaube im Vergleich zur Parallelwelt ist Suomatra eher langweilig. Wie waren deine Freunde? Was habt ihr unternommen", lenkte er wieder auf Saariia. „Carola ist meine beste Freundin, eigentlich die Einzige, die mich verstanden hat, meistens zumindest, wir hatten Streit, kurz bevor ich dieses Portal-Dings gefunden hab. Jetzt bin ich hier und kann nicht zurück. Wenn ich ehrlich bin, weiß ich nicht, ob ich das hier wollte". – „Verstehe, ist ja auch nicht so einfach von jetzt auf gleich in einer anderen Welt zu sein, egal in welcher Richtung, denke ich zumindest. Gibt es denn eine Freund der dich jetzt vermisst", er sah sie neugierig an. „Es gab welche, der letzte Versuch ging ziemlich nach hinten los, also aktuell nein". – „Ohhh! Konnte er den Ansprüchen der Prinzessin nicht gerecht werden", neckte er sie. „Du bist wirklich ein unbeschreiblicher Blödmann! Weißt du das? Ich war dort keine Prinzessin, was auch gut war, ich will keine sein"! Er beugte sich zu ihr, sein Gesicht ganz nah an ihrem, sie konnte seinen Atem auf ihren Wangen spüren, er sah ihr tief in die Augen. ;Woww, was für tolle, grüne Augen; dachte er und flüsterte ihr ins Ohr: „Hab ich dir nicht gesagt, du sollst mich nicht so nennen"! Saariia war wie gelähmt durch seine Nähe, ihr Herz raste und es breitete sich eine Gänsehaut über ihrem ganzen Körper aus. Kasiim gefiel seine Wirkung auf sie, er grinste frech, zog sie hoch, sie standen sich ganz nah, Saariia schluckte schwer. „Nun die Strafe für den Blödmann, Hoheit", hauchte er, hob sie hoch und rannte mit ihr ins Wasser.

Erst als das Wasser Saariias Körper berührte, entkam sie ihrer Starre und quietschte laut auf, sie spritze Wasser nach ihm. Er schwamm zu ihr, legte seine Hände an ihre Hüften, wieder durchzog Saariia dieses unbeschreibliche Gefühl, dann hob er sie hoch, nur um sie im nächsten Augenblick wieder ins Wasser zu werfen. Sie tobten eine ganze Weile unbeschwert im Wasser, bis Kasiim sich mit den Worten „Nähdään" (Wir sehen uns) verabschiedete. Saariia strahlte ihn an und hauchte ein „Toivon" (Ich hoffe), was Kasiim mit einem Zwinkern quittierte, bevor er zwischen den Bergen verschwand.

Gerade als Kasiim außer Sichtweite war, tauchte Karuun auf. ;Puhh! Glück gehabt; dachte Saariia. „Dachte ich mir das ich dich hier finde. Eine Prinzessin sollte nicht den ganzen Tag irgendwo rumhängen! In deinem Fall wäre es gut wenn du dich mit den Gepflogenheiten einer Prinzessin vertraut machst, du bist keine sieben mehr, man erwartet etwas von dir", rügte er Saariia, deren gute Laune von eben wie weggeblasen war. „Oh wirklich, vielleicht solltet ihr mit eurer endlich wiedergefundenen Prinzessin etwas behutsamer umgehen, nicht das ich wieder verschwinde", fauchte sie ihn an. „Das kannst du gar nicht! Du weißt nicht wie", trotze Karuun. „Wer weiß, vielleicht hab ich jemanden gefunden der so ein

Portal- Ding machen kann, eine Hexe vielleicht"! Gespannt sah sie ihn an. Der Troll riss erschrocken die Augen auf, rieb sich nervös die Hände an der Latzhose, dann jedoch beruhigte er sich schlagartig wieder, stieß erleichtert Luft aus und quiekte vergnügt: „Das können Hexen gar nicht! Nur Zauberer und Magier", er kicherte triumphierend. Saariia hingegen war verwirrt, Sassa hatte Hexe gesagt, ganz sicher. Wortlos folgte sie Karuun zum Schloss, um dort zu duschen und anschließend mit ihren Eltern Abend zu essen. Der König musterte sie: „Hast du den Maaren wieder getroffen"? Saariia mied seinen Blick: „Nein", log sie. „Du willst mir erzählen du warst den ganzen Tag allein am Fluss", donnerte der König. „Ich bin es gewohnt allein zu sein! Wenn man erstmal als traumatisierte Verrückte abgestempelt ist, hat man nicht viele Freunde! Man fühlt sich wohler, ALLEIN", sie schob ihren Teller in die Tischmitte, Wut stieg in ihr auf und Tränen sammelten sich in ihren Augen, aber sie erlaubte sich nicht, zu weinen. „Saariia", begann der König berührt getroffen „Ich wollte nicht … ". – „Is mir egal", schrie sie und verließ schnellen Schrittes das Zimmer, raus aus dem Schloss, zum Pferdestall, in die letzte, hintere, leere Box, dort kauerte sie sich auf den Strohballen zusammen und erlaubte sich nun zu weinen.

**Kapitel 18**

Saato stürzte in die Box: „Saariia! Verdammt, sie suchen dich wie verrückt! Hast du hier geschlafen", fragte er schockiert. „Wehe du bringst mich in Schloss", knurrte sie. „Weißt du was die mit mir machen, wenn ich nicht sage, dass ich weiß, wo du bist"!? – „Hängen, vielleicht! Darin sind die Saben, wie man hört, ziemlich gut! Bei den Maaren wars auch ein Stallbursche"! – „Verdammt, Saariia! Das ist ewig her und der Stallbursche hatte was mit der Prinzessin, sowas geht gar nicht. Du bist ziemlich durcheinander wegen der Geschichte. Heute ist das nicht mehr so, es wird keiner mehr gehängt". – „Bist du dir da auch ganz sicher, ja", sie drängte sich an ihm vorbei und lief zum Fluss. Saato sah ihr nach, dann glitt sein Blick zum Schloss, wo alles in Aufruhr war, wegen Saariia. Er wusste, er müsste dem König sagen, wo seine Tochter ist, aber er tat es nicht. Sie würde zum Fluss gehen, schwimmen, wie sie es schon als kleines Mädchen tat und was sie bis heute nicht abgelegt hatte, und dann zurückkommen. Zumindest hoffte er das. Er zog das Schlosstor wieder etwas zu und half weiter bei der Suche, bis Karuun ihn am Arm packte und mit sich in den Stall zog: „Wann sagst du dem König wo sie ist", keifte Karuun ihn an. „Guck nicht so blöd! Ich hab euch gehört! Du hast dir schon als kleiner Junge immer Ärger eingehandelt, nur um sie zu schützen, denkst du ich bin blöd! Das ändert sich nie"! - „Karuun, lass ihr Zeit! Versuch sie doch zu verstehen. Vor 15 Jahren ist sie, wie auch immer, in dieser Parallelwelt gelandet, alles war fremd, alles vertraute weg und sie war ganz allein. Sie musste sich dort zurechtfinden, sich einfügen. Und jetzt, passiert das Gleiche wieder, nur andersrum. Suomatra ist ihr nicht mehr vertraut, wir sind ihr nicht mehr vertraut, sie ist wieder allein, in einer fremden Welt. Und alles was wir tun, ist sie einsperren und ihr sagen was von ihr erwartet wird. Machen wir weiter so vertreiben wir sie. Vielleicht nicht in die Parallelwelt zurück, aber Suomatra ist groß, gib ihr Zeit, ich bin sicher sie kommt zurück, freiwillig", flehend sah er Karuun an. Der Troll schüttelte den Kopf: „Wenn wir das tun, leisten wir dem König nicht Folge, das darf man nicht"! – „Der König muss es nicht erfahren! Du weißt das ich recht habe"! – „Na schön, ich sage nichts. Aber wenn Saariia heute Abend nicht zurück ist, wird allein dein Kopf rollen", zischte Karuun. „Einverstanden". Saato schlug ein und betete, das Saariia zur Vernunft kommen würde und nach Hause kam.

Saariia rannte zum Fluss, panisch schaute sie sich um: „Sassa! Sassa! Bitte ich brauch deine Hilfe"! Die Elfe ließ sich jedoch nicht blicken. Sie riss sich wütend die Haarklammer aus und schleuderte sie mit aller Kraft ins Wasser, dann ließ sie sich zu Boden fallen und weinte, schrie!

Traurig beobachtete Kasiim sie von der anderen Seite des Flusses. Gern wäre er zu ihr, um sie zu trösten. Doch so einfach war das nicht, er ist Maare, sie Sabin, sie durften keinen Kontakt haben, nicht mal winken durfte er, wenn man es genau nahm. Zuviel hatte er schon zugelassen. Er wischte sich mit den Händen durchs Gesicht und durch die Haare, machte kehrt und wollte gerade zurück, nach Hause als er sich noch einmal zu ihr umdrehte, sah er das auch Saariia, auf den Weg zurück ins Schloss war. Er hatte sie noch nie mit offenen Haaren gesehen, sie sah so verdammt gut aus. Diese dämlichen Gesetze!

Saariia drückte das Schlosstor auf und betrat den Hof. Sie setzte sich auf den Rand des Brunnens und schaute gedankenverloren hinein. Der König kam aus dem Schloss auf sie zu: „Wo hast du gesteckt? Willst du uns das alles nochmal antun"? – „Ich bitte um Verzeihung, Majestät"! Der König wurde wütend, wollte Saariia gerade am Arm packen, als Saato sich zwischen die beiden stellte. „Was erlaubst du dir", donnerte der König wütend. „Auch für Saariia wiederholt sich alles, Sir! Wir sollten ihr zeigen das wir besser sind als jene in der Parallelwelt, wir sollten ihr zeigen das sie uns vertrauen kann, wir sollten IHR vertrauen"! Karuun schüttelte fassungslos den Kopf, unsagbar dämlich sich gegen den König zu stellen und unsagbar mutig zugleich. Saariia hob den Kopf, sah in die wütenden Augen ihres Vaters, sie wusste, er würde Saatos Verhalten niemals tolerieren, legte ihre Hand auf Saatos Arm und ging an ihm vorbei, warf ihm einen dankbaren Blick zu und wandte sich an ihren Vater und König, um Saato zu schützen. Musste sie es schaffen, dass er sich beruhigte: „Entschuldige, bitte! Es war dumm was ich getan hab". Des Königs Gesichtszüge entspannten sich: „Du wirst noch einige Zeit brauchen, denke ich, bis du dich zurecht findest", mit einem leichten Lächeln wies er ihr an, ins Schloss zu gehen. Dort schickte er sie in ihr Zimmer, sie sollte sich beruhigen, wie er sagte.

**Kapitel 19**

Saariia wollte gerade aus dem Schloss, die Sonne war dabei den neuen Tag anzukündigen, als der König hinter ihr knurrte: „Wo willst du hin?" – „Schwimmen", antwortete sie knapp. „Das kannst du vergessen, in drei Tagen ist der Ball, ich werde dafür sorgen das du anwesend bist, du bleibst im Schloss"! Entsetzt sah Saariia ihren Vater an. Er sperrte sie wieder ein, zwar luxuriöser, aber er sperrte sie ein. „Das kannst du nicht machen", flüsterte sie schockiert. „Und ob ich das kann, auf dein Zimmer, Karuun bringt dir Frühstück"! Er drehte sich um und ließ Saariia einfach stehen. Sie schaute auf die Ausgangstür, dann in die Richtung, in der ihr Vater verschwunden war. „Denk nicht mal dran", quietschte Karuun hinter ihr. „Bist du jetzt meine Wache"!? – „Nenn es wie du willst, ich pass auf, das du nicht wieder abhaust", stemmte Karuun seine Hände in die Hüften und deutete mit dem Kopf zur Treppe: „Du sollst auf dein Zimmer"! Böse funkelte Saariia Karuun an, machte kehrt und ging die Treppe hoch in ihr Zimmer, Karuun folgte ihr. „Du kannst draußen aufpassen, Troll", zischte sie und schlug ihm die Tür vor der Nase zu. Sie holte den Holzstuhl und klemmte in unter die Türklinke, der König sorgte dafür, dass sie nicht raus kann, sie sorgte dafür, dass keiner zu ihr rein kommt! Sie holte sich ein Kissen, ihre Musik und setzte sich auf dem Balkon auf den Boden. Ihr Blick verfing sich im Glitzern des Flusses `Ob Kasiim da ist`, fragte sie sich. Sie weinte nicht, zu wütend war sie. Karuun rüttelte an der Tür: „Saariia, ich hab dein Essen, mach die Tür auf"! – „Das kannst du dir sonstwo hinstecken, Troll"!

Plötzlich tauchte Karuun im Schlosshof auf, und schrei ihr irgendetwas zu, durch die Musik konnte sie ihn aber nicht verstehen. Karuun hüpfte wie verrückt auf und ab. Saariia war genervt, allein von seinem Anblick, sie packte ihr Kissen, ging zurück in ihr Zimmer und warf sich auf das Bett. Gedankenverloren starrte sie auf das Fenster, langsam ging sie darauf zu, sie öffnete es, eine Sprossenwand fiel ihr auf, an der Kletterpflanzen wuchsen, die Schlossmauer nur einen großen Schritt entfernt. ;Ich könnte an der Sprossenwand runter klettern, rüber zur Mauer springen und dann wäre ich weg! Vielleicht finde ich diese Hexe, von der Sassa gesprochen hat, und die könnte mich doch sicher wieder zurück nach Hause bringen, hat sie doch schon mal geschafft; schoss es ihr durch den Kopf.

Gerade als sie aus dem Fenster klettern wollte, sah sie den König mit der Königin im Schlossgarten spazieren gehen, geradewegs auf ihr Fenster zu. Sie hörte die beiden reden, konnte aber nicht verstehen, was sie sagten. Saariia legte sich wieder auf ihr Bett, wieder war sie in Gedanken bei Kasiim. ;Wieso denke ich die ganze Zeit an ihn; fragte sie sich, als die Stimme ihres Vaters an der Tür sie aus den Gedanken holte.

„Saariia, komm bitte nach unten! Es tut mir leid, und ich möchte mit dir reden"! Von Neugier getrieben, gehorchte sie und ging nach unten. Sie setzte sich, verschränkte die Arme trotzig vor der Brust und würdigte ihren Vater keinen Blick. „Du bist wütend", stellte dieser fest. „Sehr scharfsinnig! In der Parallelwelt, also meinem zu Hause, haben meine Eltern mich nie eingesperrt! Ich wünschte ich hätte diese Portal-Ding nie gefunden". – „WIR sind deine Eltern", schrie der König sie an. Unbeeindruckt dessen zischte Saariia: „Etwas aus der Übung würde ich behaupten"! Der König war im Begriff etwas zu sagen, atmete jedoch tief ein, schloss die Augen und begann mit gekränkter Stimme: „Wir sind nicht aus der Übung, wir sind überglücklich das du zurück nach Hause gefunden hast, wir ... ". – „Ohhh ja, hab ich gemerkt. Erst zwei Wochen in den Keller gesperrt, um mich dann, *überglücklich,* mit Vorschriften, Regeln und Gesetzen zu bombardieren! Zu guter Letzt werde ich gezwungen einen Prinzen zu heiraten, wenn ich nicht selber einen wähle der dir passt, machst DU das, was mich zu einer Gefangenen im goldenen Käfig macht! Ja, ich kann deutlich spüren, wie glücklich ihr seid, und wie sehr ihr mich doch liebt! Ich will zurück, ich will keine Prinzessin sein, ich brauch kein Suomatra! Ich will meine Leben wieder! Und ich werde Carola versprechen das ich es auch genießen werde, wie sie gesagt hat, keine blöde Suche mehr nach der Vergangenheit! Ich hätte auf sie hören sollen", redete sie sich in rage. „Es tut mir leid, du brauchst Zeit um dich in Suomatra zurchtzufinden, aber du wirst dich zurechtfinden müssen, denn es gibt keinen Weg zurück"! – „Und wie bin ich dann vor 15 Jahren dahin gekommen"? – „Das weiß ich nicht ... ". – „Hast du überhaupt schon versucht es rauszufinden"?! Saariia kniff die Augen zusammen, Wut stieg in ihr auf und diese verdammte, unerklärliche Hitze. „Ich weiß nicht wo ich anfangen soll zu suchen", gab der König leise zu. „Na wenn du als König das nicht weißt! Oder ist es vielleicht einfach so, Hauptsache deine Thronfolge ist wieder da"! – „So ist das nicht, sag mir was dich so sehr an Suomatra stört, vielleicht kann ich in dem einen oder anderen Punkt ja helfen, damit du dich hier zu Hause fühlst wo du hingehörst",lenkte der König ein.

„Wieso muss ich Thronfolge sein? Gibt es niemand anderen? Wieso besteht dieses blöde Gesetz immer noch? Wieso muss ich einen Prinzen heiraten? Wieso fühle ich mich hier so schrecklich allein und unglücklich? Ich wollte immer nur herrausfinden was damals passiert ist, jetzt wo ich zumindest weiß, wo ich herkomme, wenn auch nicht das wie und warum, jetzt wünsche ich mir nur, das ich zurück könnte! Ich würde nicht mehr suchen, ich würde mein Leben genießen, wie Carola es gesagt hat! Jetzt wo ich hier bin fühlt sich meine jahrelange Suche, wie ein einzig großer Fehler an"! – „Deine Suche war kein Fehler! Ich habe den Fehler gemacht, zu viel von dir, zu schnell zu verlangen und deshalb ist es meine Schuld, wie du dich jetzt fühlst! Ich kann dich nicht zurücklassen, zum einen, weil ich nicht weiß wie, und zum anderen, weil ich/wir dich nicht nochmal verlieren wollen. Du bist unsere Tochter, somit die nächste Königin! Was die Gesetze angeht, ich kann diese nicht allein ändern und ich kann dir wegen diesen Gesetzen den Umgang mit diesem Maaren nicht erlauben! Wer ist er überhaupt", versuchte ihr Vater möglichst all ihre Fragen zu beantworten. „Dieser König von damals konnte das Gesetz auch einfach so, allein, beschließen! Warum geht das dann nicht anders rum"? – „Damals waren andere Zeiten, und ich glaube die Saben waren auf der Seite ihres Herrschers! Wer ist der Maare der dir so den Kopf verdreht hat, hmm", ein leichtes Lächeln lag bei der Frage auf seinen Lippen. „Er hat mir nicht den Kopf verdreht! Er ist nur nett, meistens zu mindest", grinste nun auch Saariia. „Aber ich werde dir bestimmt nicht sagen wer er ist, schließlich verlangt *dieses* Gesetz das er gehängt werden soll"! – „Saariia, das ist Blödsinn, niemand wird gehängt"! – „Ach, wirklich,warum existiert es dann noch, wenn sich keiner dran hält! Dann könnte man es auch abschaffen", keifte sie. Der König verdrehte die Augen: „Da müssen alle Könige, Saben wie Maaren, einbezogen werden, verstehst du"? – „Dann rede mit ihnen", forderte Saariia mit Nachdruck in der Stimme. „Ich soll mit allen reden?! Mit der Begründung, dass meine Tochter sich in irgendeien, dahergelaufenen Maaren verliebt hat, ja? Verstehe ich das richtig", Ironie lag in seiner Stimme. „Ich ... ich hab mich nicht verliebt ... nur Freunde, ja Freunde mehr nicht", stotterte sie. „Du darfst aber nicht mit ihm befreundet sein,das ist ... "! – „Gesetz!!Ich hab verstanden", schrie sie nun, stand auf und war im Begriff zu gehen. „Du magst das nicht verstehen, aber glaub mir, ich kann nichts tun! Aber ich werde dich nicht mehr einsperren, wenn du versprichst, nicht wieder wegzulaufen und mit auf den Ball kommst"! In ihrer Bewegung blieb sie stehen, drehte sich langsam um. Hatte sie richtig gehört? „Ich verspreche es! Wenn du verspricht wenigstens nach einer Möglichkeit zu suchen! Der Gesetze wegen"! – „Na schön, ich lasse es mir durch den Kopf gehen", seufzte der König nachgiebig. Sie lächelte dankbar und legte sich in ihrem Zimmer auf das Bett. ;Verliebt! Blödsinn! Ich bin nicht verliebt; dachte sie ;Er ist nett, sieht gut aus, er bringt mich zum Lachen und schafft es, dass ich für den Moment alles um mich herrum vergesse aber ... ; ihre Gedanken brachen ab, genau jetzt lief der Song >The right one< sie stöhnte: „Nein eben nicht"!

**Kapitel 20**

Saariia stürmte in die Küche, dass Mona sich fürchterlich erschrak. „Herrje, Kind, du schaffst es immer noch, dass mir der Herz stehen bleibt", lachte sie. „Oh! Tut mir leid, das wollte ich nicht", entschuldigte sie sich zerknirscht. „Ich wollte nur Kaffee und dann raus hier, ich bin nämlich nicht mehr eingesperrt, toll oder! Jetzt auf dem schnellsten Weg zum Fluss und ab ins Wasser schwimmen. Ich bin pünktlich zurück", plapperte sie und hob die Hand zum Schwur. Mit dem Kaffee im Tonbecher wollte sie gerade die Küche verlassen, als Mona verdutzt fragte: „Und Frühstück"? – „Kaffee ist Frühstück", zwinkerte sie lächelnd und weg war sie.

Sie lief zum Wald. „Sassa, huhuu Lieblingselfe, hast du vielleicht gerade zufällig Sprechstunde", säuselte sie, aber die Elfe ließ sich wieder mal nicht blicken. Saariia blieb am Waldrand, beim Fluss ging sie schwimmen, ohne Musik, denn das Ladekabel für die Wasserkopfhörer hatte sie nicht mitgenommen, lediglich das für Handy und Kopfhörer mit Kabel für den Notfall, aber das sorgte dafür, dass sie auf ihre Musik hier nicht verzichten musste. Sie legte sich auf das Badetuch und drückte Play, ihr Blick heftete sich in die Baumkronen und den darüber strahlend blauen Himmel, wieder verlor sie sich in der Stimme und schloss die Augen, lies sich in die Musik fallen.

Wasser tropfte auf ihren Körper, sie öffnete erschrocken die Augen und sah in das breite Grinsen von Kasiim. „Was machst du denn hier", fragte sie und ließ prüfend den Blick in alle Richtungen schweifen. „Keiner da", zwinkerte Kasiim ihr zu. „Was ist das? Was machst du damit", deutete er auf ihr Handy. „Das ist ein Handy, damit kann man telefonieren egal wo man ist, vorraugesetzt man hat Empfang, was in Suomatra nicht der Fall ist. Und man kann damit Musik hören, zum Glück, sonst würde ich hier echt eingehen", erklärte sie. „Bei uns stehen Menschen auf der Bühne und machen Musik, hier kommt sie nicht aus so einem Ding". – „Live-Musik von einer Bühne ist eh das Beste! Nur befürchte ich, das Sunrise Avenue nicht durch Suomatra tourt", kicherte sie. Da war es wieder dieses Gefühl, das er ihr gab, alles um sich herum zu vergessen. Kasiim zog die Augenbrauen in die Stirn, was seine Augen größer werden lies und dieses unbeschreibliche blau noch besser zum Ausdruck brachte: „Sunrise, was"? – „Die beste Musik überhaupt, die beste Band überhaupt, egal in welcher Welt du gerade feaststeckst ohne sie wäre ich verloren"! Kasiim deutete auf den Kopfhörer: „Darf ich mal? Muss ja was ganz besonderes sein, sind die von da, wo du gelebt hast, in der Parallelwelt"? – „Nein, ich hab in Deutschland gelebt, Sunrise Avenue kommt aus Finnland, ganz oben im Norden, wo ich jetzt eigentlich auch wäre, aber hey, ist doch toll hier und früher oder später bekomme ich sogar noch einen Prinzen, was hab ich nur für ein Glück hier zu sein", sagte sie abfällig und fügte hinzu: „Es sei denn ich finde einen Weg zurück"! Sie reichte Kasiim die Kopfhörer, der sie traurig ansah: „So schlimm hier für dich"? – „Ja, irgendwie schon", gab Saariia zu.

Nach einer Weile gab Kasiim ihr die Hörer zurück, hmm, ja nicht schlecht, aber die singen gar nicht finnisch", stellte er fest. „Nein, tun sie nicht. Und für das *nicht schlecht*, würde ich ein Gesetz erschaffen, mit grausamer Folter", boxte sie ihm lachend in die Schulter. „Na da hab ich ja Glück das du noch Prinzessin bist und keine

Königin. Du wärst jetzt in Finnland"? – „Ja ich hatte alles geplant, alles gebucht, von Helsinki nach Turku und dann weiter nach Tampere ... ". – „Tampere", unterbrach er sie. „Ja, warum"? – „Meine Mutter kommt ursprünglich aus Tampere, sie hat mir auch die Sprache gelernt". – „Und wie kam sie nach Suomatra? Es gibt doch keinen Weg zwischen den Welten?! Oder ist sie eine Hexe? Und kann diese Portal-Dinger ... ".Kasiim legte seinen Finger auf ihre Lippen. „Meine Mutter ist Finnin! Gibt es in Finnland hexen, Plappermäulchen", grinste er. „Nicht das ich wüßte, aber Kobolde soll es geben, wenn man den Geschichten glaubt". – „Warst du vorher schon mal in Finnland? Mom sagt, es gibt dort wahnsinnig viel Schnee und unbeschreiblich schöne Lichter am Himmel. Hast du das schon gesehen"? – „Nein, leider hab ich die Nordlichter auch noch nicht gesehen, aber hey, ich hab Bilder davon auf meinem Handy"! Sie setzte sich näher zu ihm und öffnete die Bildergalerie: „ ... hier schau! Traumhaft schön oder"?! Kasiim nahm das Handy, Saariia griff nach seinem Finger und wischte damit über das Display: „So blätterst du weiter", flüsterte sie. Eine neue, unbekannte Wärme breitete sich in ihr aus, eine Wärme, die sich gut anfühlte, eine die sie genoss. „Woher kommen die Lichter", wollte Kasiim wissen und holte sie damit zurück ins Hier und Jetzt. „Die schönste Erklärung die ich je gelesen hab besagt,

*der Polarfuchs steht am höchsten Punkt oben im Norden, und wedelt mit seinem Schwanz den Schnee gegen die Sterne, wenn die Eiskristalle auf einen Stern treffen, sieht man die Nordlichter,*

die Wissenschaft sieht das aber glaub ich anders", lächelte sie. „Ich mag die Geschichte vom Polarfuchs", hauchte er, kam langsam näher und schaute in ihre grünen Augen. Saariias Herz hörte für einen Moment, auf zu schlagen, nur um in der nächsten Sekunde dann im doppeltem Tempo gegen ihren Brustkorb zu hämmern. Sie hielt immer noch die Kopfhörer in der Hand und konnte leise, Rea Garvey >Kiss me< hören, ein lächeln huschte über ihre Lippen und sie schloss die Augen. „Saariia, Saaaariiiiaaaaa!!! Wo steckst du"? Kasiim wich von ihr zurück, sprang auf und versteckte sich hinter einem der großen Bäume, als fast im selben Moment Karuun auftauchte. „Wieso antwortest du nicht"? – „Weil ich Musik höre", hielt sie ihm besagte entgegen. „Was machst du hier? Ich hab Mona gesagt, ich bin pünktlich zurück", fauchte Saariia. „Wo steckt der Maare"? – „Im *Nix*"! – „Was"? – „Na im *Nix*, irgendwo da wo halt nur kein Berg steht, nehme ich an, Troll"!! – „Ich durfte dir nichts sagen, es ist doch verboten, Saariia, man muss dem König folge leisten, auch du musst das", entschuldigte er sich kleinlaut. „In erster Linie ist er mein Vater, und da wo ich herkomme, kommt es durchaus vor das man nicht auf seinen Vater hört", sie zog die Schultern nach oben. „Wer ist der Maare"? – „Ich fasse es nicht! Er, er hat dich geschickt ... ich ... ich ... ", Saariia schnaubte vor Wut, Hitze die ihr das Gefühl gab zu verbrennen, ihre Handflächen glühten. „Jetzt hör mal genau zu, wenn du mir noch ein einziges mal hinterher spionierst, schwöre ich dir, ich werde eine Hexe finden ... ". – „ ... Hexen können keine Portale machen", unterbrach Karuun sie quietschend. „Ich werde eine Hexe finden, die dich in eine hässliche, warzenbedenkte Kröte verwandelt und dich dann in eine dickflüssige, grüne Brühe verkocht! Und *das* können Hexen"!!!! Karuun drehte seine schwarzen Augen erschrocken weit raus, so das man befürchten musste, sie würden ihm jeden Moment aus dem Kopf fallen. Zufrieden grinsend verstaute Saariia ihre Sachen im Rucksack und machte sich auf den Weg zurück zum Schloss. „Saariia", begann Karuun. Doch sie hielt nur die

Kopfhörer in die Luft und trällerte: „Ich kann dich gaaar nicht hören"!

Zurück im Schloss verzog sie sich in ihr Zimmer, der Holzstuhl leistete ihr immer noch treue Dienste unter der Türklinke.

In zwei Tagen würde der Ball stattfinden. Wieder glitt ihr Blick zum Fenster, wieder spielte sie gedanklich ihre Flucht über die Sprossenwand durch, und wieder tat sie es nicht.

Sie griff nach ihrem Handy und blätterte durch die Bildergalerie, sie dachte an Kasiims Augen, sie leuchteten bei den Bildern vom Schnee und den Nordlichtern. Gedankenverloren strich sie weiter über den Bildschirm, bis zu einem Foto von Carola und ihr. Tränen stiegen ihr in die Augen, sie war verschwunden, von jetzt auf gleich, ohne mit ihr zu reden. Würden sie, sie suchen? Jetzt war sie dort verschwunden, genau wie damals hier. Da fiel ihr ein, dass Kasiim ihre Frage, wie seine Mutter, eine Finnin, nach Suomatra kam, nicht beantwortet hatte. Sie musste es wissen, vielleicht könnte sie auf genau diesem Weg wieder zurück nach Hause.

**Kapitel 21**

Während sie im Fluss schwamm, stellte sie sich immer wieder die Frage, ob sie gesucht wurde, ob sie vermisst wurde, zu Hause, in der Parallelwelt. Tränen rannen über ihr Gesicht. Wieder schaute Kasiim ihr zu, bis er nach einer Weile sagte: „Hey Liekki"! Saariia drehte sich in seine Richtung, lächelte und warf einen prüfenden Blick zur Seite der Saben, als niemand zu sehen war, schwamm sie zu ihm. „Was ist los? Du siehst traurig aus"! – „Ach was, und bei dir? Warum weinst du"? – „Ich ... ähm ... ich hab nicht ... ". – „Doch hast du", strich er ihr sanft über die Wangen. Wieder fühlte sie diese Wärme, nicht die Hitze, die sie so hasste, eine neue Wärme, eine die sich so verdammt gut anfühlte, die nach mehr verlangte. Sie sah ihn an, drohte sich in seinen Augen zu verlieren und gab schließlich zu: „Ich hab an zu Hause gedacht, ob sie mich suchen und vermissen"! – „Ich bin sicher, das sie dich vermissen, Liekki", hauchte er ihr einen Kuss auf die Wangen. In ihrem Bauch führten Schmetterlinge einen wilden Tanz auf, ein Gefühl, das sie bisher noch nie hatte. „Kasiim, wie ist deine Mutter nach Suomatra gekommen"? – „Früher gab es Portale zwischen den Welten, jeder konnte in deine Welt, oder von dort nach Suomatra". – „Kann es dann nicht sein, das ich damals durch so ein Portal gegangen bin? Wieso gibt es diese heute nicht mehr"? Kasiim nahm ihre Hand, sein Blick war weich und gleichzeitig unsagbar traurig: „Die Portale wurden vor deinem verschwinden von Hexen und Magiern zerstört". – „Warum"? – „Der Fortschritt, die ganze Industrie und all das aus deiner Welt war zu viel, da waren sich alle Könige, Saben wie Maaren einig. Sie trafen sich und beschlossen die Portale zerstören zu lassen". – „Was bedeutet, deine Mom, kann genauso wenig zurück wie ich", schloss sie leise. „Sie hatte die Wahl, alle wurden über das Vorhaben in Kenntniss gesetzt, jeder hatte genug Zeit sich zu entscheiden. Die meisten gingen, meine Mutter blieb, so sehr ihr Finnland auch fehlt, sie ist glücklich hier! Suomatra kann wunderschön sein, Liekki, wenn du dieser Welt nur eine Chance geben würdest, könntest du vielleicht auch glücklich werden, genau hier"! Saariia schaute auf das Wasser, beobachtete die leichten Wellen, die in der Sonne ihr Licht brachen. Kasiim hatte Recht, sie hat Suomatra nie wirklich eine Chance gegeben, geblendet von der Tatsache eine Prinzessin zu sein, was sie nicht wollte, hat sie alles andere auch abgelehnt. Sanft drehte er ihr Gesicht zu sich und küsste sie federleicht auf ihre Lippen. Erneut setzten die Schmetterlinge zu ihrem Tanz an, würde sie nicht sitzen hätten ihr Beine längst nachgegeben. Langsam schlug sie ihre Augen auf, als er sich von ihr löste, sie flüsterte gegen seine Lippen: „Es stimmt, ich hab Suomatra nie eine Chance gegeben, ist auch nicht so leicht, ich will keine Prinzessin sein, und vorallem will ich ganz sicher keinen Prinzen"! Kasiim vergrößerte den Abstand zwischen ihnen und senkte den Blick: „Manchmal haben wir keine Wahl! Du bist eine Prinzessin, ob du das nun willst oder nicht, und Prinzessinen heiraten Prinzen, so werden sie zu König und Königin, manches kann man einfach nicht ändern", monoton klang seine Stimme und er schaute sie nicht an. Er atmete tief ein, setze sein spitzbübisches Lächeln auf und feixte: „Aber sonlange du noch Prinzessin bist, kannst du auch alles anderes sein, und machen was du willst, wie zum Beispiel, deinen Troll zur Weißglut treiben"! Er deutete mit einer Kopfbewegung ans andere Flussufer. „Diese bescheuerte, dämliche, nervige

Kartoffel, ich werde ihn ... "! Kasiim küsste sie auf die Nasenspitze: „Sei gnädig Prinzessin", hauchte er in ihr Ohr, stand auf und verschwand zwischen den Bergen.

Saariia sah ihm nach, seufzte und schwamm zu Karuun. „Näher ging wohl nicht, hmmm", wetterte dieser. „Oh doch, glaub mir da gibt es noch eine Stufe", zwinkerte sie frech. „Das wagst du nicht"!!!! – „Glaubst du wirklich ich würde dich fragen? Solange ich noch Prinzessin bin, kann ich machen was ich will"! – „Aaaaber nicht mit einem Maaren, wann will das endlich in deinen Kopf"! – „Das werde ich nie begreifen, dieses Gesetz ist totaler Schwachsinn, wann begreift das Suomatra"? – „Auch ohne diesem Gesetz, geht das mit Blondie nicht, Prinzessin bekommen einen Prinzen und nicht irgendeinen dahergelaufenen, was weiß ich. Und Liebschaften waren auch vor dem Gesetz zwischen den Völkern nicht erlaubt"!

„Auch das ist Schwachsinn"! Ohne weiter auf Karuun einzugehen, lief sie zurück zum Schloss.

**Kapitel 22**

Saariia wollte die Zeit, nutzen und schwimmen gehen. Aber ihr Vater hielt sie zurück und weiß ihr an, auf ein Gespräch mit ihr zu kommen.

„Du triffst dich immer noch mit diesem Maaren," begann er im ernstem Ton. „Oh, toll Karuun hat gepetzt!" – „Er sagt, du hast ihn geküsst," wurde der König lauter. „Na wenn der Troll das sagt!" – „Ich frage dich gerade ob das stimmt!!" – „Er hat versucht mich davon zu überzeugen, Suomatra eine Chance zu geben, er meinte, dass ich dann auch die Schönheit dieser Welt und diesem Land erkennen könnte und auch hier glücklich werden kann," ihr Ton war eher abweisend als überzeugend. „So wie ich das sehen, sind die Maaren sehr viel einfühlsamer als die Saben! Von euch hat noch keiner sowas zu mir gesagt! Vielleicht sollte ich mir einfach die Haare blond färben!" Die Adern am Hals des Königs quollen erschreckend hervor: „Blonde Haare sind sicher nicht die Lösung, außer das es dir erleichtert dich mit dem Maaren zu treffen. Wer ist er überhaupt. Es ist an der Zeit das zu beenden, ich bin der König und du meine Tochter. Du wirst mich nicht zum Gespött der Saben machen" donnerte er. Saariia ging, ohne ihm zu antworten. Doch ihr Vater hielt sie grob am Arm fest. „Du gehst nirgendwo hin solange ich nicht weiß wer er ist," schrie er. „Wer weiß vielleicht ein Stallbursche," provozierte sie ihn. „Aber wie ihr Befehlt, eure Hoheit, wieder Gefängnis!" Sie riss sich los und rannte in ihr Zimmer, rammte den Stuhl an seinen Platz unter der Klinke und schrie. Alle Wut, jede Trauer, alles, was man fühlen konnte, schrie sie mit aller Kraft raus.

„Saariia!" – „Lass mich gefälligst in Ruhe, *König!* Ich hasse dich, dich und das ganze verdammte Suomatra!!!" Stille an der Tür. Entkräftet glitt sie zu Boden, sie wischte ihre Tränen ab und ging unter die Dusche, kalt um dieser Hitze zu entkommen.

Die Sonne legte sich hinter den Bergen schlafen und die Dämmerung brach an. Saariia lag auf ihrem Bett und hörte Musik, ihr Blick am Fenster. Alles, was sie tat, war so aussichtslos, als würde sie versuchen einen Wasserfall hochzuschwimmen. >I gotta Go<, hörte sie, wie in Trance stand sie auf, öffnete das Fenster und kletterte die Sprossenwand nach unten bis zur Mauer, dann ein kleiner Sprung und sie war draußen. Sie lief zum Wald, ließ sich ins Moos fallen ;Und jetzt? Das ist immer noch Suomatra! Ich komm hier nie nie wieder weg; dachte sie.

In den frühen Morgenstunden traf sie wieder am Schloss ein. „Wo warst du?" – „Nicht mal in der Nähe des Flusses oder der Berge, Hoheit!" – „Hör auf mich so zu nennen, ich bin dein Vater!" Gleichgültig zog Saariia die Schultern hoch und setzte ihren Weg fort. „Ich rede mit dir!" – „Schön! Ich aber nicht mit dir. Sie lief ins Schloss, den breiten Gang hinter der Küche entlang zum Hinterausgang, bog links ab und kletterte die Sprossenwand wieder hoch in ihr Zimmer.

Mona hatte sie überredet, zum Essen nach unten zu kommen. Wortlos setzte sie sich an den Tisch. „Ich stimme dir zu, wir waren nicht sehr einfühlsam, dein Leben in der Parallelwelt war ein anderes als dieses hier, ich hab zuviel verlangt. Zudem gebe ich diesem Maaren in einem Punkt Recht, du solltest Suomatra eine Chance geben," begann ihr Vater. Saariia hob den Kopf, schaute ihm direkt in die Augen, er schien es ernst zu meinen. „Saariia, hast du den Maaren geküsst?" – „Er hilft mir, Suomatra zu verstehen," wich sie der Frage aus. „Habt ihr euch geküsst," fragte der König erneut, mit Nachdruck. „Er erklärt mir die Dinge wie sie sind und warum sie so sind. Die Gesetze, die Flusshexe, die zerstörten Portale," erneut wich sie der Frage aus. Der König, um einen ruhigen Ton bemüht, sagte: „Ich will wissen ... " – „Ja, verdammt! Karuun hat die Wahrheit gesagt. Aber ich sage dir sicher nicht wer er ist! Und wenn du mich für immer einsperrst!" Sie schob den unberührten Teller von sich und stand auf, „Saariia bleib hier!" – „Weißt du wann sich Suomatra gut anfühlt? Wenn ich mit ihm zusammen bin! Sobald er weg ist, hab ich *das* hier," flüsterte sie bedrohlich leise. „Ich versuche dich zu verstehn! Aber das kann ich nicht dulden." – „Ich weiß, es ist Gesetz!" – „Nicht nur wegen dem Gesetz, du bist eine Prinzessin und Prinzessinen heiraten Prinzen ... "Heiß brannten die Tränen auf ihren Wangen: „ ... und werden so zu König und Königin, manche Dinge kann man einfach nicht ändern," vollendete sie den Satz mit Kasiims Worten. „Ja richtig," pflichtete der König ihr bei. Sie verließ den Raum, Kasiims Worte selbst auszusprechen, raubte ihr die Luft zu atmen.

Sie stand am Kleiderschrank und hielt eines der Ballkleider in der Hand. ;Wieso konnte ich nicht auf Carola hören; dachte sie. „Du wirst wundervoll darin aussehen," flüsterte Karuun hinter ihr. Gequält schloss sie die Augen, holte tief Luft und sagte: „Ich will das alles aber nicht! Ich will einfach wieder Larissa sein." – „Als du klein warst, waren wir beste Freunde, außer Saato war in deiner Nähe. warum ist das jetzt nicht mehr so," Karuuns schwarze Kulleraugen wirkten unendlich traurig. „Ich weiß es nicht. Ich war lange weg, hab ein anderes Leben gelebt, ich komm mit all dem hier nicht klar. Ich war als Larissa immer auf der Suche nach der Wahrheit, wollte wissen wer ich wirklich bin und wo ich her kam, und jetzt wünschte ich mir, ich hätte nie danach gesucht.

Suomatra ist nicht mein zu Hause, ein zu Hause fühlt sich so an wie es bei meinen Pflegeeltern war, nicht so, Prinzessin hier, Prinzessin da, Prinzen hier, Prinzen da, ich hasse diesen Scheiß!" – „Sag sowas nicht, du bist genau hier zu Hause! Das mit dem Maaren ist meine Schuld, hätte ich dir gleich deine Fragen beantworten und dir gesagen sollen, wie das zwischen den Saben und den Maaren ist, dann hättest du ihn nicht gebraucht! Er wäre dir egal gewesen und dann hättest du ihn auch nicht geküsst." – „Mag sein, aber vielleicht wäre ich dennoch neugierig gewesen," lächelte Saariia leicht. „Wann bist du nicht neugierig! Das warst du schon immer," kicherte nun auch Karuun. „Kommst du mit zum Fluss?" – „Triffst du dich mit *ihm*?" – „Nein," schüttelte Saariia den Kopf, besann sich kurz „Also, ähm ich meine, ich weiß es nicht, K...er taucht oft einfach so auf." Karuun nestelte an seiner Latzhose und zog schließlich etwas aus der Tasche. „Ich hab was für dich!" Er öffnete die Hand und darin lag ein Ring mit roter, herzförmiger Perle in einer kunstvoll geschwungenen, silbernen Fassung. „Der Ring, der in den Brunnen gefallen ist," hauchte Saariia überwältigt. „Na ja, es ist nicht *der* Ring, der würde dir jetzt sowieso nicht mehr passen. Ich hab ihn neu für dich gemacht," blähte er stolz die Brust. „Vielen Dank, Karuun, er ist unvergleichlich schön!" Saariia steckt ihn an den Finger der linken Hand, zusammen mit dem Armband sah er phantastisch aus.

„Lass uns zum Fluss, ich muss unbedingt noch ein wenig schwimmen bevor ich mich in Cinderella verwandle." Eifrig nickte Karuun und hüpfte hinter ihr her.

Saariia glitt ins Wasser, schwamm ein bisschen, als sie wieder zum Ufer zu Karuun schwamm fragte sie: „Gibt es noch andere Völker in Suomatra?" – „Ja unten beim Wasserfall und hinter dem Wald am anderen Ende des

Sabenreiches, aber ich kenne keinen von ihnen." – „Bist du noch nie über die Grenzen hinaus gegangen?" – „Nein, warum ich hab hier alles." Saariia schüttelte den Kopf. „Danke das dus mir gesagt hast." – „Na, bervor *er* es wieder tut," verachtend funkelten seine Auge. Saariia folgte seinem Blick und sah Kasiim am Ufer der anderen Seite stehen, sofort breitete sich wieder diese angenehme Wärme und das Gefühl der Freude in ihr aus. „Karuun, darf ich? Nur ganz kurz," bettelte sie. „Das darfst du nicht und das weißt du. Und ich darf es dir nicht erlauben!" – „Muss keiner erfahren! Beste Freunde Geheimniss," zwinkerte sie. „Beste … ahhhhrrgg … Saariiiaaaa." – „Bin gleich zurück:"

„Hey Liekki, er lebt ja noch," grinste Kasiim und deutete mit dem Kopf zu Karuun. „Ist es gut wenn er dich hier sieht?" er machte eine kurze Pause „ … hier bei mir." Saariia kicherte: „Er fängt sich wieder! Kasiim, wo finde ich eine Hexe?" – „Was willst du von einer Hexe," stelle er die Gegenfrage. „Sie heißt Xantria. Sie hat damals das Portal gemacht, auch wenn Karuun behauptet das Hexen das nicht können. Sie weiß was damals passiert ist, sie kann meine Fragen beantworten." – „Oh nein Saariia, du wirst diese Hexe nicht suchen, du solltest vielmehr hoffen das sie dich nicht sucht und findet. Sie hatte einen Grund dieses Portal zu schaffen, und ich glaube sie hatte nicht auf dem Plan das du zurückkommst. Keine Antwort um jeden Preis. Hexen können Portale machen, mit Hilfsmitteln, soweit ich weiß. Magier und Hexenmeister schütteln sich die Dinger mühelos aus dem Ärmel, du weißt wie ich es meine. Liekki, du darfst diese Hexe nicht suchen," flehend sah er sie an. „Du hast gesagt ich soll Suomatra eine Chance geben, fällt mir sicher leichter wenn ich die Hintergründe und das warum weiß." – „Komm mir jetzt nicht so," er fuhr sich mit der Hand durch die Haare. „Biiittteeee," klimperte sie mit den

Augen, dieses Grün brachte ihn um den Verstand, er versuchte zu widerstehen, er wollte *Nein* sagen, stattdessen antwortete er: „Na schön! Ich kenne keine Xantria, aber ich veruche so viel wie möglich über sie zu erfahren, gib mir ein paar Tage. Keine Alleingänge!" – „Ok versprochen! Danke," hauchte sie ihm zu. „Ahhhh!! Kannst du jetzt bitte zurück schwimmen! Ich kann förmlich spühren wie der Troll mich mit seinem Blick erdolcht! Ehrlich, wenn dein Vater mich nicht hängen lässt, *er* bestimmt." Saariia kicherte, schwamm ein kleines Stück in Karuuns Richtung, drehte sich aber nochmal um, sah Kasiim direkt in die Augen: „Hei,hei, odotan innolla tapaamistamme," (Tschüss, ich freue mich darauf, dich zu sehen). Als sie ihm dann noch einen Kuss durch die Luft zuwarf, war es völlig um ihn geschehen, aber zugeben würde er das nicht, also grinste: „Tiedän," (Ich weiß). – „Blödmann!"

„Saariia komm jetzt endlich, es wird Zeit." – „Ja, schon gut, komme ja schon." Saariias Blick folgte Kasiim, bis er hinter den Bergen verschwand. Diese Gefühle waren ihr völlig neu, so hatte sie noch nie empfunden für noch keinen. Gedankenverloren zog sie sich das Kleid über und folgte schließlich Karuun. „Wieso magst du *den*? Er ... ist ... er ist ... ", stotterte Karuun. „Sexy," vollendete Saariia seinen Satz. Karuun jedoch stieß einen spitzen Schrei aus, schlug sich die Hände vor sein Gesicht und schüttelte hefig den Kopf: „NNNeeeiiiinnn!!! Ist er NICHT!!! Wirst du wohl aufhören!!!" Saariia kugelte sich vor lachen. „Lass mich doch, wenn ich erstmal in diesem Ding stecke, ist sowieso Schluss mit lustig.." – „Dieses *Ding*, ist ein wunderschönes Kleid und du wirst traumhaft darin aussehen. Wer weiß vielleicht haben wir ja unbeschreibliches Glück und du findest heute Abend einen Prinzen der Saben ... *Sexy*." Saariia stieß Luft aus ihren Lungen. „Vergiss es! Never! Kein Prinz!!!" – „Und kein Maare," konterte Karuun. „Tja sieht ganz so aus. Es sei denn ich finde vielleicht noch eine Gesetzeslücke!"

„ G..E..S..E..T..Z..E..S..L..Ü..C..K..E," stammelte Karuun perplex.

Saariia rannte ins Schloss, geradewegs auf König und Königin zu. „Bin so gut wie fertig," trällerte sie noch immer durch Karuun amüsiert. „Na zumindest hat sie gute Laune," stellte der König kopfschüttelnd fest.

Leise klopfte Tarija an ihre Tür. „Ich mach dir die Haare wenn du willst." Saariia versuchte zu lächeln. „Bist du aufgeregt? Ich hab noch nie so einen Ball gesehen. Ich wünschte ich könnte auch mal hingehen," verträumt drehte sich Tarija im Kreis. „Oh kein Problem, hier!!! Wie du weißt haben wir dieselbe Größe, also viel Spaß," Saariia hielt ihr das Kleid entgegen, sie hatte sich für das Grüne mit Silber entschieden, Tarija lachte jedoch, drückte das Kleid wieder von sich und sagte: „Och lass mal, Ball ja, Prinz nein, das überlasse ich dann doch dir!"
– „ Na vielen Dank auch!"

**Kapitel 23**

Freudestrahlend schauten ihre Eltern sie an, als sie die Treppe runterkam. „Du siehst wundervoll aus, Keines!" ihre Augen leuchteten. „Wenn du jetzt noch aufhörst ein Gesicht zu ziehen als hättest du Lebertran im Mund wäre es perfekt," lachte ihr Vater. Saariia rollte mit den Augen.

Saato öffnete die Tür und blieb kurz reglos stehen. „Woww Saariia, du siehst fantastisch aus!" Saariia versuchte zu lächeln und presste ein „Danke," durch ihre Lippen. Im Schlosshof stand die Kutsche bereit, die Königsleute stiegen ein, Saato half Saariia in die Kutsche und zwinkerte ihr zu, während Karuun alles verzückt beobachtete.

„Du magst zwar ein Sabe sein, aber Prinz bist du noch lange nicht,Stallbursche! Also hör auf mit ihr zu flirten," keifte Karuun, als Saato auf die Kutsche stieg. „Halt die Klappe, Troll!"

Saariias Magen schnürte sich immer mehr zusammen, was nicht an dem Kleid lag. „Wie oft werde ich heute gefragt was damals passiert ist?" – „Niemand wird dich danach fragen, dafür habe ich gesorgt," beruhigte der König sie. „Und wie genau sieht dieser Ball aus? Was wird da gemacht?" – „Wir werden Essen, Tanzen einen schönen Abend haben. Die Könige werden sich für einige Zeit zurückziehen und der eine oder andere König wird vielleicht etwas am Rednerpult zu sagen haben," erklärte ihr Mutter. „Tanzen!!! Oh, nein bitte nicht," entsetzt wechselte sie den Blick von Vater zu Mutter in der Hoffnung sie würden gleich loslachen, was sie aber nicht taten. „Das gehört nun mal dazu, die Prinzen werden sich um dich reisen," verzückt zupfte die Königin an ihrem Kleid. „Na soviele werden das ja nicht sein, bei vier Königreichen der Saben," schnaubte Saariia. „Es sind nicht nur die Königskinder selbst da, auch Nichten, Neffen und die enge Verwandschafft eben. Dein Vater hätte heute zum Beispiel ... " – „Es wird ein schöner Abend werden," fiel der König ihr ins Wort. „Wirst Du mit den anderen Königen wegen der Gesetze sprechen?" – „Die Gesetze haben im Prinzip überhaupt nichts mit alle dem zu tun, sonst wäre das längst schon ein Thema gewesen. Zudem wäre das auch nicht nur die Saben betreffend man müsste auch mit den Königen der Maaren sprechen," klärte ihr Vater sie auf. „Und wirst du das machen?" – „Schluss jetzt damit, wir sind da!"

Saariia stand vor dem Gebäude, es wirkte schlicht, kein Schnickschnack, kein Glamour, keine Türmchen, eher wie eine riesige Sporthalle aus der Parallelwelt, nur mit bunten, hohen Fenstern. Die Flügeltür wurde für sie aufgehalten und sie betraten den Ballsaal. „Wieso ist *SIE* hier," flüsterte Saariia ihrer Mutter zu. „Sie ist die Schwestern deines Vaters, sie gehört zur Familie, sei nett!"

„Die Verkleidung wird dir nichts nutzen, du hast keine Ahnung von Suomatra und somit kein Recht auf den Thron, du bist eine Schande für deinen Vater," zischte Maarla sofort los. Saariia lächelte milde, kämpfte gegen den Reiz an und säuselte: „Guten Abend Tante Maarla, ich hoffe eure Anreise war nicht zu beschwerlich." Vulaan biss sich auf die Lippen, um nicht laut loszulachen, während seine Mutter dasaß wie ein begossener Pudel. Vulaan stand auf und rückte den Stuhl neben sich für Saariia zurecht. „Du siehst hübsch aus."

Saariia nahm Platz und ließ ihren Blick durch den Saal

schweifen, der innen gar nichts mehr von einer Sporthalle hatte. An den Seiten waren unzählige, schwere Bronsetische aufgestellt, umsäumt von Stühlen der gleichen Art nur mit dickem, bordouerotem Samt und einer goldenen Bordüre. In der Mitte befand sich die Tanzfläche, an der einen Stirnseite war eine große Bühne aufgebaut. Wehmut durchzog Saariias Körper, ihre Gedanken drifteten ab und wieder stand sie am Königsplatz in München und vor ihr Sunrise Avenue, bis sie es schaffte, ihren Blick von der Bühne zu lösen, und sich weiter umsah. Die Wände waren mit kunstvollen Teppichen behangen, schwere bordouerote Vorhänge schmückten die bunten Fenster, an der Decke hingen bronzene Kronleuchter mit dicken roten Kerzen, die den Saal in ein angenehmes Licht tauchten.

Es wurde Wein serviert, und die Musiker betraten die Bühne. Es war ein Orchester, Trompeten, Harfen, Streicher, Saariia liebte die Klänge der Geige.

Vulaan zog sie vom Stuhl: „Komm Cousine, tanzen," grinste er. „Ohhhh, Vulaan bitte ich kann das nicht." – „Ich führe! Du wirst sehen das klappt," zwinkerte er ihr aufmunternd zu.

Schneller als sie schauen konnte, stand sie mit ihm in der Mitte der Tanzfläche. Vulaan flüsterte ihr die Schritte zu. „Du machst das super, wirklich. Ich bin dir übrigens unendlich dankbar das du es rechtzeitig zurück nach Suomatra geschafft hast." – „Ähm wie meinst du das denn?" – „Dein Vater wollte mich zum Thronfolger ernennen, übrigens heute. Also deine Rückkehr war quasi, just in time," lachte er. „Na toll, gern geschehen, nur ich will den Mist auch nicht," sie zog den Mund schief. „Mal ehrlich sehe ich aus wie eine Prinzessin?!" – „Im Moment durchaus, *Prinzessin*. Und das sehe nicht nur ich so," kaum merklich deutete er mit dem Kopf zu den

Tischreihen, „Glaub mir, deren Interesse gilt nicht mir." –
„Wenn du nicht sofort damit aufhörst, renne ich schreiend
aus dem Saal," drohte Saariia, doch Vulaan lachte nur:
„Und verlierst dabei einen Schuh, nehme ich an." – „Ha
ha, sehr lustig.

Immer noch amüsiert führte Vulaan seine Cousine zum
Platz zurück. Und schon legte auch Maarla wieder los.
„Mein Sohn wäre der bessere König gewesen." –
„Wirklich, ich hatte das Gefühl er will das gar nicht, du
hättest Vulaan nur vorgeschoben weil du selbst keine
Chance auf den Thron hattest!" Die Königin schaute
Saariia böse an. „Was denn, etwa nicht die Wahrheit!! Das
war es doch was du in der Kutsche erzählen wolltest, als
Vater dich unterbrochen hat, du wolltest mit sagen das er
heute Vulaan zum Thronfolger ernennen wollte, nur jetzt
bin ich wieder da und deshalb wird er das nicht tun.
Richtig! Liebste Tante vielleicht gelingt es dir ja deinen
Bruder davon zu überzeugen das Vulaan der bessere
König ist. Ich wär dir dankbar." – „Das hab ich längst
versucht, du bist seine Tochter und du bekommst den
Thron, auch wenn du in meinen Augen eine Schande für
ganz Suomatra bist, treibst dich mit einem Maaren rum,
hängen sollte man ihn, wie das Gesetz es vorschreibt!"
Saariia spürte, wie die Hitze in ihren Körper kroch, von
den Füßen über den Oberkörper in ihre Fingerspitzen. Ihr
Gesicht glühte, sie atmete heftig und viel zu schnell. Sie
schloss die Augen, musste sich beruhigen ;Musik, Sunrise
Avenue; dachte sie, sie konzentrierte sich auf die Stimme,
die Songs >Lifesaver<, sie betete förmlich den Text
gedanklich vor sich hin versuchte, langsam und
gleichmäßig zu atmen. Quälend langsam verblasste das
Gefühl von kochendem Blut in ihr. Sie schlug die Augen
wieder auf, griff nach dem Weinglas und trank es leer.
„Besser," keuchte sie. Sie hatte nicht bemerkt, dass
jemand neben ihr am Tisch stand. Er räusperte sich und

sah sie erwartungsvoll an. „Ich sag doch, sie ist eine Schande," keifte Maarla. Verwirrt schaute Saariia sich um und versuchte, die aktuelle Situation zu ordnen. „Sie war nur im Gedanken. Ich versuche es einfach nochmal, ok! Ich heiße Tiimo, würdest du mit mir tanzen, Saariia?" Er hatte faszinierende Augen, braun mit sattem grün das an Moos im Wald erinnerte, seine schwarzen Haare hatte er zu einem kleinen Zopf zusammen gebunden. Er wirkte sportlich und trainiert. „Oh ähm, naja ich kann das nicht so gut," stammelte sie mit hilfesuchendem Blick zu Vulaan. „Du schaffst das, Prinzessin," sprach er ihr grinsend Mut zu. „Ich hab dich gerade tanzen sehen, du machst das gut." In Tiimos Stimme lag etwas fesselndes, fast magiesches, was es Saariia unmöglich machte, ihn zu enttäuschen, sie lächelte und legte ihre Hand in seine. „Aber sag später nicht, ich hätte dich nicht gewarnt!" – „Niemals," lachte Tiimo. „Stimmt es das du in der Paralellwelt warst?" Saariia wante den Blick von ihm und schaute zu Boden. „Tut mir leid, ich wollte nicht, mein Vater sagte ich soll dich nicht darauf ansprechen, aber mal ehrlich, würdest du es nicht wissen wollen, wären unsere Rollen vertauscht?" – „Ich denke schon," lachte Saariia „Ja ich war in der Parallelwelt." – „Ist es dort besser, als hier?" – „Es ist anders, ob das nun besser ist, weiß ich ehrlich gesagt nicht. Ich habe, sagen wir mal so, Schwierigkeiten mit Suomatra, mit dem Prinzessinsein, sowas gibt es in Deutschland nicht." – „Verstehe! Und wie bist du dort hin, und schließlich wieder zurück gekommen?" – „Durch ein Portal, zumindest bin ich durch so ein Ding hier her gekommen, wie und was damals war, kann ich nicht wirklich sagen." – „Vermisst du dieses Deutschland?" – „In gewisser Weise ja. Das verrückte ist, als ich dort war, wollte ich unbedingt rausfinden was damals passiert ist und wo ich wirklich zu Hause bin. Jetzt bin ich hier, aber zu Hause fühle ich mich trotzdem nicht," erklärte sie traurig. „Erwarte nicht zu viel auf einmal, gib dir Zeit Suomatra zu entdecken, dann wirst du es auch lieben lernen, glaub mir es ist schön hier," zwinkerte er ihr zu. Sanft nickte sie. Tiimo führte sie zurück zu ihrem Tisch und bedankte sich für den Tanz, worauf Saariia ihm ein Lächeln schenkte, das er nicht mehr aus dem Kopf bekam.

Einige Könige traten ans Rednerpult und gaben ihre Thronfolge oder die Hochzeit zweier Königskinder bekannt. Auch Saariias Vater trat vor, er gab bekannt das seine Tochter nach so vielen Jahren wieder nach Hause gekommen war, was ihn überglücklich machte. Er äußerte sich abfällig über die Parallelwelt und versuchte einzelne Zweifler damit davon zu überzeugen, dass die Zerstörung der Portale das einzig richtige war. Aber mit keinem Wort erwähnte er die Gesetze Sumatras.

Saariias Füße brannten, als sie spät in der Nacht die Schuhe in ihrem Zimmer auszog. Sie hatte wohl mit jedem Prinzen, oder Ähnlichem getanzt der noch nicht fest versprochen war. Und auch wirklich jeder hatte sie nach der Parallelwelt gefragt. Ihr Kopf dröhnte, ihre Augen waren schwer, jetzt brauchte sie Musik, die alles heilt, gezielt wählte sie >Lifesaver<, sie schloss die Augen, sie war am Königsplatz, sah die glücklichen Gesichter um sich herum, die alle tanzten und mitsangen und fühlte diese tonnenschwere Last auf ihrem Herzen, nie hatte sie geglaubt, das dies ihr letztes Konzert sein würde, sie hatte nicht mal die Chance sich zu verabschieden, von der einen Sekunde auf die andere in einer anderen Welt ohne je zurückzukommen. Was war schon so toll an Suomatra, Kasiim? Ja aber den durfte sie auch nicht sehen. Sunrise Avenue, Ed Sheeran, Rea Garvey, Alexander Ryback, Lindsey Stirling oder David Garett würde sie nie wieder auf der Bühne sehen. Sie kannte zwei Welten, die unterschiedlicher nicht sein konnten, und in keiner fühlte sie sich zu Hause, in keiner war sie glücklich. Mit >Sweet Symphonie< fiel sie in einen unruhigen Schlaf.

**Kapitel 24**

Während des Frühstücks entging Saariia nicht, das ihr Vater sie regelrecht anstarrte und dabei ziemlich dämlich grinste. „Was ist," fragte sie schließlich genervt. „Du hast dich gut mit Tiimo verstanden, ihr hab getanzt, mehrmals und viel gelacht. Ausgesprochen gute Wahl!" Saariia verschluckte sich am Kaffee: „Ich habe niemanden gewählt, ich war nur nett, wie es eure Hoheit verlangt hat," ihre Stimme bebte, brach fast vor Wut ab, dann straffte sie die Schultern und knurrte flüsternd: „Dein Einfluss ist im Übrigen Bemerkenswert, jeder, aber auch wirklich jeder hat mich nach damals und der Parallelwelt gefragt, auch der ach so tolle Tiimo!" Des Königs grinsen war längst aus seinem Gesicht verschwunden, er setzte an um etwas zu sagen, doch Saariia hob abwehrend die Hände: „Vergiss es! Ich habe dein ständiges zurechtrücken der Tatsachen satt, nur damit du selbst als toller König dastehst. Ich war auf dem Ball, Deal erfüllt! Jetzt kann wieder jeder machen was er will, oder beliebt es dem König mich wieder einzusperren!?" Ohne auf eine Antwort zu warten machte sie am Absatz kehrt und verlies das Schloss, runter zum Fluss.

„Huch Saariia, du hast mich erschreckt," es war Sassas helle Elfenstimme. „Sassa!! Hallo tut mir leid, das wollte ich nicht. Ich suche dich schon ewig weil ... " – „Ich weiß das du nach mir suchst!" – „Warum hast du dann nicht geantwortet?" – „Iiiiich hatte keine Lust. Aber es freut mich das du offensichtlich einen Prinzen gefunden hast, alle reden darüber und hey du hast einen wirklich guten Geschmack," kichernd plapperte Sassa vor sich hin.

„Was? Vergiss es Sassa! Da liegst du völlig falsch! Kein Prinz," – „Kein Prinz? Bist du dir da ganz sicher, muss ja nicht dieser Tiimo sein, gibt mehr davon, nicht das alle für dich....." – „Kein Prinz niemals, egal welcher. Ich werde diese Hexe finden und mit ihrer Hilfe wieder zurück nach Hause kommen.!" – „Xantria wird dir kein Portal machen! Du gehörst nach Suomatra, weil du soviel mehr bist als du glaubst ... ups," Sassa hielt sich die Hände vor den Mund. „Und was soll das bitte sein? Was bin ich mehr?" Doch Sassa war längst wieder verschwunden. Ein Rascheln lenkte Saariia von Sassa ab: „Karuun?" – „Nein, nur ich. Mit wem redest du," fragte Kasiim. „Ich ... ähm ... mit niemandem ... ich hab ... ähm ... nur gesungen, ja genau," stotterte sie hilflos. „Ah ja, klar. Ist dir bewusst das du eine mierable Lügnerin bist," grinste er. „Na schön, ich hab mit einer Elfe gesprochen,"lenkte sie ein „Hast du was über die Hexe erfahren?" – „Nicht viel. Sie ist eine gewöhnliche Hexe die im Wald der Saben lebt. Sie ist unauffällig macht keinen Ärger, soweit wir Maaren das mitbekommen. Ich glaube aber immer noch das es keine gute Idee ist, sie zu suchen!" – „Ich muss mit ihr reden, nur sie kann mir sagen was damals passiert ist und warum," erklärte sie leise. „Tiedän (ich weiß), das was sie getan hat, ist ein schweres Vergehen, mag sie noch so unscheinbar wirken, sie ist gefährich." Ihre Augen füllten sich mit Tränen. „Hey, ich mach mir nur Sorgen, ok, und wenn du das weißt, was ändert das dann? Du bist immer noch in Suomatra, du bist immer noch Prinzessin und du fühlst dich dann sicher immer noch nicht wohl hier, leider," Kasiim wandte den Blick von ihr ab und schaute auf den Fluss. „Was ist in dieser Parallelwelt so anders soviel besser als hier? Warum willst du zurück?" – „Ich will nicht zurück weil es dort *besser* ist, sondern weil ich dort freier bin. Ich hatte dort Carola, meine Familie, meine

Musik, Bücher, Träume von Finnland, die Vorfreude auf die Reise, Konzerte all das hab ich verlohren nur weil ich hier bin," – „Du hast auch hier eine Familie und Freunde, ok Konzerte dieser Art vielleicht eher nicht aber du kannst deine Musik auch hier hören und Bücher gibt es in Suomatra auch."

Kasiim zog sie in seine Arme und hielt sie fest, sanft streichelte er ihren Rücken. Saariia genoss seine Nähe, lies sich in seine Arme fallen und hörte seinem Herzschlag zu. Langsam hob sie ihren Kopf und verlor sich in dem Blau seiner Augen. In Zeitlupe näherte er sich ihren Lippen und verschloss sie schließlich mit seinen. Saariia seufzte leise und vergrub ihre Finger in seinen Haaren. Für diesen Moment war jede Welt und alles darin unwichtig und vergessen. Für diesen Augenblick war sie glücklich.

„Was muss man eigendlich tun, damit ihr beide das endlich sein lasst," kreischte Karuun. Hektisch lösten sie sich voneinander, sie hatten Karuun nicht bemerkt. Kasiim flüsterte ihr ins Ohr: „Komm heute Nacht wieder hier her Liekki, ich werde da sein." – „Kyllä (Ja)," hauchte sie und Kasiim verschwand. „Willst du wieder beim König, petzen!!"

Karuun sagte dem König nichts,

„Gibt es hier Hexen," fragte Saariia beim Essen. Ihr Vater sah sie erstaunt an, während ihre Mutter nervös wirkte. „Ja, gibt es, warum fragst du?" – „Nur so. Wo leben sie, wo kommen sie her, sind sie gefährlich?" – „Wieso willst du das alles wissen?" – „Ich will Suomatra eine Chance geben, dazu muss ich es aber verstehen. Gibt es außer Karuun noch andere Trolle, wenn ja sind die genauso nervig wie er? Wo finde ich Elfen," versuchte sie ihr Hauptinteresse an Hexe zu verschleiern. „Aha, na schön. Trolle gibt es viele, aber nur wenige leben, wie Karuun,

bei den Menschen, sie bevorzugen Höhlen oder
Erdlöcher. Elfen sind Wesen des Waldes, also denke ich
sie werden auch dort leben, ich hab aber noch nie eine
gesehen, sie meiden die Menschen. Tja und Hexen, die
meisten leben bei ihrem Volk im Tal beim Wasserfall,
aber einige von ihnen leben mit uns bei den
verschiedenen Völkern Suomatras. Für Hexen die nicht
bei ihrem Volk leben, gibt es spezielle Gesetze aber
gefährlich sind sie, soweit ich weiß, nicht." – „Und wenn
eine gegen so ein Gesetz verstößt, was passiert dann?
Kommt sie auf den Scheiterhaufen oder wird sie ganz
traditionell gehängt," Saariia vergriff sich im Ton. Ihre
Mutter ließ das Besteck fallen wieder wirkte sie nervös.
„Werden auch Trolle bestraft?" – „Das reicht jetzt! Du
gehst besser auf dein Zimmer!"

Sie hatte nicht mit einer Antwort gerechnet, eher wieder
mit Ausflüchten, aber das er gar nichts dazu sagte, machte
sie wütend.

Die Nacht brach ein, Saariia verkeilte den Stuhl unter der
Tür, kletterte die Sprossenwand hinunter bis zur Mauer
und landete federleicht auf der anderen Seite. Sie rannte
zum Fluss, Kasiim war noch nicht da. Sie lehnte sich an
einen Baum, schaute in den Himmel. Sie hatte das Gefühl
Suomatra wäre näher an den Sternen als die Erde, sie
wirkten zum Greifen nahe und wunderschön.

Das Platschen des Wassers verriet ihr, das Kasiim kommt.
Sie sprang ihm in die Arme, obwohl er noch völlig nass
war, und küsste ihn. Kasiim nuschelte grinsend in ihren
Kuss: „Hast du ein Handtuch? Ich mach dich ganz nass."
– „Stört mich überhaupt nicht! Aber hier, ich hab eins." –
„Was würde ich für eine Brücke geben, die über diesen
blöden Fluss führt. Saariia lehnte mit dem Rücken an
seiner Brust. „Ja wäre praktisch, aber die musste dieser
dämliche König ja einreisen. Apropo König, mein Vater

sagt die Hexen sind nicht gefährlich, also können wir doch nach Xantria suchen." – „Oh man Liekki," brummte er, vergrub seine Nase in ihren Haaren und drücke ihr einen Kuss auf den Hinterkopf. „Wenn es unbedingt sein muss, suchen wir diese Hexe. Aber dann besorgst du mir Klamotten! Ich kann schlecht in Badehosen durch den Wald der Saben rennen, Mütze wäre auch toll." – „Vielleicht steht sie ja auf halbnackte, nasse Maaren, was sie dann möglicherweise weniger gefährlich macht," kicherte sie. „Ja könnte sein. *Möglicherweise* gefällt sie mir ja auch." – „Blödmann!"

„Versuch noch etwas zu schlafen wir treffen uns morgen bei Sonnenaufgang wieder hier," küsste er sie zum Abschied. „Und bitte vergiss die Klamotten nicht!"

## Kapitel 25

Als es langsam heller wurde, schlüpfte Saariia aus dem Bett und unter die Dusche.

Sie packte ihren Rucksack und schlich in die Küche, um sie Kaffee zu kochen, diese modernen Vollautomaten gab es hier nicht, aber immerhin Filterkaffee, aus dem Schrank holte sie sich einen der Tonbecher, auch To-Go Becher gab es nicht, und goss sich den frischen Kaffee ein. Sie lehnte an einem der Küchenschränke und trank genüsslich, erneut schenkte sie Kaffee in den Becher und lief so leise wie möglich zum Pferdestall.

„Guten Morgen, Saato," erschrocken drehte Saato sich um: „Himmel noch mal, Saariia! Spinnst du! Was machst du denn um diese Zeit hier?" – „Saato ich brauche deine Hilfe!" – „Aha und wobei um diese Zeit?" – „Ich brauche Klamotten von dir, alles bis zu Schuhen und Mütze eben, es ist wichtig!" – „Ähhh du brauchst bitte *WAS*? *Wofür*?" – „Du hast mich schon verstanden, bitte!" Saato sah sie eindringlich an, ein flaues Gefühl machte sich in seiner Magengegend breit. „Wieso hab ich das Gefühl, das du *wieder mal*, Dinge tust die du besser lassen solltest," er machte eine kurze Pause, sah ihre Panik in den grünen Augen. „Aber wenns so wichtig ist, warte hier, ich hol dir was du brauchst." – „Danke!Danke!Danke," fiel sie ihm um den Hals. „Schon gut. Ich will gar nicht wissen wofür, ist denke ich auch besser so." – „Ähm ja ist es," stimmte sie ihm zu und war froh, das sie nichts erklären musste.

Wenige Minuten später kam er zurück und hielt ihr einen Beutel hin. „Hier, und pass bitte auf dich auf, bei was auch immer." – "Versprochen! Und nochmal danke," hauchte sie ihm einen Kuss auf die Wange.

Saato schaute ihr noch nach, bis das Schlosstor hinter ihr zufiel. Er fasste sich an die Wange, mit einem Kopfschütteln vertrieb er seine Gedanken und machte sich wieder an die Arbeit.

Kasiim zog sich aus dem Fluss. Saariias Blick hing an seinem trainierten, nassen, nackten Oberkörper als seine Stimme ihre Gedanken zerriss und sie ins hier zurückholte. „Sag mir bitte das du was zum anziehen hast!" ;Wieso eigentlich, passt doch perfekt so, dachte sie und biss sich auf die Unterlippe, was Kasiim nicht entging. „Hab ich doch gesagt." Kasiim zwinkerte ihr zu, griff nach dem Beutel und verschwand hinter einem der Bäume. Er zog Saatos Klamotten, bis auf die Mütze, an und kam wieder zu ihr, er strich ihr eine rote Strähne hinters Ohr. „Du bist dir sicher, das du das machen willst, Liekki," raunte er. „Ja, sie ist meine einzige Chance." Kasiim nickte: „Na schön, dann komm!" Er reichte ihr die Hand und zog sie hoch, Saariia stolperte und fiel ihm in die Arme. „Hoppla, Prinzessin, nicht so stürmisch!" Er hielt sie an den Hüften und drückte sie fest an sich. „Lass los, Blödmann!" – „Ungern, Hoheit, sehr umgern," feixte er. „Hör auf damit!!" – „Erst wenn du den Blödmann weglässt," wieder zog er sie fest in die Arme, versank in ihren grünen Augen. „Das kann ich dir nicht versprechen," lachte sie, bückte sich um den Rucksack aufzuheben grinste frech und sagte: „Blödmann!" – „TzTzTz," lachend schüttelte Kasiim den Kopf, „Ich gebs auf!" – „Wo genau finden wir jetzt die Hexe?" – „Es heißt ihr Haus seht im Wald nahe am Abhang. Also würde ich sagen wir laufen zum Wasserfall und dann den Hang entlang." Er setzte sich die Mütze auf und nahm Saariia bei der Hand.

Sie standen am Wasserfall, Saariia schaute in den Himmel, die Sonne erklomm gerade in einem atemberaubenden orangerot die Berge. Ihr Blick folgte dem tosenden Wasserfall, der unten im Tal seinen Weg im Fluss weiterführte. „Was ist da unten?" Kasiim stand hinter ihr und hatte seine Arme um ihren Bauch. „Dir gehen die Fragen nie aus, was," lachte er „Soweit ich weiß, lebt dort unten das Volk der Hexen, Zauberer, Magier und so. Ich war aber noch nie dort. Es scheint ja auch keinen Weg dorthin zu geben." – „Wieso wenden sich alle Völker Suomatras voneinander ab," flüsterte sie. „Ich weiß es nicht, Liekki."

### Kapitel 26

„Seid ihr verrückt," ließ eine Frauenstimme die beiden aufschrecken, sie drehten sich um, vor ihnen stand eine große, schlanke Frau mit schwarzen Haaren und dicken weißen Strähnen. „Was denkt ihr euch dabei, wenn euch einer sieht! Saariia vorallem du solltest aufpassen, es ist gefährlich, nicht jeder freut sich das du wieder da bist," schimpfte sie weiter. „Du vielleicht," fauchte Kasiim und musterte sie kritisch. „Ich? Ganz sicher nicht! Ich will und wollte ihr nie was böses!" Saariia aber fühlte sich wohl bei dieser Frau, sie hatte das Gefühl ihr vertrauen zu können, wenn sie sich auch nicht erklären konnte wieso. „Bist du Xantria," fragte sie leise. „Ja, die bin ich." – „Du bist Xantria?! Und dann willst du uns erzählen, das du ihr nichts böses willst?!! *Du* hast das Portal geschaffen, sie aus ihrer Welt, ihrem Leben gerissen und dir war scheiß egal was aus einem sieben jährigen Mädchen, allein im irgendwo passiert," knurrte Kasiim bedrohlich. „Kasiim?! Was soll das denn," wunderte sich Saariia, so hatte sie ihn noch nie erlebt. „Schon gut Saariia, er hat ja irgendwie recht, zumindest soweit er die Geschichte zu kennen scheint. Woher weißt du das ich es war die das Portal geschaffen hat?" Saariia wandt sich ;Wähle Waise, wem du vertraust; hatte Sassa gesagt, aber sie vertraute Xantria, und Sassa hat nie abwertend über sie gesprochen, sie hat sie immer bei ihrem Namen genannt, *Xantria wird dir kein Portal machen*, auch das hatte Sassa gesagt. Irgendwas stimmte hier nicht, und sie musste rausfinden, was es war. „Also, ähm, das hat mir, ... ja ... eine Elfe erzählt," stotterte sie. „Ah eine Elfe, na das kann dann nur Sassa gewesen sein," lächelte sie. „Wie kommst du jetzt ausgerechnet auf Sassa?!" – „Es gibt wirklich sehr wenige Elfen, die mit uns Menschen sprechen und Sassa ist ... naja sagen wir so ... sie ist am meisten von uns angetan und liebt es zu beweisen dass sie mehr weiß als wir." Saariia lachte: „Da ist was dran. Sie sagte auch das ich soviel mehr wäre als ich glaube! Was meinte sie damit?" Xantria schaute prüfend in jede Richtung. „Wir sollten nicht hier weiter darüber reden! Lasst uns zu meinem Haus gehen, dann erzähle ich euch alles." – „Wir sollen mit in dein Haus? Und was dann," in Kasiims Stimme lag Abneigung, die man fast spüren konnte. „Dann werde ich dir als erstes deine Mütze vom Kopf ziehen, Blonschopf, und euch dann verhexen, euch eure Eingeweide aus dem Leib reisen und mir eine Suppe davon kochen, Blödmann! Wir werden uns bei einer Tasse Kaffee weiter unterhalten und ich werde Saariia erzählen was damals passiert ist, deswegen sucht ihr doch nach mir, oder etwa nicht!" Saariia lachte auf, sie mochte Xantria und konnte Kasiim nicht verstehen, hackte sich bei ihm ein und wollte Xantria folgen. Diese jedoch stellte sich zwischen die beiden. „Was soll das jetzt?" – „Du solltest wissen welche Gesetze hier gelten! Wenn euch einer sieht!"

Nach einer Weile sahen sie ein kleines Holzhaus, nicht so eine furchterregende Hexenhütte wie in den Märchen, aber auch keine Villa. Es war schlicht, mit Schindeln am Dach und einem liebevollem Garten davor. Bunte Blumen, die Saariia noch nie gesehen hatte, wuchsen dort, und an der Seite des Hauses war ein Kräutergarten.

Im inneren war es ebenfalls schlicht und gemütlich, ein großer Kochherd, den man mit Holz schürte, stand in der Mitte der Küche. Über dem Herd baumelten Kochutensilien an einer Stange, die an der Decke befestigt war. An den Wänden unzählige Küchenschränke und Regale in weißlackiertem Holz. Die hintere, linke Zimmerecke war rund, darin befand sich eine perfekt eingepasste Essecke, ebenfalls in weiß. „Setzt euch," bot Xantria an und deutete auf den Tisch in der runden Zimmerecke. Mit einem leisen Knarren öffnete sich eine Tür eines Küchenschrankes und drei Tontassen tanzten durch die Luft zum Tisch, gefolgt von einer dampfenden Kaffeekanne und einem Kännchen mit Milch. Zucker stand bereits am Tisch. Die dampfende Kanne goss in alle drei Tassen Kaffee. Xantria zog die Vorhänge zu. „Wozu das," misstrauen lag immer noch in Kasiims Stimme. „Ich sagte doch, Saariia ist nicht sicher! Und auch ich muss aufpassen!" – „Bist du in Gefahr? Warum? Wer bedroht dich oder ist gefährlich für dich," Saariia sorgte sich.

„Eins nach dem anderen! Vorab möchte ich mich entschuldigen, ich weiß nicht, ob du mich und mein Verhalten verstehen kannst, oder mir gar verzeihen. Das entscheidest allein du am Ende des Gespräches. Kasiims Gesichtszüge entspannten sich langsam, und er begann Xantria zu glauben, warum sollte sie so etwas sagen, wenn sie Saariia etwas antun wollte. Gleichzeitig machte es ihn neugierig, warum dann damals das Portal?

„So nun gut, fangen wir an. Wie du schon weißt habe ich das Portal geschaffen, was für eine gewöhnliche Hexe wie mich, nicht einfach ist. Ich konnte mit Hilfe eines Elixiers ein Portal entstehen lassen, aber ich konnte nicht bestimmen wohin es führt, in die Parallelwelt, ja, nur wo dort konnte ich nicht festlegen. Zudem brauchte das Elixier noch etwas frisches Blut von der Person, die da durch sollte, nicht viel Blut, ein kleiner Tropfen mehr nicht," hob sie beschwichtigend die Hände und schaute Kasiim dabei direkt in die Augen. „Du musst dich damals irgendwie, irgendwo verletzt haben," nun sah sie Saariia fragend an. „Ich kann mich leider an nichts erinnern." – „Aber als das Portal *wieder* aufging, vor einiger Zeit, als du zurück nach Suomatra gekommen bist, du musst geblutet haben." Saariia dachte nach, holte sich die Erinnerung an ihrem letzten Tag in der Parallelwelt im Wald zurück: „Ja, ich wollte einen Abhang hinunter dabei bin ich ausgerutscht und hab mir die Handfläche an einer Baumwurzel aufgerissen." – „Siehst du nur so konnte sich das Portal wieder öffnen, erstaunlich das es nach so langer Zeit immer noch funktioniert hat." – „Wieso hast du das Elixier und somit das Portal geschaffen? Warum wolltest du mich aus Suomatra weg haben," fragte Saariia leise. „Ich wollte dich nicht von hier weg haben, ich hatte und habe noch immer keinen Grund, ich wurde gezwungen das zu tun. Das ist auch der Grund warum ich jetzt so vorsichtig bin." – „Wie zwingt man eine Hexe," warf Kasiim ein. „Wie jede andere Person auch, man muss nur etwas wissen was niemand wissen darf," – „Hättest du nicht irgendwas zaubern können, damit man das nicht mehr von dir weiß?" – „Du willst mir nicht vertrauen, hmm. Es gibt natürlich solche Zauber, aber wie ich schon sagte ich brauche zu fast allem, vorallem wenn es um Personen geht, Elixiere, nur Magier können das ohne, diese Person kennt sich erschreckend gut aus, sie hätte nie etwas von mir zu sich genommen." – „Wer hat dich gezwungen und womit wurdest du erpresst," immer noch war Saariias Stimme ungewöhnlich leise. „Bei der Frage *Wer*, fällt dir da wirklich niemand ein, der einen Vorteil hätte wenn du nicht mehr da bist," stellte Xantria die Gegenfrage. „Du bist die Prinzessin, die Thronfolge ... " Saariia weitete entsetzt die Augen. „Vulaan!!! Aber er hat sich doch bedankt das ich rechtzeitig zurückkam und ihn so davor bewahrt habe. Zudem ist Vulaan ja auch nur unwesendlich älter als ich, das macht keinen Sinn," dachte Saariia laut. „Vulaan, ist kein Mensch der soetwas tun würde, er nicht aber ... " – „MAARLA," schrie Saariia auf. „Ja richtig. Maarla wollte ihren Sohn als König sehen, dafür war ihr jedes Mittel recht. Sie hatte es fast geschafft, dein Vater war kurz davor Vulaan die Thronfolge zu geben, aber dann hast du es geschafft nach Suomatra zurückzukommen. Was zur Folge hat, das Maarla fast täglich bei mir aufkreuzt und mich erneut versucht zu zwingen. Für den Augenblick habe ich einen Schutzzauber auf mein Haus gelegt, was es ihr unmöglich macht mein Grundstück zu betreten, aber ich weiß nicht wie lange ich diesen noch aufrecht halten kann. Das dafür nötige Elixier ist fast zu Ende und ich habe die Kräuter nicht hier um ein neues zu brauen." – „Somit hätten wir das *wer*, aber womit hat sie dich so in der Hand, das du sowas getan hast," auch Kasiim wurde jetzt sehr leise. „Der Grund ist fast ein Spiegelbild von euch beiden." Kasiim zog die Augenbrauen zusammen, was meinte sie jetzt damit. „Ich liebe einen Maaren," gestand Xantria. „Oh verstehe, aber du bist eine Sabin und somit ist das verboten," schlussfolgerte Saariia. „Nein ich bin keine Sabin, ich bin eine Hokurus, aber ich habe mich entschieden bei den Saben zu leben, somit gelten ihre Gesetze auch für mich." – „Du bist eine was?" – „Eine Hokurus, das ist das Volk der Hexen und Zauberer unten im Tal." – „Warum hast du dein Volk verlassen, oder warum gehst du nicht einfach zu ihnen zurück?" – „Das ist meine Geschichhte, diese vielleicht ein anderes mal." – „Und warum will dein Volk nichts mit uns zu tun haben? Ich habe keinen Weg gesehen der ins Tal führt?" – „Das hat mit eurem sogenannten Wassergeist zu tun, aber auch das ist eine andere Geschichte." Langsam schüttelte Saariia den Kopf. „Und was, wenn alles irgendwie zusammen hängt, wie kommt man ins Tal?" Kasiim legte sein Gesicht in seine Hände. ;Oh nein; dachte er ;als Nächstes will sie unbedingt zu diesen Hexen ins Tal; „Der eigentliche Weg ist durch einen Zauber verhüllt, nur ein Magier oder Hexenmeister kann diesen Zauber aufheben.

Aber es führt eine Treppe durch einen Berg nahe dem Wasserfall ins Tal, auf der Seite der Maaren. Ich habe ihn noch nie benutzt somit weiß ich auch nicht genau wo diese Treppe genau ist." Xantria stand auf und verließ das Zimmer. Als sie sich kurze Zeit später wieder zu den beiden setzt, legte sie jedem einen kleinen Stein hin. „Was ist das," fragte Kasiim. „An der Stelle wo wir uns heute das erstemal getroffen haben ist auf beiden Seiten des Flusses ein kleiner Felsen mit einer Einkerbung, in die dieser Stein genau passt, legt den Stein auf den Felsen dann wird eine Brücke über den Fluss sichtbar, lasst den Stein nie zurück und verweilt nicht auf der Brücke, sie verschwindet nach ein paar Minuten wieder. Ich denke das reicht fürs erste, wir sehen uns sicher wieder, Saariia, jetzt solltet ihr aber besser gehen!" Kasiim und Saariia bedanken sich, nahmen den Stein an sich und machten sich auf den Weg zurück zum Wasserfall.

„Warum hat sie ihr Volk verlassen? Was denkst du," brach Saariia das Schweigen. „Saariia, dieses Volk geht uns nichts an. Sie leben ihr Leben und wir das unsere." – „Was spricht dagegen das wir alle gemeinsam leben? Als ein Land?!" – „Lass es gut sein, Liekki, du hast deine Antworten!" – „Ich bekomm das Gefühl aber nicht los, das alles zusammenhängt. Ich muss diese Treppe finden, und mit jemanden da unten reden!" Kasiim verdrehte die Augen ;Ich habs gewusst; dachte er. „Ok, hör zu. Gönn dir erst mal etwas Ruhe, und verarbeite das mit deiner Tante. Die Hok...was auch immer laufen dir nicht weg, und dann sehen wir weiter," redete Kasiim auf sie ein. Saariia sog die Luft tief ein, sie wusste, dass er Recht hatte, aber es fiel ihr schwer ihrem Drang, die Hokurus aufzusuchen zu widerstehen. „Wahrscheinlich hast du recht, warten wir," gab sie sich schließlich geschlagen. „Aber ich will mit ihnen reden!" – „Tiedän (Ich weiß)," hauchte Kasiim und zog sie in seine Arme, kam ihren

Lippen ganz nah, und küsste sie.

„Neeeeiinn!! Aufhören!!Sofort auseinander," kreischte Karuun. Beide schlossen genervt die Augen. „Das war ja klar," murrte Kasiim. „Geh schön brav mit deinem Troll mit. Wir sehen uns, Liekki." – „Blödmann," boxte sie ihn in die Schulter, drehte sich zu Karuun um und sagte: „Tief einatmen, dann langsam und lange ausatmen, dann gehts gleich wieder, wirst sehen."

Als die beiden außer Sichtweite waren, legte Kasiim den Stein von Xantria auf den Felsen. Eine Brücke erschien, wie sie es gesagt hatte. Er nahm den Stein wieder an sich und betrat vorsichtig, prüfend die Brücke. ;Alles gut; dachte er und ging schnellen Schrittes auf die andere Seite des Flusses.

„Wieso tust du das?" – „Was tu ich denn?" – „Wieso triffst du dich mit diesem Maaren? Es ist verboten," schimpfte Karuun. „Weil ich ihn mag!" – „Du hast aber keinen Maaren zu mögen, du bist die Prinzessin der Saben und bekommst einen Prinzen der Saben, so einfach ist das! Außerdem hört man das du und Tiimo ... Glaubst du er findet das gut wenn du dich mit einem Maaren rumtreibst?" – „Jetzt hör mir mal ganz genau zu! Ich will keinen Prinzen! Eine Königin ist nichts weiter als ein nettes Anhängsel des Königs, mehr nicht. Und mein Vater wird dafür sorgen das es einer ist der in seinem Sinne weiter regiert, ich bin ihm dabei völlig egal!" – „Aber so ist das doch gar nicht! Naja nicht ganz so, und dieser Tiimo ist doch ganz nett, und sieht gut aus, wie man hört. Wenn du mal einfach nur auf den Menschen schauen würdest, und den Prinzen dahinter vergessen, würdest du das auch erkennen!" Wut stieg in ihr auf, dieser ständige Kampf gegen diese Hitze machte sie fertig, wann hörte das endlich auf, vor allem schien es in Suomatra viel häufiger und intensiver vorzukommen als zu Hause.

Saariia sperrte sich in ihr Zimmer, sie wollte niemanden sehen, erst musste sie ihre Gedanken ordnen. ; Maarla diese Schlange! Was sollte sie jetzt machen? Wie konnte sie sich und Xantria vor ihr schützen? Wie konnte sie die Hokurus finden? Können die ihr helfen? Wär es nicht doch das beste Xantria zu bitten, ein weiteres Portal zu schaffen, sie könnte zurück in ihr altes Leben, Vulaan würde König werden und Xantria wäre vor Maarla sicher, alle würden gewinnen. Oder könnte sie es schaffen das dieses alte Portal ein drittes Mal, aufgeht. Im Pferdestall, sie musste sich doch nur verletzen, so hat es Xantria gesagt. Warum war ihr das nicht schon früher eingefallen, sie schlich in die Küche, holte sich ein Messer aus der Schublade und schlich zum Pferdestall in die hintere, leere Box. Sie setzte sich auf den Strohballen, Armband trug sie, ob das wichtig war, wusste sie nicht, aber sie hatte es um, als das Portal sich öffnete. Tief atmete sie ein, fasste ihren ganzen Mut zusammen und schnitt sich in die Handfläche. Blut tropfte zu Boden, sie streckte die Hand aus, wie an jenem Tag. Jedoch passierte rein gar nichts. Dieses blöde Glitze-Ding war ausgerechnet *jetzt* kaputt, oder nicht mehr aktiv oder was auch immer. Enttäuscht trat sie ihren Weg zurück ins Schloss an. Wusch sich die Hand und wickelte ein kleines Handtuch darum.

Sie machte die Musik an, da war sie, diese unglaubliche Stimme, die ihr allen Halt gab, sie ließ sich mitnehmen. ... getragen von der Musik schlief sie schließlich ein.

**Kapitel 27**

Als sie die Treppe runterkam, hörte sie eine heftige Diskussion ihrer Eltern. „Was ist denn so falsch daran?" Hörte sie ihre Mutter fragen. „Ich sag doch nicht das es falsch ist, ich habe nur keine große Hoffnung das dass was bringt!" – „Du versuchst es ja nicht mal! Saariia zieht sich immer mehr zurück, siehst du das nicht. Sie ist kaum noch im Schloss, immer will sie weg. Sie ist hier nicht glücklich!" – „Das wird schon. Sie braucht eben etwas Zeit bis sie sich hier zurecht findet!" – „Typisch Mann!"

Saariia machte kehrt und schlich zu Mona in die Küche „Guten Morgen, kann ich einen Kaffee im Tonbecher haben, ich nehm ihn mit,da rein geh ich sicher nicht," deutete sie mit dem Daumen zu ihren Eltern hinter der Wand. „Natürlich. Und was zu essen?" – „Danke Kaffee reicht," zwinkerte Saariia. „Ach Liebes heute Abend kommt Maarla zum Essen, schon wieder! Hast du eine Idee was ich kochen könnte?" – „Irgendwas was sie nicht mag oder besser noch wogegen sie allergisch ist!" – „Na wir wollen mal nicht übertreiben! Was ist wenn du das auch nicht magst?" – „Egal was es ist, ich verspreche dir, ich werde es lieben," zwinkerte Saariia und ließ Mona allein.

Saariia hatte die Schlosstür halb geöffnet und wollte gerade gehen, als Karuun sich ihr in den Weg stellte: „Na wieder unterwegs zu Blondie," knurrte er. – „Halt die Klappe, Troll!" – „Was ist mit deiner Hand?" – „Geht dich Nichts an!" Sie schlug die Tür hinter sich zu und ließ Karuun einfach stehen.

Saato kam aus dem Pferdestall, er hielt etwas in der Hand. „Saariia, warte mal!" Saariia blieb stehen, je näher er kam, desto mehr erkannte sie, was er in der Hand hielt, es war das Messer, sie hatte es in der Box letzte Nacht vergessen. „Wie kommt das in den Stall?" – „Öhm, keine Ahnung," log sie. „Und was ist mit deiner Hand?" – „Nichts weiter, hab mich gestern beim schwimmen an so einem blöden Stein verletzt," sie wich seinem Blick aus. „Sorry aber ich muss hier weg, ich halte dieses Schloss einfach nicht aus." Versuchte sie sich zu entschuldigen und verschwand. Sie lief Richtung Wasserfall, das erste Mal hatte sie keine Lust zu schwimmen. Im Wald setzte sie sich an einen Baum und schaute auf die Berge auf Seiten der Maaren. Sie schaltete die Musik an, allmählich fühlte sie sich besser. ;Musik an – Welt aus! Wenigstens das funktioniert; dachte sie und schloss die Augen.

Ein Kitzeln im Gesicht zwang, sie die Augen zu öffnen, über sie gebeugt grinste sie Kasiim an, der einen kleinen Zweig mit Blättern in der Hand hielt. „Hey Liekki, träumst du?" – „Nein ich höre zu." er bemerkte ihre feuchten Augen. „Dir setzt das alles ziemlich zu, hmm. Was ist mit deiner Hand passiert?" – „Ach das, das ist nichts, alles gut." Er wusste das sie log, und er hatte einen Verdacht, ein Gefühl, eine Ahnung, was mit ihrer Hand passiert war, es zerriss ihn fast, wäre sie wirklich ohne ein Wort, ohne ein Aufwiedersehen durch dieses Portal gegangen, oder hat sich das Portal geöffnet, aber sie ist hiergeblieben?

Er setze sich zu ihr, zog sie in seine Arme, hielt sie einfach fest und versuchte seine, eigene Verwirrung zu unterdrücken. „Liekki, gib Suomatra doch wenigstens eine ganz klitzekleine Chance, es ist schön hier! Hör auf zu denken, fühle einfach," flüsterte er. Sie schaute in seine himmelblauen Augen: „Ich weiß nicht wie," sanft legte er seine Hand in ihren Nacken, zog sie zu sich. „Ich zeigs dir," hauchte er ihr ins Ohr und küsste sie. Als er sich von ihr löste, öffnete Saariia ihre Augen nicht. Kasiim grinste und küsste sie ein weiteres mal, diesmal öffnete sie die Augen. „Fühlen ist gar nicht so schlecht," flüsterte sie. „Na sag ich doch. Und das gibts nur hier in Suomatra!" – „Ach ja?!" – „Ja, nur hier, nur für dich, nur von mir!" „Blödmann!!!" – „Du sollst damit aufhören!" Er legte sich über sie und fing an, sie zu kitzeln, Saariia japste, lachte ausgelassen, ihre Augen strahlten, sie hatte aufgehört nachzudenken, fühlte sich einfach glücklich und hatte alles vergessen. Kurz hielt Kasiim inne, diesmal zog Saariia ihn zu sich: „Haluan lisää (Ich möchte mehr)," hauchte sie. „Aina (Immer)," raunte Kasiim und küsste sie wieder, etwas leidenschaftlicher, fordernder, aber es gefiel ihr. „Kann die Zeit nicht einfach stehen bleiben, genau jetzt." – „Ja das wäre perfekt," stimmte Kasiim ihr zu.

Saariia lag auf Kasiims Brust, hörte dem gleichmäßigem schlagen seines Herzens zu, während das ihre sich wieder tonnenschwer anfühlte.

„Maarla kommt heute zum Essen," flüsterte sie leise. „Fuck, was willst du machen?" – „Was soll ich schon machen, nichts! Mein Vater hört doch eh nicht zu, und ich kann nichts sagen, ohne Xantria zu verraten." Sie legte ihren Kopf auf Kasiims Brust und atmete tief seinen Duft ein. „Du schaffst das, Liekki! Dir wird bestimmt ... " – „Vielleicht hat das Prinzesschen langsam die Güte ins Schloss zu kommen, um die Gäste des Hauses in angemessener Erscheinug zu empfangen," schrei Karuun plötzlich hinter ihnen. „Du tickst doch nicht mehr richtig!!" – „Man erwartet das du dich heute einer Prinzessin angemmesen, deiner Tante über verhälst." Saariia verdrehte die Augen: „Oh, aber natürlich," ihre Stimme mit Verachtung getränkt wandte sie sich an

Kasiim und sah ihm in die Augen, mit zarter, weicher Stimme fragte sie ihn: „Seh ich dich morgen?" Von der einen auf die andere Sekunde schienen seinen Augen jeden Glanz zu verlieren, er schaute zu Boden, dann zum Wasser, er wollte es ihr die ganze Zeit schon sagen, wusste aber nicht wie und dann kam dieser dämliche Troll, er zwang sich Saariia anzuschauen. „Liekki, ich kann morgen nicht, meine Vater hat mich voll eingeplant," traurig senkte er den Kopf. „HALLELUJA," schrei Karuun triumphierend, so boshaft aus, dass es Saariia Tränen in die Augen trieb. Kasiim warf Karuun einen vernichtenden Blick zu, strich Saariia eine Strähne aus dem Gesicht und wischte sanft ihre Tränen weg. Er sah ihr tief in die Augen und flüsterte ihr ins Ohr: „Komm heute Nacht zum Wasserfall, ich warte auf dich." Saariias Mine hellte sich augenblicklich auf. „Kyllä (Ja)!" Kasiim stand auf, zog Saariia hoch, nahm sie fest in die Arme und küsste sie, Karuun war ihm inzwischen völlig egal.

„Wie ist der Kerl eigentlich trocken über den Fluss gekommen," schnaubte Karuun. Saariia packte ihren Rucksack und machte sich, ohne einem Kommentar, auf den Weg zum Schloss. Sie kochte innerlich, so wütend war sie.

**Kapitel 28**

Mona fing sie ab. „Komm mal, Kleines!" Saariia folgte ihr in die Küche. „Maarla mag keinen Fisch," grinste sie. „Es gibt Krabbencremsuppe und als Hauptgang Rotbarsch mit gebratenem Gemüse, Rosmarienkartoffeln und Salat," berichtete sie freudestrahlend.
„K-R-A-B-B-E-N-C-R-E-M-S-U-P-P-E, hmmm lecker."
Aber Mona konnte an Saariias Gesicht sehen, dass sie es wohl auch nicht mochte. „Oh, das tut mir leid, ich überlege mir etwas anderes." – „Nein Mona! Ich hab doch gesagt ich werde es lieben," zwinkerte sie. „Ich werfe mich dann mal für Tantchen in Schale," fügte sie grinsend hinzu und ging auf ihr Zimmer.

Sie saß vor dem Schrank, ein riesiger Kleiderberg vor ihr auf dem Boden. ;die Gäste des Hauses in angemessener Erscheinung zu empfangen; schossen ihr Karuuns Worte in den Kopf. ;Na das sollten wir doch hinbekommen; grinste sie in sich hinein und zog einige Kleidungsstücke aus dem Berg vor ihr, ohne zu zögern, setzt sie ihren Plan in die Tat um.

Tarija klopfte: „Saariia? Kann ich rein kommen?" – „Ja" Tarija öffnete die Tür und blieb mit offenem Mund wie angewurzelt stehen. „Um Himmelswillen, Saariia! Was hast du gemacht!!!" – „Meine Abendgarderobe," gab Saariia unberührt wegen ihrer Reaktion zurück. „Aber Maarla kommt heute! Du musst dich angemessen Kleiden," stieß sie spitz aus. „Was passte denn daran nicht," Unschuld tränkte ihre Stimme. „Du siehst super aus, heiß aber ... Maarla," stotterte Tarija.

Saariia hatte den Saum eines schwarzen Minirocks aufgetrennt und mit der Schere ausgefranst, einen pinken Franzengürtel umgebunden und einer schwarz/weiß karierten Bluse die Ärmel ausgerissen so das auch diese franzte, die Länge der Bluse hatte sie drastisch gekürzt und über dem Bauchnabel zu einer breiten Schleife gebunden, die oberen Knöpfe der Bluse lagen wirr am Boden verstreut, was einen tiefen Ausschnitt am Dekolleté zur Folge hatte, dazu hatte sie die pinken Sneakers an. „Ich muss nur noch schnell ins Bad, meine Haare machen," grinste sie breit. Dort kämmte sie sich die Haare, nur um sie dann wieder wild zu verwuscheln, und band sie mit einem Seidenschal locker mit einer großen Schleife oben, nach hinten. Zufrieden tänzelte sie zurück ins Zimmer und trällerte: „Fertig, gehen wir die Gäste des Hauses angemessen begrüßen!" Als Tarija sie so sah, schlug sie sich die Hände vor den Mund. „Oh mein Gott! Maarla wird der Blitz treffen!" – „Na soviel Glück werde ich wohl nicht haben, aber es reicht wenn es ihr die Sprache verschlägt," zwinkerte Saariia.

Als sie vor der Tür stand, hörte sie das Maarla und Vuulan bereits da waren. Freudestrahlend tänzelte sie in den Raum. Alle sahen sie an, ihrer Mutter blieb der Mund offen stehen und ihr Vater war im Begriff etwas zu sagen, doch Saariia kam ihm zuvor. „Hallo Tante Maarla, auch wieder da.....schon wieder! Kann nicht behaupten das ich mich darüber freue, aber Verwandtschaft kann man sich ja leider nicht aussuchen."

Mona servierte die Suppe. „Das duftet köstlich, Mona, ich hab einen Bärenhunger." Mona lächelte sie milde an und stelle die Teller auf den Tisch. „Krappen," stieß Mona angewidert aus. „Oh ja, wirklich! Traumhaft ich liebe Krappen!" Kaum merklich schüttelte Mona, leicht grinsend, den Kopf. Der König schaute verwundert seine

Köchin an, sie wusste doch, das Maarla keinen Fisch mag. Genüsslich löffelte Saariia ihre Suppe, die tatsächlich sehr lecker schmeckte. „Kannst du mir deinen Aufzug erklären," herrschte Maarla sie an und schob den Teller von sich. „Dort wo ich herkomme muss man das nicht erklären, es gilt als völlig normal." – „Dann hättest du dort bleiben sollen ... " – „ Oh liebend gern! Hast du vielleicht einen Tipp wie ich zurück komme," provozierte Saariia. Nervös zuckten Maarlas Augen zwischen dem König und Saariia hin und her.

Tarija kam ins Zimmer und räumte den Tisch ab, während Mona den Hauptgang servierte. Maarla entgleisten die Gesichtszüge. „Was soll das? Ich mag keinen Fisch!" – „Mimimi, du stellst dich an wie ein kleines, verzogenes Gör! Das ist absolut kein angemessenes Verhalten wenn man zu Gast ist! Abgesehen davon ist Fisch gesund! Dort wo ich gelebt habe, wurde gegessen was auf den Tisch kommt, oder es gab eben gar nichts."

„Saariia, was ist denn heute los mit dir," kam der König endlich zu Wort. „Es ist alles in Ordnung. Ich komme langsam voran und es erklärt sich so einiges was damals passiert ist, ich finde das toll." – „ Wirklich?! Und was hast du herausgefunden," rutschte Maarla angespannt auf ihrem Stuhl herum. „Na ich weiß jetzt, das mich jemand hier weg haben wollte und dieser Jemand hat dazu eine Hexe erpresst," plapperte Saariia ungeniert los, mit festem Blick auf Maarla. „Bitte *was*," fragte ihr Vater und setze weitere Fragen in einem Atemzug hinterher. „Wer? Welche Hexe? Warum?" Maarla stieg die Röte ins Gesicht und sie fing an, sich ihre Hände zu reiben. „Das weiß ich leider auch nicht, *noch nicht*. Aber das Ganze hat wohl irgendwas mit den Gesetzen hier zu tun. Mit welchem genau, keine Ahnung. Was sehen die Gesetze Suomatras denn eigendlich für eine Strafe für diesen

*Jemand* vor, wird diese Person auch gehängt? Ist ja schon ein schweres Verbrechen, wenn man mich fragt. Reisst ein Kind aus seiner gewohneten Umgebung, trennt es von seinen Eltern und verschwendet nicht mal einen Gedanken daran, ob das Kind überhaupt überlebt! Das muß man sich mal vorstellen! Wenn man für den Kontakt zu dem Volk der Maaren schon gehängt wird, bin ich gespannt welche Strafe Suomatra für dieses Verbrechen vorgesehen hat!" – „Für so ein Verbrechen hat Suomatra nichts vorgeschrieben, soetwas gab es noch nie," kleinlaut flüsterte der König seine Antwort. „Na dann wird eben eins gemacht, konnte der König damals doch auch, ich wäre für häuten und anschließender Vierteilung bei vollem Bewußtsein," mitleidslos klang Saariias Stimme. „Und wer hat dir das erzählt? Woher weißt du das," wollte ihre Mutter fassungslos wissen. „Von einer Elfe, wenn man im Wald ganz still ist, sieht man unglaublich viele von ihnen und dann fangen die auch an zu Quatschen, untereinander, man muß nur zuhören." – „Elfen reden nicht mit Menschen! Du hast dir das alles ausgedacht," zischte Maarla. „Ich sagte ja auch, das sie sich untereinander unterhalten haben, nicht mit mir. Nur leider war der einzige Name den sie nannten meiner, vielleicht wußten sie ja, das ich da bin und wollten das ich Fragen stelle." – „Das ist doch alles Blödsinn, reine Fantasie," wiegelte Maarla alles ab. „Nein! Das glaube ich nicht! Elfen wissen viel, wenn nicht sogar alles und lügen tun sie nicht, vorallem nicht untereinander," stellte ihr Vater klar. „Wie bringt man eine Elfe denn dazu das sie mit einem redet? Ich bräuchte ja nur den Namen der Hexe, den Rest finde ich dann schon selber raus," Saariia ließ nicht locker. „Wenn eine Elfe mit dir reden möchte, dann tut sie das, aber du hast keinen Einfluss darauf," erklärte ihre Mutter. „Das ist blöd, wie soll ich denn dann herausfinden welche Hexe das war," gab Saariia gespielt traurig von sich. „Gar nicht! Das ist sowieso nur ein blödes Märchen," Maarla wiegte sich in Sicherheit. „Märchen? Es ist also ein blödes Märchen das ich vor 15 Jahren spurlos verschwand und in die Paralellwelt verbannt wurde!! Ich glaube das dieser Jemand nicht erfreut ist, das ich einen Weg zurück gefunden habe. Wenn ich also wüsste welche Hexe, dann würde sich sicher bald herrausstellen wer diese damals erpresst hat. Vielleicht versucht dieser Jemand jetzt aufs Neue die Hexe zu erpressen!"

„Die Idee ist gar nicht schlecht, Saariia, ich werde meine Leute beauftragen die Hexen zu beobachten, wenn diese Person, die Hexe wieder aufsucht, werden wir wissen wer sie ist. Die Person muss ja irgendwas mit uns zu tun haben," überlegte der König laut. „Hmmm, ja das könnte funktionieren." Saariia hatte erreicht, was sie wollte, Maarla, konnte nun nicht mehr, zu Xantria ohne das ihr Vater das erfahren würde. Maarla würde nervös werden und das führt zu Fehlern!

Mona räumte den Tisch ab, Maarla hatte nichts gegessen, sie saß nur stumm da und hatte mit solch einer Reaktion ihres Bruders wohl nicht gerechnet.

„Saariia, du glaubst das alles hat mit unseren Gesetzen zu tun! Wenn diese also nicht mehr existieren würden, könnte die Hexe frei reden? Verstehe ich das richtig?" – „Sicher bin ich nicht. Aber ich glaube schon, ja!" Ihr Vater nickte. „Maarla, bitte geh jetzt, ich habe zu tun! Ich werde mich ins Arbeitszimmer zurückziehen und möchte nicht gestört werden," befahl der König. Saariia nickte: „Ich geh auf mein Zimmer."

Entrüstet stand Maarla auf und verließ das Schloss, ohne sich zu verabschieden, fassungslos das ihr Bruder sie rausschmiss, hungrig!

Die Nacht brach an, und Saariia kletterte wieder aus dem Fenster auf die Mauer, um sich mit Kasiim zu treffen. Saariia hatte sich nicht umgezogen.

Kasiim wartete bereits auf sie, als er sie sah, zog er scharf die Luft ein. „Woww heiß!" Er zog sie in die Arme, drückte sie fest gegen einen Baum und küsste sie. Saariia vergrub ihre Finger in seinen Haaren und presste ihren Körper gegen seinen. Ein tiefes Stöhnen von Kasiim, sanft legte er sie in den moosigen Waldboden, beugte sich über sie und küsste sie weiter. Er öffnete ihre Bluse und verteilte Küsse auf ihrer Brust, bis hin zum Bauchnabel nur um dann quälend langsam wieder zurück zum Hals zu küssen. Saariia stöhnte leise auf und zog ihm sein Shirt über den Kopf, gierig strich sie mit ihren Fingernägeln seinen Rücken entlang, das ihm erneut ein tiefes Stöhnen entwich. Zärtlich verführte er sie und ihren Körper weiter.

Erschöpft und schwer atmend glitt er von ihr und legte sich neben sie auf den Boden, seine Hände hinter seinem Kopf. Saariia drehte sich zu ihm, küsste ihn und legte ihren Kopf auf seine, noch immer bebende Brust. Sanft drückte er sie an sich.

„Wie wars mit deiner Tante," fragte er schließlich. Saariia hob den Kopf sah ihn an und grinste: „Oh, lief ganz gut!" Sie erzählte ihm die ganze Geschichte während sie sich wieder anzog sie setzte sich zwischen seine Beine und lehnte sich gegen seine Brust. „Ganz schön clever, Liekki," grinste auch er, als er alles wusste.

Der Morgen dämmerte und die beiden verabschiedeten sich mit einem leidenschaftlichen Kuss.

Saariia schlich durch das Schlosstor in ihr Zimmer zurück. Sie war müde und wollte nur noch ins Bett. Kasiim würde sie heute nicht mehr sehen, da er seinem

Vater bei irgendetwas helfen muss.

**Kapitel 29**

Gegen Mittag weckte sie Tarija. „Hey Saariia aufwachen, dein Vater will mit dir reden, im Arbeitszimmer!" – „Oh man was ist denn jetzt schon wieder?! Ich bin müde," murrte sie. „Müde? Es ist Mittag! Was hast du die ganze Nacht gemacht?" – „Das willst du nicht wissen," zwinkerte sie. „Sag ihm, ich bin gleich da!"

Saariia stand auf, duschte und zog sich frische Kleidung an. Sie lief in die Küche und holte Kaffee, für sich und ihren Vater, zögerlich klopfte sie an die Tür des Arbeitszimmers. Hatte er ihr verschwinden letzte Nacht bemerkt und wollte sie jetzt zur Rede stellen.

„Komm rein," hörte sie ihren Vater. Sie öffnete die Tür, ihre Mutter war nicht da. „Setz dich!" – „Danke. Ich hab dir Kaffee mitgebracht." – „Oh, vielen Dank, das ist gut. Also hör zu! Ich habe mich mit deiner Mutter unterhalten, ich gebe zu, ich war nicht ihrer Meinung, habe aber dann doch mit einem König der Maaren telefoniert und nachdem was gestern beim Essen vorgefallen ist, hatte ich ein weiteres Gespräch mit ihm. Deine Mutter lag wohl doch nicht so falsch und ihre Idee ist, wenn ich sie jetz betrachte wirklich sehr gut. Saato bringt dich heute zum Fluss und von dort mit dem Boot auf die Seite der Maaren, du wirst dich mit König Domiinus treffen und über die Gesetze Suomatras mit ihm reden, wenn du ihn überzeugen kannst, wird er mit den anderen Königen der Maaren sprechen und ich mit unseren. Domiinus ist ein freundlicher, sehr offener König." – „Kommst du nicht mit?" – „Nein, ich komme nicht mit! Dir ist es wichtig das sich in Suomatra etwas ändert, also bin ich der

Meinung, dass es auch deine Aufgabe ist, ich werde dich lediglich unterstützen. Du bist die Prinzessin, also solltest du dort auch als solche erscheinen," zwinkerte ihr Vater lächelnd. „Schon verstanden, ich pack Cinderella wieder aus. Kann Tarija mir mit diesen Haarperlen helfen?" – „Natürlich! Mona sollte mit dem Mittagessen fertig sein, das Frühstück hast du ja verschlafen. Lass uns essen und dannach zieh dich um und bereite dich auf dieses Treffen mit König Domiinus vor!"

„Tarija kannst du mir bitte helfen, ich muss wieder Cinderella werden und zu diesem König Domiinus." – „WAS!!!??? Das ist ein König der Maaren." stieß Tarija entsetzt aus. „Ja und? Ist auch nur ein Mensch! Ich verstehe echt nicht, was ihr alle habt. Ich werde mit ihm über die Gesetze Suomatras sprechen, wer weiß, vielleicht hört er ja besser zu als mein Vater oder sonst ein Sabe!"

Saariia entschied sich für das grüne Kleid mit Silber, es bildete einen herrlichen Kontrast zu ihren roten Haaren, die sie sich von Tarija diesmal hochstecken ließ, nur ein paar Locken drehte Tarija ihr ums Gesicht und versah auch diese mit den silbernen Perlen.

Wieder überschlug sich ihre Mutter vor Begeisterung, als sie ihre Tochter so sah. „Saato wartet schon," sagte sie verzückt grinsend. Saariia schüttelte den Kopf und machte sich auf den Weg zum Schlosshof, wo Saato schon zwei Pferde gesattelt hatte. Das eine mit einem Damensattel damit Saariia auch in ihrem Kleid aufsitzen konnte. Die Pferde waren an einem Anhänger ähnlichem Ding befestigt, auf dem das Boot war. „Das ist das Boot," lachte Saariia. „Ja, warum?" – „Sieht eher aus wie eine übergroße Nussschale," kicherte sie. „Es bringt dich auf die andere Seite des Flusses! Dort wird dich einer der Maaren zum König bringen, ich werde am Ufer auf dich warten."

Schon von weiten konnte Saariia den Maaren am Fluss sehen, langsam wurde sie nervös. Saato ließ das Boot zu Wasser und half Saariia beim Einsteigen. Wenige Minuten später half ihr der Maare beim Aussteigen. Er hatte graue Augen und dunkelblonde, kurze Haare. „Willkommen Prinzessin Saariia. Ich heiße Toraan und bringe Sie zu König Domiinus. Es ist nicht weit, folgen Sie mir, Hohheit." – „Vielen Dank," lächelte Saariia schüchtern, so förmlich hatte sie das nicht erwartet. Hoheit nannte sie nur Kasiim, wenn er sie ärgern wollte. ;Schluss jetzt, konzentriere dich auf das, was vor dir liegt, vermassle es nicht, und denk nicht an Kasiim, der hat hiermit gar nichts zu tun,;ermahnte sie sich gedanklich selbst.

Toraan führte sie einen Pfad entlang, der zwischen den Bergen verlief, dahinter lag ein kleines Waldstück, auch dieses durchquerten sie und gelangten so in ein kleines Dorf. Es waren einfache Tonhäuser, mit niedlichen Gärten indenen Gemüse angebaut war. Geschotterte Straßen führten an den Häusern vorbei, sie bogen nach rechts ab und folgten dem Schotterweg eine Anhöhe hinauf, dort stand ein größeres Gebäude, einem Gutshof ähnelnd, aus Backstein, schlicht, einfach und zweckmäßig, kein Schloss mit Türmchen und all dem Klimbim.

Toraan geleitete sie in den Gutshof, der innen mit viel Holz und Natursteinen versehen war, er öffnete eine schwere Holztür und betrat mit Saariia den Raum.

„Willkommen, Saariia. Ich bin Domiinus und das ist meine Frau Lilja, bist du einverstanden wenn wir dich duzen?" – „Ja, sehr gern. Vielen Dank für ihre Zeit, ich freue mich hier zu sein," bemühte sich Saariia einer Prinzessin gerecht zu werden. „Das *du* galt auch für uns. Meinetwegen können wir das königlich benehmen gerne ablegen und uns wie Freunde unterhalten." Saariia fiel ein Stein vom Herzen, dieser eine Satz, von Domiinus beruhigte sie unbeschreiblich. ;Ich sollte mir doch die Haare färben und zu den Maaren wechseln; grinste sie in sich hinein. Domiinus bot ihr an, Platz zu nehmen und eine junge Frau mit hellbraunen Haaren servierte Kaffee. Sie brachte 5 Tassen, 3 Kannen Kaffee, Milch und Zucker.

;5 Tassen? Kommt noch jemand; wunderte sich Saariia.

„Du hast es also geschafft von der Paralellwelt nach Suomatra zurück zu kommen! Wie?" – „Ich weiß es nicht wirklich, man hat mich in einem Wald gefunden, seit einigen Jahren suche ich diesen Wald nach Hinweisen zu meiner Herkunft ab, immer ohne Erfolg, bis sich eben vor kurzem dieses Glitzer-Ding, also Portal, wie ich jetzt weiß geöffnet hat, ich bin gestolpert und durch das Ding, naja fast schon geflogen, tja und jetzt bin ich hier, wohl die verschwundene Prinzessin der Saben, wie es heißt," erzählte Saariia eine möglichst ausführliches dennoch kurze Zusammenfassung. „Wo hast du in der Paralellwelt gelebt," wollte Lilja wissen. „In der Nähe von München, erst in einem Waisenhaus bis ich später adoptiert wurde." – „Wie schrecklich für ein kleines Mädchen. Waren, oder sind, deine Adoptiveltern nett zu dir?" – „Oh ja sehr, sie sind die besten, wirklich," bestätigte Saariia. „Du hast also in Deutschland gelebt," Domiinus warf seiner Frau einen milden, aber wehmütigen Blick zu, während sie weitersprach. „Kennst du Finnland?" Saariia war etwas verwirrt, sollte dieses Gespräch nicht um Suomatra gehen. „Ich habe darüber gelesen und Fotos gesehen, war aber leider nie dort, dieses Portal hat meine Reise nach Finnland nun unmöglich gemacht," nun war Saariia die Person mit Wehmut in den Augen. „Du wolltest nach Finnland? Das heißt du interessiertst dich für dieses Land?" – „Ja sehr. Ich finde Finnland sehr schön, die Leute toll, die Einstellung interessant und ich mag die

Sprache. Mit der Reise dorthin wollte ich das alles noch näher und besser kennenlernen." – „Die Sprache? Du sprichst finnisch," Liljas meerblaue Augen begannen zu leuchten. „Nur ein kleines bisschen, ich hatte gerade angefangen zu lernen, jetzt bin ich hier." – „Ich komme aus Finnland, als damals die Portale geschlossen wurden, habe ich mich für meine Familie und Suomatra entschieden," erklärte Lilja. „Vermisst du Finnland," wollte Saariia wissen. „Ja sehr! Auch wenn ich hier glücklich bin. Vermisst du Deutschland?" – „Ich vermisse das Vertraute, alles hier ist so anders und neu fast fremd, aber eingentlich ... " Eine Tür am Ende des Zimmers ging auf und eine junge Frau mit nackenlangen blonden Haaren betrat den Raum, gefolgt von – *Kasiim*–. „Das sind meine Kinder, Xelaa und Kasiim, schön das sie es doch noch geschafft haben," bemerkte Domiinus leicht verärgert.

;Kinder!!! Kasiim ist sein Sohn!!! Er ist ein *Prinz*!!!; schoss es Saariia durch den Kopf, alles in ihr verkrampfte sich, sie hatte das Gefühl nicht mehr atmen zu können. Kasiim sah sie an, seine Augen baten sie flehend um Verzeihung. Saariia atmete tief ein, versuchte, sich zu sammeln, niemand sollte merken, dass sie ihn kannte, sie schluckte schwer, versuchte, die Tränen wegzublinzeln stand auf und knixte leicht. „Freut mich sehr, ich bin Saariia." – „Ich freu mich auch dich kennenzulerne, entschuldige die Verspätung aber mein Bruder hats nicht so mit Pünklichkeit," erklärte Xelaa, die Saariia von der ersten Sekunde an symphytisch war.

„Da jetzt alle hier sind, können wir nun zum eigendlichen Thema kommen, Saariia du wolltst mit uns über die Gesetze Suomatras sprechen," holte Domiinus sie aus ihrer Verwirrung. „Ähm was? Ach ja, ja richtig die Gesetze die hier, also, ja ich bin wegen der Gestze hier," stammelte Saariia. „Fühlst du dich nicht wohl, Saariia? Du bist ganz blass!" Lilja stand auf, kam um den Tisch zu Saariia und fasste ihr besorgt an die Stirn. „Ich hol dir Wasser!" Dankend nahm Saariia einen großen Schluck aus dem Wasserglas. „Ich bring dich besser für ein paar Minuten an die frische Luft," sagte Kasiim und erhob sich bereits. „*Nein!* Mir geht es gut! Ich bin nur etwas nervös, mehr nicht," wehrte Saariia Kasiim ab. „Ach was! Das ist gar nicht nötig, wir beißen nicht," lächelte der König milde. Saariia erwiderte das Lächeln. „Du magst die Gesetze zwischen den Maaren und den Saben nicht! Sag mir warum?!" – „Es sind die Gesetze die ein grausamer König der Saben erlassen hat, weil angeblich ein Maare seine Tochter ertränkte, und dieser König ließ einen Unschuldigen hängen. Ich denke das es wohl kaum noch jemanden gibt, der damals wirklich dabei war, aber wir halten, Generationen später, immer noch an diesem Irrsinn fest." – „Angeblich? Unschuldigen? Du glaubst also nicht das der Stallbursche die Prinzessin ertränkt hat? Wer dann?" – „Er hatte doch gar keinen Grund, er hat sie geliebt aber er hat sich von ihr getrennt weil er eingesehen hat das es wohl beiden nur Ärger bringt, warum also sollte er sowas machen? Vielleicht hatte die Prinzessin keinen anderen Ausweg gewusst, ich könnte mir gut vorstellen dass die Sache mit dem Stallburschen der Maaren nicht ihr einziges Problem, mit ihrem Vater war. Oder es war ein schrecklicher Unfall, ich weiß es nicht, aber Mord macht für mich keinen Sinn. Ich meine schauen wir uns doch das *heute* an, ihr seid nett, ich mag euch, aber sobald dieses Boot wieder am Ufer der anderen Seite ist, darf ich nicht mehr mit euch reden oder euch kennen. Warum? Das ist nicht fair. Ich, und auch alle anderen Bewohner Suomatras haben nichts mit der Geschichte vor 100 Jahren zu tun!" Lilja lief eine Träne über die Wangen, sie sah ihren Mann an: „Sie hat Recht!"

Ohne auf Lilja einzugehen, blieb Domiinus dem Gespräch mit Saariia treu. „Du denkst also es wäre richtig gewesen, wenn ein Stallbursche der Maaren, König der Saben wird," zog er eine Augenbraue in die Höhe. „Wenn er ein guter König ist, sollte es egal sein ob er von Adel ist oder nicht, oder von welchem Volk er stammt." – „Was den guten König angeht stimme ich dir zu, nur ob das solch große Kreise ziehen sollte bin ich mir nicht sicher. Gibt es denn auch einen persönlichen Grund für dich, weshalb dich die Gesetze so stören?" Sein Blick wanderte zwischen Saariia und Kasiim. „Isä," (Vater) sagte dieser. „Du bist im Moment nicht gefragt!" – „Ja den gibt es. Ich habe vor kurzem erfahren das Jemand aus meiner näheren Umgebung, eine Hexe erpresst hat um mich von Suomatra weg zu bekommen. Das wäre ohne die Gesetze nicht möglich gewesen. Mehr kann ich dazu nicht sagen, ich möchte die Hexe schützen!" – „Du weißt also welche Hexe es war," wieder glitt sein Blick von Saariia zu Kasiim. „Nein, ähm das weiß ich leider nicht. Ich hab Elfen belauscht wie sie miteinander gesprochen haben und denke es wäre gut der Hexe, sollte man herrausfinden wer sie ist, eine Chance zu geben sich zu erklären."

;Die Hexe, Elfen! Verdammt Liekki, was ist mit mir? Sieh mich an, bitte; dachte Kasiim. „Ach so ist das. Nun ja, es wäre sehr viel einfacher die anderen Könige zu überzeugen wenn ich das wüsste," bohrte er weiter. „Meine persönlichen Gründe oder mein Schicksal sollte bei diesem Gespräch nicht im Vordergrund stehen, sondern das Wohl beider Völker. Sicher gab es Freundschaften oder gibt sie im Geheimen vielleicht immer noch, oder neue. Ich glaube es wäre gut wenn Suomatra neue, gemeinsame Wege geht! Ein Miteinander!" – „Mir gefällt deine Art zu denken sehr gut, Saariia. Kennst du einen Maaren? Außer uns meine ich?" – „Nein," sie hatte nicht gelogen, er sagte außer uns, das bezog Kasiim mit ein und sonst kannte sie wirklich keinen Maaren. „Gut ich denke nochmal in Ruhe über unser Gepräch nach und melde mich dann bei deinem Vater," schloss Domiinus das Treffen ab. „Kiitos, näkemiin," (Danke, auf Wiedersehen). Lilja strahlte: „Näkemiin, Saariia." „Kasiim bringt dich zurück zum Boot!" – „Oh nein, das ist nicht nötig, es ist nicht weit ich finde zurück," wehrte sie wieder ab. „Das glaube ich dir, aber noch sollte eine Sabin nicht ohne Begleitung durch ein Dorf der Maaren laufen," zwinkerte Domiinus und fixierte seinen Sohn. Kasiim stand auf und reichte Saariia die Hand, widerwillig nahm sie diese und folgte ihm nach draußen.

„Liekki, bitte ich wusste nicht, lass mich erklären," flehte er. Doch Saariia ging weiter, ohne ihn zu beachten, tiefer, unerträglicher Schmerz zog sich durch ihren ganzen Körper, Schmerz der sie am liebsten schreien ließ, doch sie schwieg. ;Wieso hab ich diesem Lügner vertraut; war der einzige Gedanke, den sie fassen konnte. „Liekki! Saariia, bitte!!" Er hielt sie am Arm fest und drehte sie zu sich. Nun musste sie ihn ansehen, stille Tränen der Enttäuschung rannen ihr übers Gesicht. „Rede mit mir! Schrei mich an! Irgendetwas, bitte," flehte er. „Lass mich einfach in Ruhe, Lügner, *Prinz*," antwortete sie tonlos, leise flüsternd. „Ich hab nicht gelogen! Ich hab´s nur nicht gesagt, und du hast nie gefragt! Wieso hätte ich dir sagen sollen wer ich bin, bei deiner Abneigung gegen Prinzen!"

Sie waren am Fluss angekommen, Saato ließ das Boot zu Wasser und Saariia stieg ein. „Alles in Ordnung," fragte Saato besorgt. „Ja alles bestens. War nur anstängend und ich war nervös." Saato sah prüfend zu Kasiim. „Komm Saato, ich will nach Hause!"

;Nach Hause? Hat sie das gerade gesagt; dachte Saato und hoffte, dass Saariia nun endlich in Suomatra ein zu Hause sah.

Kein Blick zurück zu Kasiim, der seine Tränen nun nicht mehr zurückhalten konnte. Er lehnte gegen den Felsen, weinte und schaute ihr nach. ;Wieso hat sie nicht gesagt, dass *SIE* ein Treffen mit dem König der Maaren hat; er spürte, dass er sie verloren hatte, wusch sich die Tränen mit Flusswasser ab und machte sich auf den Weg zurück. Sein Vater sah ihn an: „Hast du Saariia ... " Doch Kasiim drehte sich wortlos von ihm ab und ging auf sein Zimmer. Er sehnte sich nach ihr, nach ihrem Lachen, ihren Küssen, nach letzter Nacht ... alles vorbei ... wirklich alles vorbei?

Saariia wollte auf ihr Zimmer, allein sein, ihren Schmerz und ihre Wut ins Kopfkissen schreien, raus aus diesem Prinzessinnen-Fummel, zurück nach München! Doch ihre Eltern erwarteten sie bereits gespannt und baten sie mit auf die Terrasse. „Jetzt erzähl doch mal! Wie ist es gelaufen," wollte ihre Mutter wissen. „Gut! Domiinus und Lilja sind sehr nett. Er will nochmal über alles nachdenken und sich dann bei dir melden. Zu welchem Entschluss er kommt weiß ich auch nicht." Sanft legte ihre Mutter eine Hand auf ihre Stirn: „Ist alles in Ordnung? Du siehst sehr ...angespannt aus?!" – „Ja alles gut ich war nur sehr aufgeregt, ich würde jetzt gern auf mein Zimmer gehen, bitte!" – „Waren seine Kinder auch da," fragte ihr Vater. Grausamer Schmerz durchzog Saariia bei der Frage ihres Vaters. „Ja, haben aber nicht viel gesagt. Xelaa wirkt sehr nett und Kasiim ... " sie machte ein kurze Pause. „ ... brachte mich zu Saato zurück." – „Xelaa," lachte ihr Vater „Ich denke sie ist ganz deiner Meinung, sie findet die Gesetze auch doof!" – „Ach wirklich? Vielleicht ist unsere Generation einfach weiter als eure," pambte Saariia. Ihr Vater überhörte es allerdings und sprach unbeirrt weiter „und Kasiim! Mit dem hat Domiinus seine Liebe Not. Er ist Thronfolger, aber das interessiert den Burschen überhaupt nicht, geschweigedenn das er es für wichtig hält eine Prinzessin zu wählen. Er hat nur Flausen im Kopf und treibt sich den ganzen Tag irgendwo rum. Ein Wunder das er heute da war." – „Er kam zu spät! Wie kommt es das du so gut über die Probleme von Domiinus Bescheid weisst? Er ist Maare," stutzte Saariia. „Die Könige Suomatras treffen sich in regelmäßigen Abständen. Alle Könige Suomatras," klärte ihr Vater sie auf. „Ach und das geht? Ich meine es gibt Gesetze hier, eigendlich müsste man euch demnach alle hängen!!" Ihr Schmerz wich dem Zorn, der Wut und dieser Hitze, sie machte auf dem Absatz kehrt, um in ihr Zimmer zu gehen, sie brauchte eine wirklich kalte Dusche!

Endlich konnte sie ihren Gefühlen freien Lauf lassen, weinen, schreien, bis sie kraftlos auf ihre Matratze sank und sich mit >Sweet Symphonie< beruhigte.

Mit leerem Blick starrte sie aus dem Fenster. Sie könnte jetzt in Helsinki sein, jede Sekunde dort genießen, glücklich sein, aber nein es musste ja Suomatra sein! Gefangen in dieser bescheuerten Parallelwelt.

;Ganz toll gemacht, Larissa, wieder mal mit dem Sturkopf durch die Wand ins Verderben;

**Kapitel 30**

Als sie am nächsten Morgen aufwachte, fühlte sie sich Hundeelend und ihre Augen brannten. Sie machte sich frisch und holte sich Kaffee bei Mona, um dann zum Pferdestall zu gehen.

„Guten Morgen, Saato." – „Guten Morgen, Himmel wie siehst du denn aus!!?" – „Wieso? Wie seh ich denn aus?" – „Na ähm ... grauenvoll ... sorry! Ist alles ok? Du bist anders seit du bei den Maaren warst," Saato sorgte sich, er hatte diese Gefühl ihr helfen zu müssen. Saariia wich seinem Blick aus, schaute zu Boden: „Quatsch! Ich hab nur schlecht geschlafen, das ist alles." Saato nahm sie bei der Hand und zog sie in die leere, letzte Box.

„Schluss jetzt damit. Raus mit der Sprache! Was ist passiert?" Wieder vermied sie es, ihn anzusehen. Sie hatte schon mal vertraut und ist bitter enttäuscht worden. Auch wenn Saato ihr immer beistand, diesen Fehler wollte sie nicht noch einmal machen. Sie schwieg, sah ihn nicht an und hoffte, dass er irgendwann aufgab.

„Was ist hier los," kreischte Karuun. „Verdammt, Karuun, du bist nicht mein Kindermädchen," schrie Saariia ihn an. „Wo ist dein Problem? Hier schwarze Haare, dunkle Augen ... *Sabe!!*" – „Ähm was," verwirrt schaute Saato die beiden an. „Hast du dich etwa mit einem ... ! Oh, jetzt verstehe ich, gestern der Maare der dich zum Boot gebracht hat, den hast du da nicht das erste Mal gesehen, richtig? Und die Klamotten hast du für ihn gebraucht!" – „Ist nicht mehr wichtig, ok," wehrte Saariia ab. „Du magst den Typen!" – „Mögen?!! Das ich nicht lache! Sie küsst ihn," zeterte Karuun. Saato sah Saariia an: „Heilige Scheiße, Saariia! Selbst wenn du es schaffst, das sie die Gesetze abschaffen, das würden sie nie zulassen." – „Ist jetzt auch egal! Er ist ein *Prinz!*" – „Also in deinem Fall wäre die Tatsache das er Prinz ist ja gut, nur Maare passt nun mal nicht so ganz." – „Von wegen! Ich will keinen Prinzen!!" Saato sah sie mitfühlen an. „Du hast dich in ihn verliebt, wusstest aber nicht wer er ist und jetzt fühlst du dich hintergangen. Aber siehs doch mal so, er ist immer noch der selbe, den du kennengelernt hast. Du verurteilst ihn für etwas, wofür er nichts kann, das ist nicht fair." – „Und du spinnst doch komplett, Stallbursche! Redest das Ganze auch noch gut und verteidigst den Maaren," mischte sich Karuun fassungslos ein. „Saato, darf ich reiten," fragte Saariia. „Klar, ich mach dir ein Pferd fertig." – „Ich möchte ihn reiten," Saariia stand vor der Box eines traumhaften Schimmels. „Oh nein, das möchtest du nicht! Er ist schwierig und hat seinen eigenen Kopf!" – „Perfekt, dann passen wir ja super zusammen. Mach bitte Pantas für mich fertig!" – „Na schön, wie du willst, gib mir ein paar Minuten!"

Saariia saß am Rand des Brunnens und dachte darüber nach, was Saato gesagt hatte.

„Hier Prinzessin, euer widerspenstiger Gaul," lachte Saato. „Hör auf mich so zu nennen!" – „Du bist aber eine Prinzessin, ob dir das nun passt oder nicht! Aber heyy, ich mag dich trotzdem," zwinkerte er. „Saato du bist echt nicht mehr ganz dicht! Gleich reitet sie zum Fluss, redet mit Blondie und verzeiht ihm alles," keifte Karuun. „Vielleicht wäre reden ein guter Anfang!"

Pantas schlug ungeduldig mit den Hufen auf. Sanft streichelte ihn Saariia über den Hals. „Du hast recht, wir sollten von hier verschwinden," flüsterte sie dem Wallach ins Ohr und schwang sich in den Sattel.

Sie ritt nicht zum Fluss. Nicht an diesem und auch nicht an den folgenden Tagen und Wochen, sie mied den Fluss und die Berge und mit ihnen Kasiim. Sie und Pantas wurden zu einer Einheit, sonst ließ sie niemanden mehr an sich heran, redete nur das Notwendigste und zog sich immer weiter in sich zurück. Domiinus hatte sich nicht bei ihrem Vater gemeldet, was zu Folge hatte, dass ihr Vater dieses Thema abgeschlossen hatte und keine weiteren Diskussionen mehr duldete.

Ihr einziger Halt waren Pantas und Sunrise Avenue.

Eines Abends hielt Saato sie zurück. Saariia hatte einen Entschluss gefasst, ganz für sich. „Saato ich geh morgen nicht reiten!" – „Oh gut, du gehst endlich zum Fluss und redest mit ihm," er klang fast schon erleichtert. „Nein, ich werde nicht mit ihm reden! Ich sagte doch es ist nicht mehr wichtig!" – „Saariia ich war am Fluss! Er wartet jeden verdammten Tag dort auf dich! Kommt dir das irgendwie bekannt vor?" – „Er wird sich schon nicht ertränken und ich hab auch nicht vor ihm was anzutun, ich will ihn viel mehr nie wiedersehen!" – „Er wirkt völlig verzweifelt, gib ihm eine Chance sich zu erklären!" – „Lass mich in Ruhe," wandt sie sich von Saato ab und wollte auf ihr Zimmer. „Saariia, Saato hat Recht! Du solltest mit ihm reden, nicht des Maaren wegen, sondern wegen dir, du hast dich seit der Sache verändert," redete nun auch Karuun auf sie ein. „Und," sie wurde wütend. „Ich denke..." – „Es ist mir Scheiß egal was du, oder irgendjemand sonst, denkt," unterbrach sie ihn und ließ beide im Schlosshof stehen.

Wortlos aß sie zu Abend, wortlos verließ sie das Esszimmer und verschanzte sich in ihrem Zimmer. Sie musste diese Hokurus finden, sie wollte mit ihnen reden, nicht wegen der Gesetze, diese und ganz Suomatra waren ihr inzwischen egal. Sie wollte zurück nach Hause, zurück nach München, und hoffte, die Hokurus könnten ihr dabei helfen. Es war ja schließlich das Volk der Magier und Hexenmeister und die können Portale!

**Kapitel 31**

Früh am nächsten Morgen schlich sie aus dem Schloss und suchte die Stelle am Fluss auf, an der sie die Brücke durch Xantrias Stein aktivieren konnte. Sie legte den Stein auf, die Brücke erschien, Saariia nahm den Stein wieder an sich und überquerte den Fluss. Vor den Bergen starrte sie die Felswände an, irgendwo hier musste die Treppe sein, die durch den Berg nach unten zu den Hokurus führte. Sie tastete sich an den Wänden entlang, nahe am Abhang, sehr nahe am Abhang.

„Liekki? Was machst du da?" Sie erkannte Kasiims dunkle Stimme und nur er nannte sie so. Sie schloss die Augen, ;Geh bitte einfach wieder weg; dachte sie voll Schmerz. „Bitte, nur ein paar Minuten! Lass uns reden," flehte Kasiim. „Was willst du," fragte sie, ohne sich umzudrehen. „Ich hab dich nicht belogen! Ich hab es nicht gesagt, weil es für mich nicht wichtig war. Ich will den Thron nicht, ich will kein Prinz sein, aber was soll ich denn dagegen tun, du müsstest das eigendlich verstehen!" Langsam drehte sie sich zu ihm um. „Gibt es denn schon eine Prinzessin, Prinz? Oder gefällt es dir mit Menschen, und deren Gefühle zu spielen," Tränen, sammelten sich in ihren Augen, aber sie wollte sie nicht zulassen. „Eine Prinzessin? Wovon redest du? Du hast dich doch blendend mit diesem Tiimo amüsiert, wie man hört. Dein Vater platzt sicher vor Glück, denn dieser Tiimo wäre für ihn die beste Wahl, die Königreiche grenzen aneinander, durch eine Heirat würde sein Reich größer!" – „Ich hab mich amüsiert," quietschte sie. „Ich hab getan was man von mir verlangte, als Prinzessin. Genau wie das Treffen mit deinem Vater, das nebenbei bemerkt, völlig umsonst war. Es ist Wochen her, dass ich bei ihm war, aber er hat sich nie gemeldet. Ich bin Sabin, du Maare wir hätten nie ... es war ein Fehler ... ," sie wandte sich von ihm ab. „Ein Fehler? So einfach ist das für dich. Du wusstest, das ich Maare bin!" – „Ja das weiß ich! Kannst du dir vorstellen was das für ein Gefühl war, als *du* in das Zimmer gekommen bist, *du*, nachdem was zwischen uns gewesen ist ... verdammt, Kasiim, ... hau ab!" – „Ich wusste nicht das DU mit meinem Vater reden willst, das DU der wichtige Termin bist, bei dem ich unbedingt erscheinen sollte. Du hast nichts gesagt!" – „Das konnte ich auch nicht, mein Vater hat mir nur Stunden vorher gesagt dass ich mit irgendeinem König der Maaren reden soll, wegen der Gesetze. Woher sollte ich wissen, das du sein Sohn bist," sie senkte ihre Stimme und fügte traurig hinzu, „Du weißt alles von mir, aber ich weiß gar nichts von dir! Und trotzdem hab ich dir vertraut! Ich kann nicht glauben, das ich so blöd war!" Betroffen schaute Kasiim zu Boden, sie hatte recht, jeder Frage, die sie ihm stellte, zu seiner Person, wich er aus. „Es tut mir leid, Saariia! Ich wollte das nicht. Es fühlte sich so gut an, mit dir zusammen zu sein, das mir der Rest egal war, was ich dir damit antue war ... "

Ein greller Schrei ließ beide erschrocken zum Himmel schauen. „Was ist das," keuchte Saariia angstvoll. „Ein Drache! Liekki, wir müssen schnell ... " In diesem Moment stieß der Drache vom Himmel auf sie zu, packte beide, jeden in eine seiner Klaue, und flog mit ihnen davon.

Saariia schrie, sie sah den Wasserfall, wie er sich immer weiter entfernte und den Fluss unten im Tal als dünnen, blauen Strich. Der Drache ging in einen Sinkflug über, doch Meter über dem Boden, öffnete er seine Klauen und ließ beide fallen ...

**Kapitel 32**

Saariia lag mit dem Rücken auf der Wiese, sie hatte das Gefühl, jeder einzelne Knochen in ihrem Körper sei gebrochen, vom Aufprall brannten ihre Lungen bei jedem Atemzug. Sie wimmerte vor Schmerzen, versuchte sich zu bewegen, was ihr misslang, reglos blieb sie liegen, starrte in den Himmel, der Drache war nicht mehr zu sehen. „Kasiim," flüsterte sie, bekam aber keine Antwort. Erneut flüsterte sie seinen Namen, aber auch jetzt war nichts zu hören, außer das Rauschen des Flusses. Mühsam setzte sie sich auf, schaute sich um und konnte Kasiim weiter hinten reglos liegen sehen. „Kasiim," rief sie aber er bewegte sich nicht. „Kasiiiiim," schrie sie nun, sie rannte zu ihm, ihre Schmerzen spürte sie nicht mehr, Angst machte sich in ihr breit. Sie schüttelte ihn, erfolglos. „Nein, bitte, bitte," schluchzte sie. Saariia legte ihren Kopf auf seine Brust, sie spürte sein Herz schlagen und konnte es hören. „Gott sei Dank!" Sie schob ihre Arme unter seine Achseln und verschränkte sie vor seinem Brustkorb, mühsam zog sie ihn Stück für Stück zum Fluss. Sie schöpfte Wasser mit den Händen über sein Gesicht. Sanft strich sie ihm die nassen, blonden Strähnen aus seinem Gesicht, wieder schöpfte sie Wasser. „Kasiim! Bitte, mach die Augen auf! Bitte, sag etwas," flehte sie. Endlich zuckte er, stöhnte leise, qualvoll und öffnete schließlich seine Augen.

Saariia strahlte in an, und begann vor Erleichterung zu weinen, vor Glück drückte sie ihm einen Kuss auf den Mund. „Wie fühlst du dich," hauchte sie. „Elend, schrecklich, furchtbar ... " – „Kann ich irgendwas tun?

Mehr Wasser?" – "Nein, mehr küssen, könnte helfen," grinste er schelmisch. "Blödmann! Ich hab mir Sorgen gemacht," drehte sie sich beleidigt von ihm weg. Kasiim setzte sich auf, zog sie zu sich und hauchte in ihr Ohr: "Fühlt sich gut an wenn du dir Sorgen machst." Seine Stimme, sein Atem, der an ihrer Wange kitzelte, brachten sie um den Verstand. Sie wollte seine Nähe, wehrte ihn aber dennoch ab. "Hör auf!" Saariia stand auf und schaute sich erneut um, Kasiim schlang seine Arme von hinten um ihre Hüften, strich zärtlich ihre Haare zur Seite und küsste ihren Hals, sog den Duft ihrer Haare und ihrer Haut ein, er hatte sie so vermisst, tiefer vergrub er seine Nase in ihren Haaren, biss ihr sanft ins Ohrläppchen und küsste erneut ihren Hals. "Du sollst damit aufhören, *Prinz*." – "Saariia! Bitte, fang nicht wieder damit an." – "Dieser blöde Drache hat mich nicht so tief fallen lassen, das ich, dass nicht mehr wüsste! Ich muss die Hokurus finden, lass mich los!"

Sie frischte ihr Gesicht im Fluss ab. "Hier ist das Wasser viel kälter, als oben, obwohl es der gleiche Fluss ist," stellte sie verwundert fest und marschierte auf die Brücke zu die sie in der Ferne sah. Kasiim verdrehte die Augen und folgte ihr. "Liekki, was soll das? Redest du jetzt wieder nicht mehr mit mir?" – "Nein! *Prinz!*" – "Himmel Herrgott! Ich bin immer noch der selbe, Prinz hin oder her!" Sie waren an der Brücke angekommen, Saariia überquerte sie, ohne auf Kasiim zu achten.

Sie schlug den Weg Richtung Norden ein, auf einen kleinen Wald zu, der sich entlang der Felswand zog. Dort oben war das Reich der Saben. Gegenüber des Waldes lag ein See, der im Halbkreis von bunten Holzhütten umgeben war. ;Das könnten die Hokurus sein; dachte sie. "Halt! Liekki, warte!" – "Was ist denn? Du nervst!" – "Wir sollten uns erst einen Überblick vom Wald aus verschaffen," schlug Kasiim vor. „Und warum das?" – „Weil wir das Volk nicht kennen. Weil wir gar nicht hier sein sollten. Sie hatten sicher einen Grund den Weg hierher zu verbergen, zerstören oder was auch immer!" – „Du könntest recht haben. Besser in den Wald und beobachten," gab sie zu. „Tja, und das von einem Prinzen! Kaum zu glauben, das solche Typen was sinnvolles von sich geben können, hmm!" – „Ja ein Wunder!"

Der Wald hatte einen weichen, dichten Moosboden und überall wuchsen die unterschiedlichsten Beeren, manchen von ihnen hatte sie noch nie gesehen, wie diese dunkelroten, pflaumengroßen, runden Beeren die an einem Strauch wuchsen, sie hatte Hunger, wusste aber nicht, ob man diese essen konnte oder durfte. Ihr Blick schweifte zu den Holzhütten, bunt, verträumt und verspielt säumten sie den See. In den kleinen Gärten wuchsen Kräuter und Blumen in kräftigen Farben und abstrakten Formen, Gießkannen schwebten in der Luft und wässerten diese ohne leer zu werden. Holzstege die, die Straßen bildeten, schlängelten sich um die Hütten und den See. Kinder spielten, ein Mädchen mit pinken Locken drehte sich wie wild um die eigne Achse, warf ihre Arme in die Luft und wie aus dem nichts tanzten unzählige Schmetterlinge in allen möglichen Farben über ihrem Kopf. Das Mädchen lachte und wiederholte alles nochmal.

Ein leichter, warmer Wind blies Saariia durch die Haare, sie schloss die Augen, sog dieses Gefühl in sich auf. Sie konnte es nicht erklären, aber hier fühlte sie sich zu Hause. Kasiim beobachtete sie, ;Warum fühlt sie sich ausgerechnet hier wohl; fragte er sich.

„Hunger! Ich hab Hunger," flüsterte sie leise vor sich hin. Kasiim schüttelte den Kopf und lief tiefer in den Wald.

Es dämmerte, und die bunten Lichter der Hütten

spiegelten sich im See.

„Liekki, Essen, mehr gibt es leider nicht," hauchte er ihr ins Ohr, als er zurückkam. Er hatte sein Shirt ausgezogen um es als Tasche für die Beeren, die er gesammelt hatte zu verwenden. Süße, saftige Erdbeeren, Himbeeren, Heidelbeeren und irgendwelche gelben die Saariia nicht kannte. Die Dunkelroten hatte er nicht gepflückt. „Was sind das für welche," fragte sie und drehte eine gelbe Frucht in den Fingern. „Moliv – Beeren, kennst du sie nicht? Sie sind süßsauer und ihre Haut ist bissfester als bei den anderen, ein ganz eigener Geschmack, probier sie einfach," erklärte er ihr. Moliv – Beeren schmeckten himmlisch.

„Du fühlst dich wohl hier, richtig?" – „Ja, ich weiß auch nicht, ich fühl mich zu Hause, so als wäre ich schonmal hier gewesen und jetzt zurück gekommen." – „Was aber nicht sein kann, Liekki, du kannst nicht schon mal hier gewesen sein. Der Weg ins Tal ist seit, keine Ahnung, Jahrzenten, oder noch länger weg. Ich kenne den Weg nur aus Erzählungen von früher, ähnlich wie die Brücke die einst das Reich der Maaren und Saben verband." – „Tietän," (Ich weiß) seufzte sie. „Aber ganz nebenbei, Liekki, das hier, wo du dich so geborgen fühlst, ist immer noch Suomatra," grinste er. „Ach was du nicht sagst," boxte sie ihn in den Oberarm und lehnte dann ihren Kopf an seine Schulter. „Friede, Liekki?" – „Nein, situationsbedingter Waffenstillstand, mehr nicht." Kasiim verdrehte die Augen. „Na dann hoffe ich einfach mal, das sich die Situation nicht ändert," feixte er. „Blödmann!" Er schob seinen Arm um sie und zog sie zwischen seine Beine. „Was soll das werden?" Zärtlich drückte er ihren Kopf an seine Brust und hauchte ihr Küsse in die Haare. „Versuch zu schlafen," murmelte er.

**Kapitel 33**

„Hey! Ihr! Aufwachen!" Weckte sie eine tiefe Stimme. Saariia blinzelte und sah in die rehbraunen Augen eines großen Mannes, er hatte einen Vollbart, seine braunen Haare waren zu einem kleinen Dutt zusammen gebunden, und er strahlte eine unglaubliche Ruhe und Gelassenheit aus. „Hey," begrüßte ihn Saariia. Kasiim war inzwischen auch aufgewacht und musterte den Fremden. Wie schon bei Xantria fiel ihm auch hier auf, dass Saariia ihm vom Fleck weg vertraute, ohne ihn zu kennen. „Wie kommt ihr hier her?" – „Drachen – Airlines, nicht zu empfehlen, vorallem die Landung." Er lachte auf: „Oh verdammt. Ihr müsst ziemlich nah am Wasserfall gewesen sein, weiter fliegen sie alleine nicht. Ich heiße Reatus." – „Ja wir waren nahe beim Wasserfall. Das ist Kasiim und ich heiße...." – „Wer du bist, weiß ich, Saariia. Wieso wart ihr so nah an der Grenze zum Tal?" – „Ich habe nach der Treppe in den Bergen gesucht, die, die ins Tal führen soll," antwortete sie wahrheitsgemäß. „Und woher weißt du von der Treppe?" – „Von Xantria, eine Hexe die bei den Saben im Wald wohnt. Sie hat damals das Portal geschaffen das mich in die Parallelwelt brachte." Reatus weitete die Augen, fing sich aber schnell wieder. „Hm ok, gut soweit. Kommt mit, ihr könnt eine Dusche, frische Klamotten und was zu essen brauchen," er reichte Saariia die Hand und zog sie hoch. Kasiim erhob sich alleine.

Reatus führte sie eine Anhöhe hinauf, auf ein mittelgroßes Holzhaus zu. Sie betraten die Wohnküche, ein großer runder Tisch und Stühle aus Birkenholz standen in der Mitte, es gab zwei Fenster und zwei Türen und ringsum den Tisch, an den Wänden waren die Küchenschränke, Kühlschrank und ein Kochherd, den man mit Holz befeuerte, darüber hingen, wie bei Xantria die Kochutensilien an einer Stange. „Setzt euch, bitte! Mom, wir haben Besuch," sagte Reatus in Richtung der zweiten Tür am anderen Ende der Küche. Eine zierliche Frau mit schwarzen Haaren und dicken weißen Strähnen, betrat den Raum, blieb wie angewurzelt stehen, schaute auf Saariia, dann auf Reatus und wiederholte das Ganze. Kaum merklich schüttelte Reatus den Kopf.

„Hallo, ich bin Rovanja, Reatus´ Mutter." Saariia und Kasiim stellten sich ebenfalls vor, Kasiim begleitete Reatus und Saariia folgte Rovanja, sie zeigte ihr das Badezimmer, gab ihr Handtücher und frische Kleidung. „Ich warte in der Küche auf dich, lass dir Zeit," lächelte sie liebevoll und ließ Saariia allein. Warmes Wasser rann Saariia über den Körper, sie atmete tief ein und lange wieder aus, sie fühlte sich wohl. Rovanja hatte ihr eine leichte Stoffhose in braun, die leicht glitzerte und eine Wickelbluse in gleicher Farbe, die bis zum Bauchnabel ging, bereitgelegt. Fertig angezogen lief sie die Treppen nach unten, zurück in die Küche. Kasiim war schon da, er trug eine schwarze Stoffhose, ein cremefarbenes Hemd, das er weit offengelassen hatte und locker über die Hose fiel. ;er sieht so verdammt gut aus; dachte Saariia, ermahnte sich jedoch gleichzeitig im Gedanken dafür. ;Prinz! Er ist ein Prinz, vergiss, dass nicht; Kasiim lächelte und seine Augen leuchteten. „Du siehst verdammt gut aus, Liekki!" Reatus beobachtete beide, räusperte sich und sagte: „Setz dich zu uns, Saariia, das Essen ist gleich fertig!" Er schenkte ihr ein Glas Rotwein ein.

„Du sagst Xantria hat das Portal geschaffen, du bist sicher

sehr wütend auf sie," nahm Reatus das Gespräch vom Wald wieder auf. „Nein, Xantria ist sehr nett, sie wollte das nicht tun, meine Tante Maarla hat sie erpresst. Ich mag sie, und ich vertraue ihr," stellte Saariia richtig. Wieder ein Blick von Rovanja ohne Worte, der Saariia aber auch diesmal nicht entging. `Was ist hier los, `fragte sie sich und behielt Reatus und Rovanja fest im Auge. Nach Saariias Aussage Xantria wegen, entspannte sich Reatus sichtlich. „Ich war schon lange nicht mehr da oben, kann es sein das ich was verpasst habe? Ich meine du bist Sabin und Kasiim ist Maare, ihr seit zusammen hier und euch, wie ich das sehe, sehr nahe?" – „Nein du hast nichts verpasst! Alles so verbohrt wie eh und je da oben! Und wir sind uns nicht *nahe*, er ist ein Prinz!" Kasiim verdrehte die Augen und schüttelte den Kopf. ;Wieso tut sie das; fragte er sich und spürte den Schmerz in sich, den ihre Worte auslösten. „Ok, was ist schlimm an einem Prinzen? Du bist Prinzessin, zumindest bis hierhin ist alles perfekt, erst dann wirds kompliziert," grinste Reatus. „Du kennst Xantria, stimmts!? Ihr beide kennt sie," wechselte Saariia das Thema. „Ja," antwortete er knapp. „Und wie gut kennst du sie?" Irgendwas versucht er zu verbergen. Reatus holte tief Luft, fuhr sich mit der Hand über sein Gesicht und begann zu erzählen: „Na schön. Xantria ist meine Schwester, wir sind drei Kinder von Magiern, Xantria, Pitariaa und ich, und wir sind alle Hexenmeister, so in etwa wie Prinzessin und Prinz nur das hier die Kinder gemeinsam das Volk der Hokurus leiten, sobald sie Magier sind. Xantria und Pitariaa wollten das aber beide nicht, sie verließen uns, um bei den Saben als gewöhnliche Hexen zu leben. Xantria baute, mit Hilfe von Magie, ein Haus im Wald der Saben, sie fühlte sich dort wohl und alles schien so zu laufen wie die beiden sich das vorgestellt hatten. Doch dann verliebte sich Xantria in einen Maaren, was Pitariaa nicht gut fand, deren Gesetze und diese Liebe schrieen förmlich nach Problemen, zum Volk der Maaren zu wechseln ist ebenfalls nicht so einfach wenn man sich bereits entschieden hatte und zurück zu den Holurus wollte sie auf keinen Fall. Die beiden stritten sich und Pitariaa kehrte zu uns zurück. Xantria blieb, seinetwegen. Soweit ich weiß, sind die beiden immer noch zusammen." – „Ist es den Hokurus auch verboten, sich mit den Maaren oder Saben einzulassen?" – „Nein ganz und gar nicht. Wir halten das für Blödsinn. Xantria würde zurückkommen, wenn er sie begleitet aber Jukaa ist der Gärtner im Königshof, er steht irgendwie in der Schuld der Königin, und will sie nicht enttäuschen. Wobei ich glaube das sie es verstehen würde, Lilja soll eine wundervolle Königin sein, sie soll, auch aus der Parallelwelt nach Suomatra gekommen sein, aber ist hiergeblieben, wie man hört." – „Völlig richtig Lilja ist eine wundervolle Frau, ich durfte sie kennenlernen," bestätigte Saariia. „Jukaa ist *unser* Gärtner! Seine Familie hatte einen tödlichen Unfall, nur Jukaa überlebte als Kleinkind, meine Mutter, Lilja, hat ihn zu uns genommen und aufgezogen unter der Bedingung das er keinen Anspruch auf den Thron bekommt," erzählte Kasiim. „Damit hat Maarla, Xantria erpresst, sie hat das zwischen den beiden irgendwie rausbekommen und ich habe das Gefühl, sie findet die Gesetze gut," Saariia schilderte Reatus, alles, was sie bisher wusste und erfahren hatte, bis ins kleinste Detail. Aber eine Frage spukte ihr schon die ganze Zeit im Kopf umher: „Wieso wollt ihr nichts mit den Saben und Maaren zu tun haben, wieso existiert der Weg nicht mehr?" – „Das liegt an eurem sogenannten Wassergeist, Nirlaa war einst eine Hexe der Hokurus, die einen Magier liebte, beziehungsweise zu der Zeit noch Hexenmeister aber ... " – „Schon klar, das war verboten, da sie nur eine gewöhnliche Hexe war," unterbrach Saariia in missmutig.

„Nein! Das war und ist immer noch völlig egal. Er hat Nirlaa nur ausgenutzt, weil er an ihrer Freundin interessiert war, und es gelang ihm diese für sich zu gewinnen, er betrog Nirlaa, blind vor Liebe hatte sie das lange nicht bemerkt, bis sie zufällig ein Gespräch der beiden mithörte, indem er ihrer Freundin versprach sie zu heiraten, sobald er Magier wäre. Nirlaa nahm sich das Leben, oben im Fluss, sie belegte sich mit einem schwere Zauber und ertrank, hier bei uns hätte sie das nicht tun können. Man hat ihre Leiche im Fluss gefunden, hielt es aber nicht für nötig sie ihrem Volk und ihrer Familie zu übergeben. Die Saben und Maaren haben sie einfach verbrannt," er machte eine kurze Pause und erzählte dann weiter: „Magie verbrennt nicht, Magie bleibt, so blieb ihre Magie im Fluss, das erklärt euren Wassergeist und warum der Fluss so warm ist. Legenden besagen dass ihre Magie, Menschen mit gebrochenen Herzen zu sich holt, so vielleicht auch eure Prinzessin damals, aber ob das stimmt, kann ich dir nicht sagen." – „Kannst du die Magie aus dem Fluss entfernen?" – „Ich könnte! Aber warum sollte ich das tun? Warum sollte ich euch helfen? Eure Völker, eure Könige haben sie verbrannt, sie nicht zu ihrem Volk gebracht!" Zorn durchzog Reatus´ Stimme. „Unsere Könige," stieß Saariia aus. „Reatus, die Könige von heute haben nichts mit den Fehlern dere von, was weiß ich wann, zu tun. Und außerdem, hat Nirlaa denn nicht schon genug gelitten, schon als sie noch lebte? Hat ihre Seele denn nicht endlich Frieden verdient?" Saariia stand auf und schaute aus dem Fenster, runter zum See und den vielen bunten Hütten. Irritiert warf Reatus Kasiim einen fragenden Blick zu. „Saariia, was fesselt dich an den Hexen so sehr? Xantria hast du vom ersten Augenblick an vertraut, obwohl du wusstest das sie das Portal gemacht hat, in dem Moment kanntest du die Geschicht von Xantria noch gar nicht! Reatus, als er uns im Wald aufgelesen hatte, hast du vertraut und jetzt das Mitleid für Nirlaa! Du kommst hier her, und fühlst dich zu Hause! Hier?! Nicht bei deinen Eltern die 15 Jahre durch die Hölle gegangen sind und nicht wussten was dir passiert ist! Warum hier," fragte Kasiim. Reatus und Rovanja warfen sich wieder Blicke zu, aber auch jetzt sagte keiner der beiden etwas. „Ich weiß es nicht! Woher auch?! Niemand sagt mir was! Ich bin nicht blöd Reatus, du weißt sehr viel mehr als du mir sagst, auch du Rovanja, ich sehe eure Blicke und das Schweigen dazu, schreit mich förmlich an ... " Wieder spürte sie die Wut aufkommen die, die Hitze mit sich trug, eine Hitze stärker als je zuvor. „Alles in Ordnung," fragte Rovanja besorgt, als sie Saariia beobachtete. „Nein," schrie sie weinend und rannte aus dem Haus, runter zum See, dort setze sie sich ans Ufer und weinte weiter.

„Hey, Saariia, darf ich mich zu dir setzen," fragte eine Frau, deren graue Augen sie liebevoll ansahen. „Wieso kennt mich jeder? Alle wissen etwas, nur ich bin mir völlig fremd," schluchzte sie. „Dein Schicksal hat ganz Suomatra getroffen. Alle haben sich gefragt was mit der kleinen Prinzessin passiert war und warum, alle haben geholfen dich zu suchen. Ich bin Oliviaraa," lächelte sie freundlich und sprach weiter: „15 Jahre sind eine sehr lange Zeit, Saariia. Was glaubst du, wie du dich fühlen würdest wenn du alles auf einmal erfährst. Du bist dir nicht fremd, tief in dir drin weißt du alles. Du bist dir nicht fremd, du verschließt dich nur vor dir selbst, hörst nicht auf deine innere Stimme, nicht auf dein Herz, du denkst zuviel, anstatt dich leiten zu lassen und damit stehst du dir selber im Weg. Die Menschen dort haben dir jahrelang, wer weiß was, erzählt, nun bist du hier, alles ist fremd, neu und doch so vertraut, das verwirrt dich," sie legte eine Hand auf Saariias Arm, sie spürte wie fast im selben Augenblick, die Wut und Hitze in ihr verschwand, wieder fühlte sie sich zu Hause. Sie wischte sich die Tränen aus den Augen. „Und wie höre ich auf mein Herz, meine innere Stimme? Man hat mir 15 Jahre lang eingeredet das, dass alles hier nur Träume sind, und als ich nicht aufgehört hab davon zu reden, hieß es ich sei verrückt. Jetzt sind die Träume doch wahr, aber ich fühl mich nicht besser, eher verlohren. Ich glaube ich gehöre weder in jene, noch in diese Welt," versuchte sie sich zu erklären. „Du gehörst genau hier her! Glaub mir! Du solltest zu Reatus zurück gehen, er meint es gut mit dir, und Kasiim macht sich sicher schon Sorgen," zwinkerte sie. „Du weißt von Kasiim?" – „Die Hokurus sind ein kleines Volk, mit zwei Magier – Familien, es spricht sich rum, wenn eine Sabin und ein Maare gemeinsam unterwegs sind," kicherte sie. „Ach und Saariia!" – „Ja?" – „Ihr seit ein wirklich schönes Paar!" Saariia verdrehte die Augen. „Er ist ein Prinz!" Nun war es Oliviaraa die, die Augen verdrehte und ihr mit einem Kopfnicken anwies, nun zurückzugehen.

„Hey geht´s besser," fragte Reatus ruhig. „Ja sorry," wich sie seinem Blick beschämt aus. „Alles gut," lächelte er. „Können wir uns nochmal kurz setzen und reden, bevor ich euch den Weg zurück zeige?!" Saariia nickte stumm und nahm auf dem Stuhl neben Kasiim platz. „Ich hab nachgedacht, und bin der Meinung, du hast Recht, Nirlaa hat lange genug gelitten. Mit Kasiim habe ich bereits gesprochen, nun möchte ich auch dich bitten, deinem Vater darüber zu informieren, dass ich in drei Tagen zu euch komme um die Magie aus dem Fluss zu bannen, also Nirlaa zu erlösen." – „Vielen Dank," flüsterte sie leise, aber sie lächelte.

„Nun könnt ihr entscheiden! Die enge, dunkle Treppe durch den Berg, oder Ariteus der Drache, sehr viel schneller als die Treppe," zwinkerte er den beiden belustigt zu. „Treppe, bitte!" War die Antwort der beiden gleichzeitig. Reatus lachte auf und begleitete Saariia und Kasiim zum Wasserfall. Ganz dicht an der Felswand konnte man hinter dem Wasserfall vorbei in eine kleine Höhle, von dort führte die Treppe nach oben. Schmale, unebene, feuchte Stufen schlängelten sich an der Bergwand entlang, es war dunkel und roch modrig. Kasiim schlang immer wieder seine Arme um Saariias Hüften. Am Ende der Treppe befanden sie sich wieder in einer kleinen Höhle, diese war aber hell, trocken, mit Moos und Sträuchern bewachsen. Kasiim drückte Saariia sanft in die moosige Felswand und küsste sie. Saariia wollte ihn abwehren, tat es aber nicht, sondern vergrub ihre Finger, wie schon so oft in seinen Haaren, verlangend zog er sie näher an sich, verteilte Küsse auf ihrem Hals. Schwach drückte sie ihn von sich. „Kasiim," hauchte sie. „Hmmm.."knurrte er nur ohne mit dem Küssen aufzuhören. Mit aller Kraft versuchte sie sich gegen dieses unglaublich schöne Gefühl in seinen Armen zu wehren. „Wir sollten nicht.."

Abrupt hörte er auf sie zu küssen und sah in ihre grünen Augen. „Was passiert wenn wir da raus gehen," fragte er, ohne die Antwort tatsächlich hören zu wollen. Ein Schleier vernebelte ihre Augen und liesen ihn die tiefe Traurigkeit spüren. „Verzeihst du mir?" – „Das ist egal. Es wird nie ein uns geben, Kasiim," sanft strich sie seine Haare aus seinem Gesicht, verlor sich beinahe erneut in seinen Augen. „Du musst dir eine Prinzessin der Maaren suchen und ich einen Prinzen der Saben, glaub mir wenigstens das sollten wir noch selbst entscheiden, bevor unsere Eltern das tun. Einen anderen Weg gibt es nicht," ihre Stimme bebte und sie schlugte schwer. Erfolglos versuchte Kasiim seine eigenen Tränen wegzublinzeln. Er wusste, dass sie Recht hatte, aber er wollte das nicht. „Sehe ich dich wieder," auch hierauf wollte er die

Antwort eigentlich nicht hören. „Nein! Es ist besser wenn wir uns nicht wiedersehn," sie zitterte am ganzen Körper, Kasiim schlang seine Arme fest um sie, er wollte sie beruhigen und irgendwie sich selbst auch. „Es tut mir leid," hauchte sie, sah ihm tief in die Augen, küsste ihn ein letztes Mal und wandt sich dann aus seinen Armen, legte Xantrias Stein auf und rannte über die Brücke zum Schloss. Lange sah Kasiim ihr noch nach, bevor er sich vom Fluss abwandte und sich auf den Weg nach Hause machte um seinem Vater die Nachricht von Reatus zu überbringen, auch wenn er keine Idee hatte wie er erklären soll, warum er bei den Hokurus war, er würde es auf den Drachen schieben und Saariia nicht erwähnen, ja so würde er es machen.

Karuun kam angerannt. „Saariia, wo um alles in der Welt warst du? Wir waren krank vor Sorge! Und was hast du da an?" Ohne auf ihn zu achten, betrat sie das Schloss. „Saariia! Dem Himmel sei Dank! Du bist wieder da!" Überschlug sich die Stimme der Königin beinahe, bis sie plötzlich kreidebleich wurde und entsetzt fragte: „Was hast du da an! Das ist Kleidung der Hokurus, wie kommst du dazu?" – „Hab ich von Rovanja!" Ihre Mutter taumelte einige Schritte zurück. „Ich brauchte Antworten und hab gehofft, die Hokurus könnten mir weiterhelfen," versuchte sie gleichgültig zu wirken. „Woher wusstest du von den Hokurus und wie man zu ihnen kommt," donnerte ihr Vater. „Das wusste ich nicht. Ich hatte einfach Glück das in diesem Moment ein Drache vorbeikam, mich packte und im Tal wieder fallen ließ." – „Und hast du deine Antworten bekommen auf welche Fragen überhaupt," des Vaters Stimme wirkte immer bedrohlicher, während ihre Mutter nur stumm in der Ecke stand. „Meine Fragen! Meine Antworten! Allerdings soll ich von Reatus ausrichten, dass er in drei Tagen kommt, um Nirlaas Geist und Magie aus dem Fluss zu befreien.

Er ist bereit die Fehler der Saben und Maaren zu beheben und zu verzeihen, um Nirlaa wegen." – „Wen hast du sonst bei den Hokurus getroffen," wollte ihre Mutter mit bebender Stimme wissen. „Wen hätte ich denn treffen sollen? Gandalf vielleicht? Die Hokurus sind ein tolles Volk. Ich hab mich bei ihnen wohl gefühlt!" – „Bei ihnen hast du dich wohl gefühlt? Und hier? Hier nicht??" Saariia starrte ihrer Mutter ausdruckslos ins Gesicht: „Nein hier nicht!" Sie machte auf dem Absatz kehrt und verschanzte sich in ihrem Zimmer. Sie machte die Musik an, wollte in die Stimme fallen, alles vergessen, doch schaffte sie es nicht, Kasiims Gesicht aus ihren Gedanken zu bekommen, auch Sunrise Avenue schienen machtlos zu sein.

Wirre Träume, von Hexen und Magiern, von Geistern und Drachen tränkten ihren Schlaf.

## Kapitel 34

Sie setzte sich an den Frühstückstisch, murmelte ein Guten Morgen und war gerade dabei sich Kaffee einzuschenken, als ihr Vater in strengem Ton erneut fragte: „Wirst du jetzt unsere Fragen beantworten?" Saariia warf ihm einen eisigen Blick zu. „Nein!" Ihre Tasse und den Teller schob sie unberührt von sich, stand auf und machte sich auf den Weg zu Pantas, sie sattelte ihn und ritt davon.

Dies wiederholte sie die folgenden Tage, überall war es besser als im Schloss, dort hatte sie das Gefühl nicht atmen zu können, keine Luft zu bekommen.

Am dritten Tag ritt sie über die gelben und grünen Felder im Sabenreich, weit entfernt vom Fluss. ;*Lass dich leiten,* – von was oder wem denn? *Hör auf deine innere Stimme,* – da ist nichts, worauf ich hören könnte, absolute Stille, *hör auf dein Herz,* – tolle Idee, ich weiß, was mein Herz will, zu blöd nur das dieses dämliche Organ offensichtlich keine Ahnung von den Gesetzen Suomatras hat, Oliviaraa scheint es ja gut zu meinen, nur kann ich nichts mit dem anfangen, was sie mir sagt hatte. Suomatra wieder verlassen, zurück nach München, das wäre die beste Lösung für alle. Vulaan würde König werden. Ich hätte den Prinzessinnen Mist los, und Kasiim ... ja Kasiim, wäre ohne sie sicher auch besser dran;

Ohne es zu bemerken, hatte sie den nach Hause Weg am Fluss entlang angesteuert. Auf der anderen Seite stand Kasiim, sie konnte sein Gesicht kaum erkennen, der Entfernung wegen, aber sie konnte seinen Blick spüren.

Er hauchte ihr einen Kuss zu, unaufhaltsam rannen ihr die Tränen über ihr Gesicht. „Nach Hause, Pantas," befahl sie, doch Pantas bewegte sich nicht. Kasiim kam so nahe wie möglich ans Flussufer, kaum noch hörbar trug der Wind seine Worte zu ihr. „Ich werde immer hier auf dich warten!" Saariia versuchte, vernünftig zu sein, doch sie wollte zu ihm. Bereit in Kleidung über den Fluss zu schwimmen, stieg sie von Pantas. „Niiiicht!!" aufgeregt flog Sassa vor Saariia umher, um sie davon abzuhalten in den Fluss zu gehen. „Sassa!? Warum nicht," irritiert wartete Saariia auf Saasas Antwort, sie hatte bisher nie etwas dagegen wenn sie zu Kasiim schwamm. „Der Wassergeist kann dich fühlen!" – „Hä? Was?" – „Dein Herz ist gebrochen, du bist traurig, du leidest! Sie kann das fühlen, sie wird dich zu sich holen," quietschte Sassa angstvoll. „Sassa, dreh nicht gleich durch, das sind nur gruselige Lagerfeuer Märchen, nichts weiter," – „In jedem Märchen steckt irgendwo ein Funke Wahrheit! Reite nach Hause, Saariia! Meide den Fluss!" Saariia konnte die Angst in Sassa sonst so strahlenden orangen Augen sehen, sie stieg wieder in den Sattel. Noch ein Blick zurück zu Kasiim, gnadenlos brannte der Schmerz in ihr, sie schloss die Augen, zog am Zügel und ritt zum Schloss. Dort sattelte sie ab, verstaute alles in der Sattelkammer und begann Pantas zu striegeln. „Schon ok, Saariia, ich mach das," kam Saato zu ihr. „Nein ich mach das schon!" – „Mona sagt ich soll dich zu Tisch schicken, das Essen ist fertig," erklärte Saato. „Na klasse!" Sie übergab Saato die Bürste, schweren Schrittes lief sie zum Schloss. Von der Treppe aus rief sie ins Esszimmer: „Ich hab keinen Hunger!" – „Du kommst zu Tisch und isst mit uns," donnerte ihr Vater. „Nein! Das mache ich nicht!" Zügig lief sie die Treppe hoch, rannte in ihr Zimmer, rammte den Stuhl darunter, nur eine Sekunde später rüttelte ihr Vater an der Tür. „Mach sofort die Tür auf und komm nach unten!" Saariia rührte sich nicht, wagte nicht mal zu atmen. „Hast du gehört! Mach diese verdammte Tür auf," schrie der König. Langsam löste sich die Starre in Saariia, der Stuhl würde halten. Sie stellte die Dusche an und ließ eiskaltes Wasser über ihren Körper laufen, dann legte sie sich auf ihr Bett, an der Tür war es jetzt still. Sie schaltete die Musik an, lauschte der Stimme, die sie so mochte, mit >Heal me< trafen die fünf Finnen wieder einmal voll ins Schwarze.

**Kapitel 35**

Es war der Tag, an dem Reatus kam, um Nirlaas Geist zu befreien. Saariia entschied sich die Bluse und Hose, von Rovanja anzuziehen, was ihrer Mutter gar nicht passte. Zu Fuß machten sich alle auf den Weg zum Fluss.

Saariia staunte, als sie dort ankamen. Es waren große Balken über dem Fluss angebracht worden und mit dicken Brettern verlegt, eine riesige Brücke, die beide Ufer miteinander verband. Lange Tische und Bänke standen darauf und an jeder Seite eine Bar mit Snacks und Getränken. „Wow! Was ist denn hier los," entfuhr es Saariia erstaunt. „Wir wollen die Gelegenheit nutzen und nochmal, wo wir jetzt alle zusammen sind, über die Gesetze sprechen. Du hast Domiinus und Lilja sehr beeindruckt, Domiinus hat mit den anderen Königen der Maaren gesprochen und ich mit denen der Saben, mal sehen was passiert. Im übrigen erzählte Domiinus mir das Kasiim auch bei den Hokurus war, wart ihr gemeinsam dort?" Nervosität durchzog Saariia, was sollte sie denn jetzt sagen. „Ähm, der Drache hat uns beide gepackt, wir waren also unfreiwillig zusammen dort!" Gelogen war das ja nicht ganz, sie hatte ja wirklich nicht vor, mit Kasiim zu den Hokurus zu gehen. „So, so also habt ihr euch dort getroffen und der Drache hat euch überrascht! Ist Kasiim der Maare der dir die Geschichten Suomatras erzählt hat? Kommt das in etwa hin? Domiinus hatte das Gefühl, als du bei ihm warst, das Kasiim und du ... " Weiter kam der König zum Glück nicht, denn Xelaa kam auf Saariia zu. „Hey! Saariia, schön dich wieder zu sehen," trällerte sie. „Xelaa, hi, wie geht es dir?" – „Na geht so. Mein Vater hat ziemlich schlechte Laune, wegen Kasiim. Er war schon immer gegen die Thronfolge, aber seit einiger Zeit wird es immer schlimmer. Vorallem seit er bei den Hokurus war, er verkricht sich in seinem Zimmer, oder schleicht sich raus, keine Ahnung wohin und will niemanden sehen, er redet auch kaum noch. Seine Augen wirken völlig leer und leblos, wo er sonst doch immer so ein Kindskopf ist, ich hab ihn noch nie so erlebt," erzählte Xelaa. „Ja, Saariia verhält sich ziemlich genauso seit *sie* dort war," merkte der König abfällig an. Xelaa blickte Saariia eindringlich in die Augen, nahm sie am Arm und zog sie mit sich, etwas abseits zum Waldrand, wo sie alleine waren. „Als du bei uns warst! Du hast Kasiim da nicht zum erstenmal gesehen, hab ich recht," flüsterte sie. „Xelaa! Bitte," flehte Saariia und drehte sich etwas von ihr weg, sie wollte nicht, das sie die Tränen in ihren Augen bemerkte. „Wenn Kasiim so komisch ist zur Zeit, kommt er dann heute," in ihrer Stimme war unverkennbar Hoffnung zu hören. „Ganz ehrlich! Das hoffe ich für ihn, sonst dreht mein Vater durch. Aber ich denke schon, vielleicht hofft er genauso sehr, dich hier zu sehen, wie du hoffst ihn zu sehen," grinste Xelaa. „Was? Blödsinn, das tu ich gar nicht!" – „Ist doch in Ordnung, ich würde euch nicht verraten. Nur wie wollt ihr bitte ... " – „Da ist Reatus," froh darüber nicht weiter mit Xelaa über dieses Thema reden zu müssen, rannte sie auf ihn zu.

„Hey, Prinzessin," grinste dieser. „Hey, Hexer," konterte Saariia. Und wieder lachte Reatus, ein Lachen das einen irgendwie verzauberte, oder war es tatsächlich so? In der Zwischenzeit war Xelaa zu den beiden gekommen. „Reatus, das ist Xelaa, Kasiims Schwester," stellte Saariia sie vor. „Du hast interessante Freunde, als Sabin, meine Liebe," stellte er schelmisch grinsend fest. „Die da hinten freuen sich sicher sehr darüber, hmm!" – „Pfff, mach ruhig deine Witze, du lebst ja nicht in dem verbohrten Teil Suomatras!" Reatus sah Saariia an, doch bevor er etwas sagen konnte, kam Saariias Mutter in langen Schritten und zorniger Miene auf die drei zu. Böse funkelte sie Reatus an und zog ihn grob mit sich. Außer Hörweite von Saariia begann ihre Mutter, wild gestikulierend auf Reatus einzureden, der aber wiederum blieb völlig ruhig, redete nur wenig und schüttelte hin und wieder unverständlich den Kopf. „Was meinst du? Um was geht es da," fragte Saariia an Xelaa gewand. „Keine Ahnung, aber deine Mutter sieht aus als würde sie gleich einen Nervenzusammenbruch bekommen. Wie gut kennst du Reatus?" – „Ja aber warum? Sie reagierte auch sehr empfindlich auf die Hokurus, nicht nur auf Reatus. Naja so gut auch wieder nicht. Ich hab ihn kennengelernt als ich die Hokurus gesucht habe." – „Zusammen mit Kasiim, stimmts," bohrte Xelaa weiter. „Nein, ich meine ja, aber ich hatte nicht vor mit Kasiim dort hin zu gehen, ok! Daran war dieser blöde Drache schuld." – „Also hast du Kasiim bei uns gesehen und als der Drache euch gepackt hat," sie ließ nicht locker. „Ja genau," diesmal log sie tatsächlich. „Und wieoft davor," grinste Xelaa. Saariia verdrehte die Augen, Xelaa konnte wirklich genauso beharrt an einem Thema bleiben, wie Carola. Wäre Xelaa keine Maarin, könnte sich Saariia gut vorstellen, dass sie ihre beste Freundin in Suomatra sein könnte. Und wäre Kasiim kein Maare ... tja ... was, wäre dann? Es ist aber, wie es ist, und das machte Suomatra beschissen. „Wir sollten zur Brücke, ich glaube es fängt gleich an," sagte Saariia und überging so Xelaas Frage.

Reatus begrüßte beide Völker und positionierte sich am Ende der provisorischen Brücke, mit Blick zum Fluss. Er schloss die Augen, sammelte sich, öffnete sie wieder und begann irgendetwas Unverständliches zu murmeln. Das Wasser schäumte, blubberte, als würde es zu kochen beginnen, bäumte sich auf und fiel dann wieder in sich zusammen. Reatus runzelte die Stirn, er wiederholte sein Vorgehen, mit dem gleichem Ergebnis. Ein drittes, viertes Mal, immer ohne Erfolg, wie Saariia aus seiner Mimik erkennen konnte. Verwirrt schaute er in die Menge, Xantria, Saariia ich brauche eure Hilfe!" Xantria stand auf, nahm Saariia an der Hand und zog sie von der Bank. Saariias Mutter erhob sich ebenfalls, um Xantria davon abzuhalten. Nach einem bösen Blick von Reatus in ihre Richtung setze sie sich wortlos wieder. „Komm mit," sagte Xantria an Saariia gewannt. „Was? Wieso denn? Was soll ich denn da machen? Ich hab keine Ahnung was der da treibt!" – „Du musst nichts machen! Komm einfach nur mit," sie schob Saariia an die linke Seite von Reatus, sie selbst stellte sich rechts neben ihn, alle mit Blick zum Fluss in Richtung Wasserfall. Saariia stand in der Nähe des Maarenufers, sie schaute in die Menge, bis sie sich in wasserblauen Augen verlor. „Kasiim," flüsterte sie lautlos. Kasiim lächelte und zwinkerte ihr zu. „Was soll ich machen, Reatus," fragte sie unsicher. „Nur hier sein. Die Magie im Fluss ist mächtiger als ich erwartet habe. Ich brauche Hilfe!" – „Ich hab keine Ahnung von diesem Zauber – Dings das du da machst. Wenn die Magie so mächig ist brauchst du sicher Hilfe von jemanden der Stärker ist als ich," versuchte sie, zu erklären. „Du bist stärker als du denkst. Allein dein Handeln für Nirlaa, macht dich stärker als alle hier versammelten," zwinkerte er „Nimm einfach meine Hand!" Wieder suchte sie Kasiims Blick, der stand auf, lief zu ihr und flüsterte ihr ins Ohr: „Du schaffst das, Liekki!" Dankbar lächelte sie ihn an. „Kiitos," (Danke).

Reatus suchte Xelaa in der Menge, lächelte ihr kurz zu, sie erwiderte sein Lächeln, dann konzentrierte er sich erneut auf den Fluss, die Hände von Xantria und Saariia fest in den seinen, erneut begann er zu murmeln, aber auch jetzt, da Saariia direkt neben ihm stand, konnte sie nicht ein Wort von dem was er da sagte verstehen, was war das überhaupt für eine Sprache.

Saariias Hand wurde heiß, langsam, Stück für Stück, Faser für Faser durchzog die Hitze ihren Körper, keine angenehme Hitze, eher vergleichbar mit der Hitze, die sie spürte, wenn sie wütend war, nur sehr viel intensiver, sie hatte das Gefühl in Flammen zu stehen, angstvoll blickte sie zu Reatus. Der wirkte völlig abwesend, aber murmelte immer noch vor sich hin. Ein greller, spitzer Schrei, schrill und erbarmungslos kalt, dass er sicher im Stande gewesen wäre, die Hölle in einen Eispalast zu verwandeln. Erschrocken wich Saariia einen Schritt zurück, wollte weglaufen, aber Reatus ließ ihre Hand nicht frei. Das Wasser bäumte sich auf, höher als die Berge auf Seiten der Maaren, Saariia sah, wie das Wasser sich zu einer Gestalt formte, oder bildete sie sich das nur ein. Schmerzgepeinigte wölbte sich die Wassergestalt, erneut ein schriller Schrei, der Fluss schäumte, weitere Wellen bäumten sich auf, dann ein wimmern, ein weinen, das Saariia vor Mitleid Tränen in die Augen trieb. „Es tut mir so leid, Nirlaa," flüsterte sie. Das Weinen verstummte. Nirlaas Geist in Wassergestalt schaute auf Saariia herab. Es blubberte wieder, sie hörte ein Rauschendes *danke*, oder war das wieder Einbildung. Stille, und dann wieder dieser wütende Schrei, die Wassergestalt war verschwunden, aber die mächtige berghohe Welle noch bedrohlich über ihnen, bis sie mit voller Wucht eiskalt auf die Drei niederschlug und sie zu Boden riss. Saariia schrie! Dann lag das Wasser wieder friedlich in seinem Flussbett und glitzerte in der Sonne.

Kasiim rannte zu ihr, rief panisch ihren Namen. Nass bis auf die Knochen lagen Xantria, Reatus und Saariia auf der Brücke, schauten sich um, und rappelten sich hoch. „Seid ihr okay," fragte Reatus. Beide Frauen nickten. Kasiim legte seine Jacke um Saariias Schultern, sie zitterte fürchterlich, deshalb nahm er sie fest in seine Arme. „Bist du verrückt," hauchte sie „Das können alle sehen!" Xelaa kam mit drei Decken und Handtüchern angerannt und versorgte sie damit. Kasiim schaute Saariia fest in die Augen: „Solln sie doch!" – „Wollt ihr was trinken," fragte Xelaa. „Rotwein, bitte," antworteten sie im Chor. Xelaa lachte und machte sich auf den Weg. „Hat es funktioniert," fragte Saariia an Reatus gewandt. „Ja hat es, dank euch!" – „Sagt mal, is euch auch so unbeschreiblich kalt," neugierig schaute sie abwechselnd zu Reatus und Xantria. „Nein, liegt bei dir daran ... " –

„ ... das du noch nie mit Magie in Berührung gekommen bist, jeder reagiert anders darauf," vollendete Reatus Xantrias Satz.

Xelaa kam mit dem Wein, Lilja hatte ihr beim Tragen geholfen, beide setzen sich zu den vieren auf den nassen Boden. Kasiim hielt Saariia immer noch im Arm und sie hatte, erschöpft ihren Kopf auf seiner Brust abgelegt. Sein Herzschlag beruhigte sie, sie dachte an gar nichts, hörte nur auf das gleichmäßige Schlagen. „Wir sollten uns setzen," gebieterisch bäumte sich der König vor Saariia auf, nahm ihre Hand und zog sie zu sich hoch, raus aus Kasiims Umarmung, weg von ihm. Saariia stolperte, schaute traurig zu Kasiim zurück. Reatus und Xantria folgten Saariia. „Siehst du! Hier wird sich nie etwas ändern," flüsterte Saariia, Reatus zu. „Leider, fürchte ich, hast du recht." Sie setzten sich an den Tisch der Saben, auf der Seite der Saben. Saariias Mutter warf Reatus einen vernichtenden Blick zu. „Nirlaa hat zu dir gesprochen, stimmts," fragte Reatus unbeirrt der Blicke der Königin. „Äh was, nein! Ich glaube nicht, also ich bin mir nicht sicher," unsicher suchte sie Antworten in Reatus braunen

Augen. Er zwinkerte ihr zu. „Sie hat sich bedankt," sagte er knapp. Saariia riss die Augen auf, sollte das bedeuten sie hatte sich das nicht eingebildet, alles!

Als sich ein König der Saben erhob, mit dem Löffel an sein Glas klopfend, sich Gehör verschaffte. Es wurde still, alle warteten gespannt, was dieser Mann zu sagen hatte. „Und jetz nach dieser tollen Vorführung, sollen wir uns wohl alle um den Hals fallen?! Nur weil eine verschollene Prinzessin wieder auftaucht, den glorreichen Heixenmeister davon überzeugt dieses Flussbiest zu vertreiben," er machte eine Pause, schaute in die Gesichter seiner Zuhörer und fuhr fort: „Und du Domiinus, duldest das dein verzogener Bengel, sich mit dieser, dieser Sabin rumtreibt, haben wir nicht genug Prinzessin in unserem Volk, denen er nachrennen kann! Sie ist weder eine Prinzessin noch eine rechtmäßige Königin, sie ist ein niemand, und hat hier in Suomatra nichts zu suchen!" Saariias Vater stand auf. „Sie ist meine Tochter, wie kannst du es wagen?!" Auch Domiinus erhob sich, mit rotem Kopf und wütenden Augen. „*Prinzessin Saariia*, war Gast in unserem Haus, wir alle mögen sie sehr, und sind beeindruckt von ihrer Art zu denken. Vielleicht handelt sie manchmal etwas unüberlegt, aber sie ist fremd hier, sie kennt Suomatra nicht und braucht Zeit. Mein Sohn, sowie auch meine Frau und meine Tochter standen ihr, Reatus und Xantria heute rein freundschaftlich zur Seite! Von euch hochnäsigen Saben, hat ja keiner seinen fetten Arsch hochbekommen um zu helfen!" Erbost stand nun auch Maarla auf, die ja eigentlich gar nichts zu sagen hatte und schrie: „Freundschaftlich? Dieses Land hat Gesetze, Freundschaft zwischen euch und uns Saben sind untersagt, die Strafe dafür ist niedergeschrieben!" Heiße Tränen brannten ihre Bahnen in Saariias Wangen. Reatus war im Begriff auf den König der Saben zuzugehen, doch

Saariia hielt ihn zurück. „Bitte, Reatus, lass mich zurück! Lass mich nach Hause, Suomatra wird mich nie akzepieren und ich werde hier nie ein zu Hause finden, mach mir ein Portal oder was auch immer lass mich zurück, bitte," flehte sie unter Tränen. „Nein! Das tust du nicht, Reatus! Du selbst hast gesagt das sie hier her gehört," redete Kasiim auf ihn ein. „Das habe ich bei den Hokurus gesagt, genau wie Oliviaraa! Aber nein Saariia, ich werde dich nicht zurück lassen!" kurz keimte Hoffnung in ihr auf, die er im nächsten Atemzug wieder zunichtemachte. Ja er hatte gesagt, dass sie hier her gehörte, wie Kasiim es gerade angesprochen hatte, was war so wichtig daran, wo er das geäußert hatte.

Wortlos wandte sie sich von ihnen ab. Traurig stand sie am Rand der Brücke, schaute in Wasser. „Ich hoffe du findest Frieden, Nirlaa," flüsterte sie. Noch einmal suchte sie Halt in wasserblauen Augen und verließ diese Ansammlung von Idioten Richtung Schloss.

Xantria holte sie ein. „Saariia, warte! Reatus hat seine Gründe, auch er kann das nicht, einfach so," versuchte sie zu erklären. „Du kannst! Hilf mir Xantria," flehend sah sie Xantria in die Augen. „Himmel! Weißt du was die mit mir machen, wenn ich auch nur darüber nachdenke! Du gehörst nach Suomatra!" Kopfschüttelnd lies sie Xantria stehen und setze ihren Weg fort.

Im Schloss verschanzte sie sich wieder in ihrem Zimmer, mit ihrer Musik.

>Never let your Flag go down< „Pfff!" Sie schaltet die Musik ab, langsam hatte sie genug von diesem persönlichen *Musikorakel.* Sie wollte nur nach Hause.

**Kapitel 36**

Saariia ging zu Pantas in die Box, lehnte sich an seinen Hals und weinte. „Saariia, Hallo," sagte Saato. „Hör mal, das ist kompletter Bullshit was dieser Idiot gestern gesagt hat, er ... " – „Er hat Recht! Ich gehöre nicht hierher und ich würde alles dafür tun, um zurück zu können," unterbrach sie ihn, verließ die Box und sperrte sich wieder in ihrem Zimmer ein, Musik, ihr einziger Halt, oder vielleicht doch nicht?! Hatte Suomatra auch das zerstört?

Es war früher Abend, als Tarija an ihrer Tür klopfte: „Saariia, du sollst in 30 Minuten zum Essen kommen, Maarla kommt auch," und leise fügte sie hinzu „Tut mir leid."

Maarla und Vulaan kamen ins Zimmer und setzen sich zum Königspaar an den Tisch. „Na da hast du ja gestern eine tolle Vorstellung hingelegt," fing Maarla sofort an sie anzugreifen. „Mutter," versuchte Vulaan sie zu stoppen. Maarla jedoch warf ihrem Sohn nur einen vernichtenden Blick zu. Saariia schaute nicht mal auf. Mona brachte das Essen, kein Fisch, während Maarla weiter auf Saariia losging. „Ich hatte es ja vermutet! Ein Maare! Das du dich nicht schämst, deinen Eltern sowas anzutun! Und dann auch noch das alle es sehen können! Eine Schande bist du!" Saariia zeigte keine Reation, sie stocherte nur in ihrem Essen herum und hoffte auf ein Wunder oder besser noch auf ein Portal nach Hause. „Wenn ich etwas zu sagen hätte! Ich wüsste was zu tun ist! Jeder weiß das! Ich

würde ihn hängen, wie das Gesetz es vorschreibt und ... "
– „Maarla! Spinnst du!" Auch der Versuch ihres Vaters, sie zu stoppen scheiterte. Saariia hob den Kopf und sah Maarla mit tränenroten Augen an. „Und?" – „Und dich würde ich zwingen zuzusehen. So das du jede Sekunde seines zu Ende gehenden Lebens mitbekommst! Dass du in seinen Augen siehst, wie er stirbt! Und das deinetwegen. Saariias Kehle schnürte sich zu, wurde trocken, Wut stieg in ihr auf und mit ihr diese glühende Hitze, vernichten wie ein Vulkan. Ihr Vater schlug auf den Tisch, wollte gerade etwas sagen, als Saariia aufstand und wie in Trance auf Maarla zu ging.

Ihre Augen glühten, ihr Arm fuhr nach oben um dann schnell mit der Handfläche all ihre Wut, allen Hass, all diese Gefühle zu entladen. In dem Moment, als die Ohrfeige Maarla traf, verschwand die Hitze. „Ich würde von hier gehen, sofort," sagte sie mit vor Wut zitternder Stimme. „Aber ich erpresse niemanden deswegen," zischte sie. „Bitte was?!" Maarla riss erschrocken die Augen auf, Angst stand ihr ins Gesicht geschrieben. „Würde mich wirklich sehr interessieren ob es dafür in diesem, ach so tollen Suomatra, auch ein Gesetz mit entsprechender Strafe gibt!"

Als hinter ihr die Tür aufflog und Reatus ins Zimmer rannte.

„Hifst du mir doch?" – „Ja, ich helfe! Aber auf eine andere Art!" – „Auf welche denn. Es gibt nur eine Art die sinnvoll ist. Ich will ... " Saariia wurde durch ein Wimmern unterbrochen, sie drehte sich um, sah Maarlas schmerzverzerrtes Gesicht. Ihre ganze, linke

Gesichtshälfte war eine schreckliche, rote Brandwunde. „Ups," entfuhr es Reatus. „Ups? Bist du bekoppt," kreischte Maarla. „Naja ohne Grund ist das sicher nicht passiert, nur leider ist es auch unkontrolliert passiert, nicht Wahr Saariia?" Er drehte sich zu ihr. Saariia sah ihn verständnislos an. „Was?! Ich war das nicht! Ich hab ihr eine geknallt, ja, mit der Hand nicht mit der Bratpfanne damit sie endlich ihre blöde Fresse hält, Okay," rechtfertigte sie sich. „Und dabei warst du furchtbar wütend und dir war unbeschreiblich heiß! Richtig?" – „Ja und mir ist öfter mal heiß!" – „Deine Magie hat sich entladen! Du bist eine Hexe," erklärte Reatus. „Eine Hexe? Bei dir sind wohl sämtliche Gitarrensaiten auf einmal gerissen, was!" Ihre Mutter sprang vom Stuhl: „Reatus! Hör auf!" – „Nein! Sie muss die Wahrheit erfahren und sie muss lernen, mit ihrer Magie umzugehen."

Saariia starrte fassungslos in die Gesichter, niemand außer Reatus konnte ihr in die Augen schauen. „Ihr wusstet das alle! Lass mich endlich zurück, Reatus, bitte. Ich will mein altes Leben zurück, keins das mit Lügen, Intrigen und Vorschriften geprägt ist. Larissa hatte ein tolles Leben, ich will Larissa sein," flüsterte sie.

„Ok, hör zu! Du kommst mit mir zu den Hokurus, ich werde dir mit Hilfe von Freunden lernen, mit deiner Magie umzugehen und wenn du soweit bist, keine Ahnung wielange es dauern wird, entscheidest du, wer du sein willst und wo du leben willst, Deal?" – „Du wirst sie nicht mit zu den Hokurus nehmen," schrie ihre Mutter ihn an. „Einmal, nur ein einziges mal die Wahrheit, Mutter! Bin ich eine Hexe," mit leerem Blick schaute Saariia ihre Mutter an. Diese senkte den Blick und begann leise zu erzählen: „Ja, es scheint so! Ich bin die Tochter einer

Hexe, mein Vater war ein Sabe. Aber ich habe keine Magie in mir, nur meine Schwester Oliviaraa, sie lebt bei den Hokurus. Dein Vater war der zweite Sohn des Königs, also kein Thronfolger, so konnte er heiraten wen er wollte. Doch der König, der diesen Teil des Landes regierte, war kinderlos, also hatte er keinen Thronfolger auch nicht in der Verwandtschaft. Die Könige der Saben beschlossen ihm diesen Thron zu geben, wir waren bereits verheiratet und da ich keine Magie in mir habe, sahen die Könige kein Problem darin. Also wurde ich Königin. Wir hatten gelaubt das auch in dir keine Magie steckt, doch dann bekamst du dieses schreckliche Fieber, nichts half, in meiner Angst um dich habe ich Rovanja um Hilfe gebeten," sie machte eine Pause, sah Saariia flehend an. „Du hast einige Woche bei Rovanja gelebt, bei den Hokurus. Sie sagte das sehr Wohl Magie in dir ist, starke Magie, das Fieber würde andeuten das Feuer dein Element ist, also nicht nur eine Hexe, sonderen eine Elementarhexe! Rovanja hat die Magie mit einem Zauber eingedämmt, warnte mich aber davor das es nicht möglich ist eine Elementarhexe zu konrollieren oder bannen. Kaum warst du wieder zu Hause bist du verschwunden." Unter Tränen schloss sie ihre Erzählung.

Saariia stolperte fassungslos einige Schritte zurück. „Du wolltest mir das nie sagen! Deshalb deine Reation als ich von den Hokurus zurück kam, du hattest Angst das man mir das erzählt hat, du hattest Angst das ich Oliviaraa kennengelernt habe, deswegen wolltest du wissen wen ich dort getroffen habe! Ich habe Oliviaraa kennengelernt, sie hat mir nichts davon gesagt, aber sie ist ein herzlicher Mensch mit genau den richtigen Worten, sie ist mir wichtig." – „Tut mir leid ‚Kleines. Ich wollte nie das du es so erfährst und Oliviaraa liebt dich wie eine Tochter." Reatus hielt sie fest in den Armen, um sie zu beruhigen. „Wenn ich mit dir komme, dann wirst du meine

Entscheidung akzepieren egal wie sie ausfällt und nicht versuchen mich umzustimmen, richtig," vergewisserte sie sich bei Reatus. „Ja, das ist der Deal, sobald du soweit bist. Pack jetzt deine Sachen, wir sollten langsam los." – „Kannst du das mit meinem Gesicht wieder in Ordnung bringen," wimmerte Maarla. „Klar kann ich! Aber warum sollte ich das tun? Ich glaube, dass es einen verdammt guten Grund gab das, dass passiert ist. Jetzt kannst du falsche, verlogene, hinterhältige, miese Schlange dich jeden Tag schmerzhaft daran erinnern was du Saariia und Xantria angetan hast! Bevor ich dir helfe, zaubere ich dir lieber noch die passenden Teufelshörner auf den Kopf!" Saariia hatte Reatus noch nie so bedrohlich, leise reden hören, er konnte einem wirklich Angst machen. „Was meinst du damit," hackte der König nach. „Wenn du da nicht selber drauf kommst, tust du mir echt leid, es ist abstoßend welches Gesindel du in dein Haus lässt!" – „Ja du solltest diesen Hexer endlich rausschmeissen, er stifftet nur Unheil und verbreitet Lügen, Hokurus –Abschaum ..."

Mehr hörte Saariia nicht mehr da sie sich auf den Weg machte ihre Sachen zu packen.

Nach nur wenigen Minuten kam sie zurück. „Wir können, ich bin fertig." – „Deine Sachen sind alle in *diesem* Rucksack," Reatus zog eine Augenbraue ungläubig in die Stirn. „Meine Musik und ein paar gewöhnliche Klamotten ich hoffe das ist in Ordnung," fragend schaute sie ihre Eltern an. „Das sind deine Sachen, natürlich ist es in Ordnung, hier ist dein zu Hause. Wir werden nichts verändern bist du wieder kommst." – „Danke. Das hier ist nicht mein zu Hause und ich komme sicher nicht wieder." Ohne ein weiteres Wort drehte sich Saariia um und verließ mit Reatus das Schloss, Richtung Wald zum

Wasserfall.

**Kapitel 37**

Das Tosen des Wassers war bereits zu hören, als Saariia den Drachen sah, er hockte in aller Ruhe an einer Lichtung im Wald. „Reatus! Vorsicht da ist dieses Vieh wieder," flüsterte sie. „Beruhig dich! Das ist Ariteus, er gehört zu mir, er wird uns sicher runter zu den Hokurus bringen," lachte Reatus. Saariia riss die Augen auf und schaute Reatus ungläubig an: „Das letzte Mal als ich das Vieh gesehen hab, hat es uns einfach abgeworfen!" – „Da war ich ja auch nicht bei euch, heute wird er das nicht tun." – „Oh je, Ade Leben, ich brauch mich wohl nicht mehr entscheiden, sieht ganz so aus als würde es genau jetzt und hier enden! Kannst du nicht einfach so einen Teleport Zauber machen wie Harry Potter?" – „Sehe ich aus wie Harry Potter, vertrau mir," lachte Reatus. „Hey. Liekki." – „Was machst du denn hier," Saariia blickte ihm direkt in die blauen Augen. „Ich freu mich auch dich zu sehen," grinste er „ Darf ich dich bei den Hokurus besuchen kommen? Ohne mich stolperst du nur von einem Schlamassel in den nächsten!" – „Blödmann, wenn du einen Weg runter findest!" – „Ich kenne den Weg durch den Berg, schon vergessen," zwinkerte er. „Na dann!" Reatus schwang sich auf den Rücken des Drachen. „Wir sollten langsam los," sagte er und reichte ihr die Hand. „Ohhhh," zögernd nahm sie seine Hand und winkte Kasiim noch zu. Reatus murmelte wieder etwas, was sie nicht verstand. Ariteus hob sich sanft in die Luft und glitt sachte über den Abhang zum Dorf der Hokurus.

Etwas hinterhalb von Reatus´ Haus landete er in einer Waldlichtung. Reatus stieg vom Rücken des Drachen.

„Lass dich einfach runtergleiten," sagte er zu ihr. Saariia schwang den Fuß auf eine Seite und rutschte hinunter, Reatus fing sie auf. Wieder sprach er Unverständliches zu Ariteus, der Drache erhob sich in die Luft und verschwand. „Was brabbelst du da immer," fragte Saariia. „Das sind sowas wie Zaubersprüche lernt man in Bändigung und Tierbändigung," zwinkerte er. Ein schmaler Waldweg führte sie direkt zum Haus von Reatus und Rovanja.

Reatus schenkte ihnen Wein ein und setzte sich in den Sessel gegenüber von Saariia. „Was hat Maarla getan," fing er das Gespräch an. „Ich werde das nicht wiederholen! Nein," ihre Stimme zitterte und war brüchig, ihr Inneres schrie ihr Maarlas Worte ins Gedächtnis und Tränen liefen über ihre Wangen. „Hey, schon gut. Lassen wir das okay. Ist sowas schon mal passiert, in der Parallelwelt, vielleicht?" – „Nein, natürlich nicht," widersprach sie energisch. „Sicher," Reatus zog eine Augenbraue hoch „Nie hat etwas, naja Feuer gefangen oder so?" Saariia überlegte: „Der Pavillion meiner Pflegeeltern hat mal gebrannt, als wir gegrillt haben, das war der Wind," verteidigte sie sich. „Der Wind?! Und du warst zu dem Zeitpunkt kein bisschen wütend," bohrte er weiter. „Ich kam gerade von so einer bescheuerten Therpiestunde, wo mir wiedermal nicht geglaubt wurde, natürlich war ich wütend, stinksauer um es genau zu sagen," gab sie zu. „AHA!" Saariia knurrte ihn an, lachte dann aber mit ihm. „Bist du dir mit diesem Magie – Dings wirklich sicher?" – „Ja, bin ich. Und meine Mutter auch." – „Und ich kann Magie nur in Verbindung mit Feuer nutzen?" – „Nein du bist eine Hexe, eine Elementarhexe noch dazu, du kannst alles. Feuer ist dein starkes Element, das erklärt warum alles was bisher unkontolliert passierte mit Feuer zu tun hatte, das Gesicht von Maarla, der Pavillion deiner Eltern, die Hitze die du spürst und was sonst noch passiert ist im Laufe der Zeit." – „Das ist alles passiert wenn ich wütend war ... " überlegte sie laut. „Wenn du starke Emotionen hast, das muss nicht Wut sein, es kann auch ein starkes gutes Gefühl sein. Du wirst lernen damit umzugehen und es gezielt anzuwenden, so wie du es willst, auch ohne Emotionen. Versuch es doch mal, zünde die Kerze am Tisch an!"

Saariia hatte keine Ahnung, was er jetzt genau erwartete, sie fixierte die Kerze. „Ene mene Scherze, brenne jetzt du blöde Kerze, hexhex!" Nichts passierte, außer das Reatus laut auflachte. „So funktioniert das nicht, Bibi." – „Idiot!" „Versuchen wir es mal so. Deine Musik, ist dir wichtig stimmts," fragte er. „Ja, sie ist alles was ich brauche," bestätigte sie. „Gut. Sag mir, was für dich Musik ist, hör dabei tief in dich hinein und beschreib es mir!"

Saariia schloss die Augen ;Musik, meine Musik, Sunrise Avenue; dachte sie ;Hollywood Hills, Forever yours, Lifesaver, Sweet Symphonie, Hurtsville, Afterglow, Heartbrake Century, Flag, Heal me, All because of you; in ihren Gedanken spielte sie ihr ganz persönliches Medley ab, >Ponit of no return< sie sah in ihrem inneren Auge Osmo am Keyboard, Sami am Schlagzeug, Raul am Bass, Riku an der Gitarre, Samu stand vorne am Steg beim Mikrofon mit seiner Gibson-Akustikgitarre, dann hüpfte er rückwärts zur Band, seine blonden, leicht gelockten Haare flogen durch die Luft, er ging völlig in der Musik auf, eins mit der Gitarre und dem Sound, dann lief er springend wieder nach vorne zum Mikro. Saariia fühlte jedes Wort, jeden Akkord, ließ sich völlig fallen, genau das war das unbeschreiblichste Gefühl, das man haben konnte; langsam öffnete sie die Augen und sah Reatus an:

„Musik, diese Musik, spürst du da wo sonst niemand hinkommt, im tiefsten inneren, sie gibt dir Kraft, Trost, Freue, Wärme, hält dich fest und umarmt dich mit einer Unbeschreiblichkeit die du in Worte nicht fassen kannst. Sie brennt wie Feuer in dir und lässt dich gleichzeitig frösteln. Sie nimmt dich mit, irgendwohin und du vergisst alles um dich herum, du lässt dich in diese Musik, diese Stimme fallen. Diese Stimme, diese Musik ist alles was mein Herz braucht, um im richtigen, gesunden Rythmus zu schlagen," Saariia hatte die Augen wieder geschlossen, als sie sie erneut öffnete, sah sie Reatus grinsend zur Kerze schielen, sie brannte. „Siehst du! Starke Gefühle bündeln deine Magie, nicht negative," erklärte er. „War ich das," fragte sie ungläubig. „Oh ja, das warst du! Im Moment weißt du noch nicht wie, aber du bist hier damit ich und Oliviaraa es dir zeigen." – „Und wie?" – „Ganz langsam, kleine Bibi. Für heute ist das erstmal genug," zwinkerte er. „Idiot," lachte Saariia.

**Kapitel 38**

Saariia betrat die Küche, in der Rovanja schon den Tisch gedeckt hatte. „Guten Morgen, Rovanja." – „Guten Morgen. Schön das du da bist. Fühl dich bitte wie zu Hause." – „Danke." Saariia goss sich Kaffee in die Tasse und blickte mit verlorenem Blick aus dem Fenster zum See. „Was hast du? Du siehst bedrückt aus." fragte Rovanja nah einer Weile. Langsam wendete Saariia den Blick vom See und sah Rovanja an: „Ich hab an die Parallelwelt gedacht, ist ja auch ein zu Hause für mich und jetzt bin ich dort verschwunden, meine Pflegeeltern machen sich sicher Sorgen und suchen nach mir. Genau wie damals hier." – „Ich verstehe dich gut. Reatus wird dir sicher bald die Gelegenheit geben alles zu regeln, sobald du für dich weißt was du willst und wo du leben möchtest," versuchte Rovanja sie zu beruhigen. „Wie regle ich das, wenn ich zurück bin, was soll ich sagen wo ich war? Die Wahrheit würde nur noch mehr Termine bei irgendwelchen Phsychologen mit sich bringen, und eine Lüge würde nicht erklären warum ich mich nicht gemeldet habe oder nicht erreichbar war." – „Vielleicht solltest du dann in Suomatra bleiben. Hier schickt dich niemand zu Phsychologen, sowas gibt es hier gar nicht, und deinen Pflegeeltern kannst du eine Nachricht zukommen lassen, dass alles in Ordnung ist aber du nicht zurückkommen wirst," schlug Rovanja vor. „Aber gehöre ich denn wirklich *hier* her? Meine eigene Tante hat mich nicht hier haben wollen, viele andere sind ihrer Meinung das es besser wäre wenn ich dahin zurück verschwinde, wo ich her gekommen bin. Oder besser erst gar nicht wieder aufgetaucht wäre," sie seufzte, „Hätte ich nicht so verbissen nach etwas gesucht, hätte ich dieses Portal nie gefunden und alles wäre wie es war und hätte sein sollen." – „Dein Herz hat dich geleitet nach der Wahrheit zu suchen. Und hättest du sie nicht gefunden wäre vieles falsch in Suomatra, Vulaan wäre König, aber nur weil seine Mutter einen grausamen Weg dafür gegangen ist ..." – „Er wäre sicher ein guter König," warf Saariia ein. „Ohne Zweifel wäre er das, wenn er eigenstädig regieren könnte, aber in diesem Fall würde er tun müssen was seine Mutter verlangt, er wäre nur eine Marionette. Du stellst Fragen die längst überfällig waren, das mag dem einen oder anderem nicht gefallen, aber dein Herz zeigt dir den Weg, du traust dich nur nicht ihm zu folgen. Und abgesehen davon hättest du Kasiim nicht kennengelernt, und dich nicht verliebt," lächelte Rovanja. „Na ganz toll, er ist Maare und ich Sabin, schon wieder etwas was nicht sein darf," erwiderte Saariia niedergeschlagen, sie stand auf und schaute schweigend aus dem Fenster zum See. Sie liebte diesen See, wenn sie auch nicht sagen konnte warum. Sie liebte alles hier unten im Tal bei den Hokurus, obwohl sie Sabin war. Wie sollte denn so ein durcheinander Sinn ergeben. Sie dachte über Rovanjas Worte nach, sie hatte nicht ganz unrecht, aber ein Leben als Königin kommt für sie einfach nicht in Frage, also zurück in die Parallelwelt, wo keiner eine Ahnung von der Existenz von Suomatra hat. Aber Suomatra schien alles über diese andere Welt zu wissen. „Rovanja, wie kommt es das ihr hier soviel über die Parallelwelt wisst, aber die Menschen dort keinen Schimmer von Suomatra haben? Ich meine ihr wisst was dort los ist, Reatus kennt Harry Potter und Bibi Blocksberg und all das, aber niemand dort weiß etwas von Suomatra." – „Oh, sie wissen es, sie wollen es nur nicht wahrhaben. Wir hingegen sind der Parallelwelt gegenüber offen, wir nutzen ihren Fortschritt und ihre Güter ohne das sie es wirklich wahrnehmen.

Woher glaubst du stammen die Stoffe für unsere Kleidung, oder gewisse Lebensmittel? Das ist nicht von der Zeit als es die Portale noch gab. Wir, die Hokurus, haben Verbindung zur Parallelwelt und Leute die uns helfen die Dinge die wir brauchen nach Suomatra zu bringen. Und das nicht nur für uns, sondern für alle Völker Suomatras." – „Und wie bringt ihr diese *Dinge* nach Suomatra, wenn es keine Portale mehr gibt?" – „Das Hauptportal existiert noch und kann uns in jedes Land, in jede Stadt der Parallelwelt bringen und zurück." – „Das heißt ich müsste nur durch dieses Hauptportal und könnte wieder zurück in meiner Hütte im Wald sein?" – „Ja das heißt es." Saariias Herz fing an, schnell zu schlagen, es hämmerte förmlich gegen ihren Brustkorb. „Wo ist dieses Portal?" In diesem Moment betrat Reatus die Küche. „Wie kannst du ihr vom Hauptportal erzählen," fragte er entsetzt. „Sie hat ein Recht es zu wissen," verteidigte sich Rovanja. „Ja hat sie, und ich hätte es ihr nicht verschwiegen, nur wollte ich das sie erst für sich entscheidet was sie will. Und sie muss erst ihre Magie unter Kontrolle haben bevor noch was wirklich schlimmes passiert weil sie es nicht beherrscht." Tränen stiegen Saariia in die Augen. „Siehst du Rovanja, ich bringe nur Probleme, ihr streitet wegen mir, wäre ich nicht da, würde das hier gerade nicht passieren!" – „Wir streiten nicht! Wir sind unterschiedlicher Meinung in einem Thema was den Zeitpunkt angeht, nicht das Thema im Eigendlichen." Wortlos stellte Saariia ihre Tasse auf den Tisch und verließ das Haus, den Weg entlang den sie gestern Abend gekommen waren. An der Lichtung setzte sie sich ins Moos, sie starrte eine Birke an. ;Starke Gefühle bündeln deine Magie, starke, nicht negative; dachte sie an die Worte von Reatus. „Wieso fühlt es sich nur so an, als gäbe es mehr starke, negative Gefühle in mir als andere," flüsterte sie leise. „Weil du dir das einredest, Dummchen," quiekte eine Stimme. „Sassa, was machst du denn hier? Du lebst doch im Wald bei den Saben!" – „Ich bin da, wo ich sein will! Ganz einfach," antwortete Sassa keck. „Solltest du auch mal versuchen! Mach das wonach dir ist und hör auf dich selber immer niederzumachen. Du gehörtst nach Suomatra, wann will das endlich in dein dummes Köpfchen!" – „Und wieso glaubst du das ich hier her gehöre?" – „Wieso, welshalb, warum!!! Immer nur Fragen! Du stellst alle Fragen die es nur irgend gibt, aber nie kommt dir die wichtigste in den Sinn," schimpfte die kleine Elfe mit hochrotem Kopf, was ziemlich süß aussah und Saariia zum Lächeln brachte. „Und was ist die wichtigste Frage? Meine superschlaue, kleine Freundin," kicherte Saariia. „Die wichtigste Frage, ist gleichzeitig auch die einfachste," begann Sassa und setzte sich auf eines der angezogenen Knie von Saariia, ihre Gesichtsfarbe wieder normal. „Was will *ICH*? Und zwar nur du, nur für dich, ohne an andere zu denken. Wo fühlst du dich am wohlsten? Warum hast du nicht aufgehört nach der Wahrheit zu suchen, bis du sie gefunden hast und so zurück gekommen bist? Das ist nicht zufällig passiert! Du wolltest es herausfinden und hast es geschafft, jetzt bist du hier und sitzt nur da und heulst, kämpfe weiter für das was *Du* willst!" Die Elfe zwinkerte und flog davon. „Sassa! Warte!" Doch ihre kleine Freundin war längst verschwunden.

;Was will ich; schloss es Saariia immer und immer wieder durch den Kopf, aber es gelang ihr nicht, eine Antwort in Worte zu fassen.

Reatus und Rovanja saßen noch immer auf der Terrasse und unterhielten sich. „Hallo," begrüßte Saariia die beiden emotionslos. Reatus sprang auf und nahm sie fest in die Arme. „Lass uns reden, Kleines!" Saariia schaute in seine warmen, brauen Augen und setzte sich schließlich an den Tisch. „Reatus, lass mich in die Parallelwelt ... " – „Nein! Noch nicht! Wir haben einen Deal," unterbrach er sie. „lass mich ausreden, verdammt," zischte sie. „Ich will in die Parallelwelt und meinen Eltern dort sagen dass alles ok ist und sie sich keine Sorgen machen sollen. Dann komme ich zurück, du lernst mir das Magie – Zeug und ich bleibe hier bist du mir sagst das ich soweit bin!" – „Du willst nur mit ihnen reden? Und kommst dann zurück," fragte er nach. „Ja, fürs erste." Reatus stand auf und tigerte die Terrasse auf und ab. „Wie kann ich wissen das du zurückkommst? Du hast mich darum gebeten dich zurückzulassen, jetzt soll ich dir glauben das du nicht einfach dort bleibst?" Saariia stand auf und verschwand im Haus. „Hier, du weißt was sie mir bedeutet," sie legte ihre Kopfhörer und Handy vor Reatus auf den Tisch. „Du kannst dir die Musik dort wieder kaufen," stellte Reatus fest. „Das stimmt, ich kann mir jedes Album wieder kaufen, aber nicht die Erinnerungen die auf dem Handy sind!" – „Die hast du sicher auf deinem PC oder Laptop dort gespeichert."

Hitze kroch ihren Köper entlang. „Und wie glaubst du soll dieser Deal funktionieren! Ich soll *DIR* vertrauen, aber du vertraust mir kein bisschen," knurrte sie, riss ihm Handy und Kopfhörer auf der Hand und rannte erneut weg, zum See diesmal.

Sie war wütend, sie kannte die Hitze, aber hier war sie um so viel mächtiger, als würden lodernde Flammen in ihr brennen. Sie schleuderte, ohne es zu bemerken winzige Feuerbälle auf den See, die an der Wasseroberfläche mit einem leisen Zischen erloschen. „Na wenns hilft," lachte eine Stimme hinter ihr. Saariia drehte sich um und sah in die gütigen grünen Augen von Oliviaraa, dieselben Augen, wie sie und ihre Mutter hatten, nur das Oliviaraas

Augen im Moment amüsiert glitzerten. „Oh, Hallo! Sorry ich musste ... " – „ ... Dampf ablassen," vollendete sie lachend Saariias Satz. „Ja, sowas in etwa," gab sie zu und merkte, wie die Hitze in ihr nachließ.

„Komm mit! Ich will dir etwas zeigen," nahm sie Saariia an der Hand und lief mit ihr zur gegenüberliegenden Seite des Sees, zu den vielen bunten Hütten. „Wohin gehen wir?" – „Du kannst nicht zu dir finden, wenn du nicht für dich sein kannst!" – „Na prima, und jetzt," schüttelte Saariia den Kopf. „Lass dich doch einfach mal überraschen," zwinkerte Oliviaraa belustigt. Sie blieb an einer roten Hütte mit weißen Fensterläden stehen, kramte den Schlüssel unter einem der Blumentöpfe hervor und schloss auf.

„Diese Hütte gehörte einst deiner Mutter, sie hat sie mir überlassen, weil sie nicht bei den Hokurus leben wollte, sondern mit deinem Vater bei den Saben. Jetzt gehört sie dir! Wenn du sie willst," sagte Oliviaraa und führte Saariia hinein. „Ich weiß sie ist nicht groß, aber hat dennoch alles was man braucht."

Sie legte Saariia die Schlüssel in die Hand. „Lass dir mit der Entscheidung Zeit! Und entscheide nur für dich! Nicht für Reatus, nicht für Mutter und Vater, nicht für die Parallelwelt, nicht für Kasiim ... nur für dich! Versuch dir vorzustellen ob du dich hier wohlfühlen kannst," sagte sie und ließ Saariia allein.

## Kapitel 39

Da stand sie nun, in einer Hütte, die ihr gehören soll, oder könnte. Oliviaraa war gegangen, sie war die Einzige, die ihr nie etwas aufdrängte, die ihr einen Rat gab oder ihr ihre Meinung sagte und sie dann mit sich alleine ließ, um ihre eigene Entscheidung zu treffen.

Saariia schaute sich um, sie stand in einem großen Raum auf der linken Seite befand sich eine perlmuttfarbene, moderne Küche mit großem Fenster das viel Licht in die Hütte ließ und einer Glastür, die in den Garten führte, dort waren Blumen, um die unzählige Schmetterlinge tanzten, Holz, für den Kamin und ein Kräuterbeet, in dem nichts angepflanzt war. Ein Esstisch mit dunkelgrauer Tischplatte und vier Stühlen in gleicher perlmuttfarbe wie die Küche. Gegenüber der Küche stand ein offener Kamin aus Backsteinen gemauert um den eine gemütliche Wohnlandschaft in hellem und dunklem Grau stand, ein dicker, roter Teppich breitete sich auf dem Boden aus, auf ihm fand ein Glastisch mit kunstvoller Verzierung seinen Platz. Neben dem Kamin, an der rechten Seite schmiegte sich passgenau ein Schreibtisch aus Birkenholzstämmen, direkt neben der Fensterfront zur Terrasse, mit Holzsteg in den See. Im überdachten Teil der Terrasse standen Stühle und ein Tisch aus Birkenholzstämmen, in der hinteren Ecke eine Affenschaukel und am breiten Teil des Stegs zwei Liegen aus Birkenholzstämmen. Saariia stand am Ende des Stegs und schaute ins Wasser, es war kristallklar und bunte, etwas merkwürdig aussehende Fische schwammen darin. Grillen und Libellen spielten an der Oberfläche und irgendwo zwitscherten Vögel ein unbeschwertes Lied.

Zurück in der Küche bemerkte sie eine Treppe, die nach oben führte, aus Birkenholzstämmen. Dort oben befand sich das Schlafzimmer mit einem riesigen Bett, und den Kissen und Decken, die es hier gab und die sie so liebte, ein geräumiger Kleiderschrank zog sich über die ganze Wand entlang, alles aus Birkenholzstämmen. Das Dach war eine Glaskuppel mit Blick in den Himmel. „Woww, traumhaft schön," entwich es ihr. Vom Schlafzimmer aus konnte man in ein rustikales Bad, mit Steinwänden und Holzdielen gehen, eine ovale Badewanne stand mitten im Raum, die Duschwände, der großen Dusche, waren aus Glas, das mit einem Blätterdekor bezogen war, stand schräg in der hinteren Ecke. Das Waschbecken war großzügig, in die andere Ecke gefasst, mit in silbergefasstem Spiegel, der sich über die ganze Breite erstreckte. Die Fenster hier waren klein und mit Milchglas versehen.

Wieder unten setze sie ihre Erkundungstour fort und öffnete die Tür zum Keller, hier war es dunkel, kaum Tageslicht fiel ein, dafür gab es Wandleuchten, die den Keller erhellten. Dort fand eine Waschmaschine und Trockner seinen Platz, umringt von, mit Rotweinflaschen gefüllten, Regalen aus: „Oh wie schön Birkenholzstämme, sehr selten hier," kicherte Saariia löschte das Licht und sah sich nochmal in der Küche um. Diese war voll ausgestattet, Teller, Tassen, Besteck, Töpfe, Kaffeevollautomat, einfach alles.

Es klopfte an der Tür, als Saariia sie öffnete, sah sie wieder in die grünen Augen ihrer Tante Oliviaraa. „Na gefällt es dir?" – „Ja, es ist unglaublich schön hier, aber ich kann das nicht annehmen." – „So? Und warum nicht?" – „Die Hütte gehört dir. Du solltest sie deinen Kindern geben, nicht jemanden der nicht weiß wo er hingehört!" – „Meine Tochter will die Hütte nicht, sie lebt bei den Dimastral, bei dem Mann den sie liebt. Und wer sagt das ich diese Hütte nicht meiner Nichte geben kann. Sie steht leer und wartet darauf das ihr jemand Leben einhaucht. Ich sagte dir schon einmal, du gehörst genau hier her, und damit meinte ich nicht Suomatra im Allgemeinen," zwinkerte sie. „Deine Tochter lebt, WO?" – „Bei den Dimastral, ein Volk das am Meer lebt, hinter dem dunklen, düsteren Wald am Ende des Reiches der Saben. Ein schrecklicher Wald, mit noch schrecklicheren Lebewesen darin." – „Also ein weites Volk von Suomatra," wollte Saariia wissen. „Ja Suomatra ist groß und hat viele Völker," lächelte Oliviaraa. „Ein ziemlich großes Land, mit ziemlich vielen Völkern, wo so ziemlich niemand etwas mit den anderen zu tun haben will! Ein ziemlich kaputtes Land," fasste Saariia traurig zusammen. „In gewisser Weise hast du da leider Recht," gab Oliviaraa zu. „Ich würde gerne hier wohnen, ich kann nicht sagen für wie lange, eigentlich will ich nur das Reatus mich zurück lässt," gab sie ehrlich zu. „Sie gehört gerne dir, solange du sie willst, am liebsten für immer." – „Vielen Dank." – „Sehr gern, und wenn du etwas brauchst ich wohne in der gelben Hütte mit der lila Tür." – „Alles klar, aber erst werde ich zurück zu Reatus gehen." – „Das ist eine gute Idee, Reatus meint es gut mit dir, vertrau ihm, er will dir helfen," sachte strich Oliviaraa ihr eine rote Strähne hinter das Ohr. „Ich weiß," flüsterte sie lächelnd.

Saariia setzte sich an den Schreibtisch, sie hatte einen Entschluss getroffen. Sie nahm Feder und Papier und schraubte das Tintenfass auf.

>Liebe Mom, Lieber Dad,

es tut mir leid das ich mich jetzt erst melde, ihr seid sicher krank vor Sorge, das wollte ich nicht. Ich will, dass ihr wisst, dass es mir gut geht, hier wo ich gerade bin, gibt es keine Telefone oder Ähnliches, nein ich bin nicht verrückt, ich bin bei lieben, netten Menschen, die mir helfen herauszufinden, was damals passiert ist. Ich muss das einfach wissen, bitte versucht, mich zu verstehen. Ich habe schon vieles über mich erfahren, aber wie das so ist, je mehr man erfährt, desto mehr neue Fragen hat man dann. Vieles hier ist ungewohnt und neu aber auf seltsame Weise so vertraut. Ich weiß nicht wann...oder ob ich zurückkomme, ich schätze, um diese Entscheidung treffen zu können, brauche ich noch sehr viel mehr Zeit.

Und bestellt Carola bitte liebe Grüße von mir, ich hab einen Prinzen gefunden aber nicht auf einem Schimmel, den hab ich selber geritten.

In Liebe

~~Saariia~~

Larissa


Auf ein zweites Blatt machte sie sich Notizen, beides faltete sie sorgfältig und ging damit zurück zu Reatus.


Reatus stand am Fenster, als er Saariia auf das Haus zukommen sah, kaum hatte sie das Zimmer betreten plapperte er auch schon los: „Dem Himmel sei Dank, ich hab dich schon überall gesucht!" Saariia lächelte bedrückt und spielte verlegen am Saum ihres Shirts. „Mir tut es leid! Können wir uns setzen und reden, bitte?" – „Klar! Ich hole Rotwein," grinste Reatus, verschwand kurz und schenkte dann drei Gläser Rotwein ein. „Wieso eigentlich immer Rotwein," fragte Saariia. „Rotwein geht schnell ins Blut so kann sich unsere Magie schneller wieder aufladen, um es einfach zu erklären," zwinkerte Reatus. Etwas verwirrt sah sie ihn an, nickte aber nur.

„Ich weiß ihr meint es nur gut, wahrscheinlich habt ihr auch allen Grund mir nicht immer alles gleich zu sagen, nur für mich fühlt es sich eben oft so an, als wollt ihr mich hinhalten. Ich hab Oliviaraa getroffen, sie hat mir die Hütte, die einst meiner Mutter gehörte, angeboten solange ich sie möchte. Ich will dieses Angebot annehmen! Ich kann nicht zu mir finden, wenn ich nicht für mich sein kann, hat Oliviaraa gesagt, zugegeben das macht Sinn. Ich bin gern bei euch aber ich genieße es auch, mal allein zu sein," sie legte eine kurze Pause ein nahm einen kleinen Schluck Rotwein und schaute Reatus und Rovanja an. Beide lächelten und nickten. „Verdammt gute Idee von Oliviaraa. Du magst sie, stimmts?" – „Ja ich hab sie sehr gern, sie findet die richtigen Worte, und wenn ich wütend bin und diese Hitze in mir spüre, reicht oft nur ihre Anwesenheit, schon ist alles verflogen," gab sie zu. Sie drehte ihr Glas, um ihre Hand zu beschäftigen, unsicher versuchte sie Blickkontakte mit beiden zu vermeiden. „Und was hast du sonst noch auf dem Herzen," holte Rovanja sie ins hier und jetzt zurück.

„Ich also, ähm, ich hab hier einen Brief für meine Eltern in der Parallelwelt, und eine Liste von Dingen die ich von dort bräuchte, könntest du vielleicht wenn du das nächstemal dieses Hauptportal benutzt ... " – „Natürlich kann ich das machen. Du könntest auch mit mir kommen, dann kannst du mit deinen Eltern selber sprechen, ich bleibe aber in der Nähe," räumte Reatus ein. „Wirklich?

Danke, aber ich glaube fürs erste, ist der Brief der bessere Weg." – „Hmm ja könnte stimmen." Sie kramte beide Zettel, die sie geschrieben hatte aus ihrer Hosentasche und legte sie schüchtern auf den Tisch. Reatus zog beide zu sich. „Darf ich beides lesen, oder nur die Liste?" – „Du kannst beides lesen, es ist kein Hilfeschrei oder sowas," lachte sie nun doch.

Reatus faltete den Brief auf und las ihn laut vor, so wusste auch Rovanja gleich was drin stand.

„Prinz und Schimmel," grinste er. „Oh naja das ist, wir haben gestritten, kurz bevor ich das Portal fand, wegen eines Typen, sie meinte ich sollte aufhören darauf zu hoffen einen Prinzen auf einem Schimmel zu finden, und mein Leben jetzt und hier genießen," erklärte sie. „Aha," wieder lachte er, dann nahm er die Liste zur Hand grinste noch breiter. „Sterioanlage, ok. Alle Alben von Sunrise Avenue, David Garrett, Ed Sheeran, Rea Garvey, Alexander Ryback, Lindsey Stirling ... Hast du die nicht schon?" – „Auf dem Handy aber keine Ahnung wie lang das Ding noch funktioniert." – „Laptop? Wofür?" – „Um die CDs in Mp3 umzuwandeln und um meine Dateien auf dem Handy zu sichern." Reatus nickte verständnisvoll, zog aber im nächsten Moment die Augenbrauen in die Stirn. „Was ist denn Lonkero," fragte er. „Ein finnischer Longdrink, ich möchte behaupten besser als Rotwein, ich weiß aber nicht ob das mit dem Magie – Ding bei Lonkero auch klappt," lachte sie. „Kann ich mir nicht vorstellen," auch hier lachte Reatus. „Das geht alles in Ordnung, ich werde versuchen, wenn ich morgen in die Parallelwelt gehe, alles zu besorgen, kann ich sonst noch was für dich dort tun?" – „Nein, erstmal nicht, Danke. Aber mir fällt für deinen nächsten Tripp dorthin bestimmt noch was ein. Jetzt würde ich gern schlafen gehen, damit ich morgen in die Hütte ziehen kann." Rovanja stellte die

Gläser in die Spüle. „Ich werde dir beim Umzug helfen,"
sagte sie. „Das ist lieb, aber ich denke den Rucksack
schaffe ich auch allein." – „Wer sagt denn das es nur ein
Rucksack ist? Das wird dein zu Hause! Kein
Hotelzimmer! Also machen wir ein zu Hause für dich
draus!" Sanft strich sie Saariia über die Schultern.

## Kapitel 40

Saariia schlug die Augen auf, Energie flutete ihren Körper, eine innere Ruhe umhüllte sie. Sie zog tief Luft in ihre Lungen, fühlte sich großartig.

Nach einer Dusche stopfte sie ihre Sachen in den Rucksack und lief die Treppe nach unten.

„Oh, guten Morgen, Saariia. Setz dich, Kaffee ist schon fertig," begrüßte Rovanja sie. Rings um die Hexenmeisterin standen Kartons, alle möglichen Gegenstände tanzen durch die Luft und verschwanden in einem der Kartons. Saariia goss sich Kaffee in eine Tasse und beobachtete fasziniert das Spektakel. „Was machst du da," fragte sie nach einer Weile. „Ich habe etwas aussortiert, Dinge die ich nicht mehr brauche, oder von denen ich viel zu viel hab. Was du davon haben möchtest, gehört dir! Alles andere wandert in den Keller bis zum nächsten Trödel," belustigt sah sie in die großen, staunenden Augen von Saariia. „Vielen Dank! Wo ist denn Reatus?" – „Der ist in die Parallelwelt um deine Sachen zu besorgen und den Brief abzugeben, er wird aber sicher bald zurück sein." Weiter schwebten Dinge durch die Luft in die Kartons, als wäre es das Normalste der Welt. „Wie machst du das," fragte Saariia schließlich neugierig. „Das ist ganz einfach, konzentrier dich darauf wo die Dinge hinsollen!" – „Aber du unterhältst dich gleichzeitig mit mir! Wie konzentrierst du dich auf beides?" – „Ich hab schon mehr Übung darin, irgendwann klappt das wie Fahrrad fahren, du denkst nicht mehr ans *wie* sondern machst es einfach. Versuch es doch einfach mal," motivierte sie Saariia. „Lieber nicht, ich mach nur was kaputt," wehrte sie ab. „Quatsch, hier versuch es mit dem Kissen! Fixiere es, konzentriere dich auf das was du tun willst und wo es hin soll!" Skeptisch schaute Saariia auf das Kissen. Es war dunkelblau, links und rechts an den Seiten war ein in weiß gestickter Wald, silbern glitzernde Sterne säumten den oberen Rand und in der mitte saß eine Schneeeule mit leuchtend hellblauen Augen. Saariia nahm es in die Hand, seine Oberfläche war samtweich, sie schloss die Augen, versuchte sich nur auf das Kissen zu konzentrieren darauf, wie es sich anfühlt. Sie legte das Kissen behutsam auf den Stuhl, ein Blick zu Rovanja, die ihr aufmunternd zunickte. Wieder richtete sie den Blick auf das Kissen, es wackelte, rührte sich aber sonst nicht weiter. Sie spürte Hände auf ihrer Schulter und erschrak. „Du musst es wollen! Du darfst es nicht erzwingen," sagte Reatus. „Himmel spinnst du! Mich so zu erschrecken!" – „Mom, kannst du mir bitte kurz helfen," richtete er sich an Rovanja, diese nickte und folgte ihm aus der Küche. Saariia war allein, allein mit diesem Kissen, das sich nicht bewegen wollte. Wieder schaute sie es an, verlor sich in der wunderschönen Eule. Plötzlich schoss das Kissen in die Luft und knallte gegen die Zimmerdecke, dann sauste es unaufhaltsam durch den Raum. „Ohhhh," machte Saariia, es blieb kurz mitten in der Luft stehen, drehte sich um die eigene Achse und tobte dann weiter im Zickzack durch die Küche. „Neiiiin," rief sie, „Hör sofort auf damit du blödes Ding! Setz dich hin! Loss Platz!" Aber es half alles nichts, unkontrolliert sauste das Kissen weiter durch die Küche. Reatus lachte, Saariia drehte sich hilfesuchend zu ihm um, genau in diesem Moment knallte das Kissen wie ein Stein zu Boden und blieb reglos liegen. Erschöpft ließ Saariia sich auf den Stuhl fallen. „Versuch es das nächstemal mit den Händen! Strecke sie aus und gib so die Richtung vor, damit behältst du leichter die Kontrolle," erklärte er.

„Aha, also ehrlich ich bin mir da nicht so sicher!" – „Das braucht Übung, Kleine. Das wird schon, wirst sehen," sprach er ihr Mut zu." Rovanja ließ das Kissen sanft in die Luft steigen und behutsam in einer der Kartons verschwinden. „Ha! Klar ganz einfach! Reatus, ich glaub das dumme Ding kann mich nicht leiden," konterte Saariia kopfschüttelnd. „Deshalb zieht es mit zu dir in die Hütte, dort könnt ihr euch besser kennenlernen und vielleicht sogar Freunde werden," lachte Reatus. „Idiot," grinste Saariia.

Einige Stunden später waren alle Kartons und unzählige Taschen die Reatus von der Parallelwelt mitbrachte in ihrer Hütte. Ungläubig schaute Saariia auf all die Sachen, so viel hatte sie Reatus gar nicht auf die Liste geschrieben, was hatte er denn da alles gebracht? Sie begann mit den Sachen, die Rovanja ihr eingepackt hatte, Kerzenständer, Bilder, Figuren, alles Dinge die sie sehr schön fand und die ihren Platz in der Hütte fanden. Sorgfältig legte sie die leeren Pappschachteln zusammen und verstaute sie im Keller. Im Anschluss widmete sie sich den Tüten von Reatus. Die Stereoanlage baute sie auf dem kleinen Schränkchen neben dem Kamin unter der Treppe auf, der Laptop fand Platz auf dem großen Schreibtisch, die CDs, er hatte wirklich alle, von jedem Interpreten den sie aufgeschrieben hatte besorgt, legte sie sorgfältig daneben, mit dem einlesen würde sie sich später befassen. Ein Lächeln zeichnete sich auf ihrem Gesicht ab, als sie feststellt das er auch eine große Menge an DVDs ihrer Lieblingsbands und Sänger zugepackt hatte, sowie einen MP3 – Player. ;Er hat echt an alles gedacht; ging es ihr durch den Kopf. Aber noch immer standen da vier Tüten, eine voll mit Lonkero in verschiedenen Sorten, aber bei den restlichen drei, hatte sie nicht die leiseste Ahnung, was drin sein könnte. Nachdem der Lonkero kalt gestellt war, machte sie sich gespannt an die

*Überraschungstüten.* Mit Freudentränen gefüllten Augen hielt sie gefrorene Korvapuusti (finnische Zimtschnecken) in der Hand, man musste sie nur frisch aufbacken. Gerahmte Bilder der Nordlichter sowie auch von Helsinki, dem Dom, die Kathedrale, den Kauppatori (Marktplatz am Hafen der Fährschiffe) und von verschieden Nationalparks, Landschaftsaufnahmen. Dekoartikel der süßen Moomins, von einer Lampe bis hin zu Einkaufstaschen und Kulturbeutel. Eine Geldbörse in den Finnland Farben, Föhn und Glätteisen. ;Der Mann is echt großartig; dachte sie bewundernd. Auf dem Boden der letzten Tasche fand sie einen Briefumschag.

Mit zitternden Händen öffnete sie es, ein Brief von Carola.

>Hey Larissa,

ich kann nicht wirklich glauben, dass du einfach so verschwunden bist, wir hätten noch eine Menge zu besprechen. Keine Ahnung was du mit diesem Neandertaler, der den Brief brachte zu schaffen hast, wahrscheinlich hält er dich irgendwo gefangen und glaubt, so könnte er uns beruhigen. Aber nicht mit uns, deine Eltern, Fabian, ich und auch Sven werden dich suchen und wir werden dich finden und retten. Von wegen du hättest einen Prinzen gefunden, das glaubst du doch selbst nicht. Du hättest auf mich hören sollen, deine blöde Suche hat dich jetzt in fatale Schwierigkeiten gebracht. Deine Eltern sind am Ende, sie machen sich Sorgen, deine Mom weint.

Ich bin ziemlich sicher, dass der Typ dir diesen Brief nie geben wird, aber wir finden dich.

Deine Carola<

Mit gemischten Gefühlen starrte sie auf den Brief, schön zu lesen das Carola sie noch immer als ihre Freundin sah, aber das gab ihr nicht das Recht Reatus zu beleidigen und ihre Worte einfach zu ignorieren. Wo hatte Reatus sie eigentlich getroffen. Sie schob den Brief in ihre Hosentasche und machte sich auf den Weg zu ihm.

Sie hielt ihm den Brief entgegen. „Wer hat dir den gegeben?" – „Ich wollte deinen Brief gerade einwerfen, da kam ein blondes Mädchen rausgerannt, völlig aufgebracht, und schrie mich an was ich da zu schaffen hätte. Ich hab ihr erklärt das ich eine Brief von dir an deine Eltern habe, irgendjemand linste zwischen den Vorhängen zu mir nach draußen. Sie nahm mir den Brief ab. Laß ihn obwohl ich nochmal erwähnte das er an deine Eltern gerichtet sei, aber sie hörte gar nicht zu. Dann zische sie mich an ich solle mich nicht vom Fleck bewegen, verschwand kurz und kam dann mit diesem Brief zurück." – „Du hast keine Ahnung was da drin steht oder? Ich kann nicht glauben das sie es nicht einfach hinnehmen kann und dich auch noch beleidigt!" Reatus zog wie so oft eine Augenbraue in die Stirn. „Wieso sollte sie mich beleidigen? Ich hab nichts getan." – „Weil sie viel zu viele Krimis liest, oder was weiß ich! Sie spinnt! Hier," auffordernd streckte sie ihm den Brief entgegen. Reatus las, strich sich dann mit der Hand durch den Bart. „Findest du auch das ich aussehe wie ein Neandertaler," fragte er schließlich. Fassungslos starrte sie ihn an. „Nicht dein Ernst! Mehr fällt dir dazu nicht ein," ihre Stimme überschlug sich fast. Reatus lachte: „Kleines, versetz dich doch mal in ihre Lage, du würdest genauso reagieren." Würde sie das? Ja, wahrscheinlich schon, gestand sie sich ein. „Aber sie kann doch nicht ... " Reatus war aufgestanden und nahm Saariia fest in die Arme. „Willst du zu ihr?" Sie löste sich aus der Umarmung. „Und was soll das bringen? Ich trau ihr zu das *sie* mich dann einsperrt um mich vor dir zu schützen. Lass sie suchen, sie finden mich ja doch nicht." – „Für den Fall, du gehst zurück, irgendwann, was ich zwar nicht hoffe, aber wir haben einen Deal. Was willst du dann sagen?" Saariia zog die Schultern hoch in den Nacken. „Darüber mach ich mir Gedanken wenn es soweit ist. Aber sicher sag ich nicht die Wahrheit! Wer würde mir denn bitte glauben das ich eine Prinzessin von Suomatra bin." Er drückte sie sanft auf einen der Stühle und schenkte ihr ein Glas Rotwein ein. „Eine Hexe," stellte er richtig. „Richtig, klingt viel glaubwürdiger," fing sie an zu lachen. „Nicht für die dort. Aber du bist eine Hexe, eine Hokurus möchte ich behaupten, die Prinzessin bist du nur durch die Heirat deiner Mutter, aber du stammst aus einer Hexenfamilie als eine Hexe geboren. Du musst nur noch lernen, das zu begreifen, die Prinzessin hättest du gefolgt der Gesetze der Saben nie werden sollen, Hexe warst du schon immer!" – „Wenn man es so sieht, hast du recht." Sie saßen noch einige Zeit zusammen, Saariia bedanke sich für die vielen, tollen Sachen, die er besorgt hatte, dann machte sie sich auf den Weg zurück zu ihrer Hütte, es dämmerte bereits und sie setzte sich mit einem Lonkero in die Affenschaukel und bewunderte die unzähligen Sterne am Himmel, diese Stille die sie umgab, beruhigte sie. Bald war der Zorn über Carola's Zeilen verflogen. ;Du bist eine Hexe, eine Hokurus möchte ich behaupten; hatte Reatus gesagt. War das wirklich so? War sie eine Hokurus, eine wirkliche Hexe. Sie saß noch bis tief in die Nacht auf der Terrasse, aber eine Antwort fand sie darauf nicht.

## Kapitel 41

Ein Klopfen an der Tür weckte sie, sie war tatsächlich in der Affenschaukel eingeschlafen. „Guten Morgen, Reatus," begrüßte sie ihn. „Guten Morgen? Es ist fast Mittag, Schlafmütze." grinste er. Ihr Blick fiel auf die Taschen in seiner Hand. „Was ist das denn noch?" – „Nur ein paar Lebensmittel, die hatte ich gestern vergessen." – „Danke, möchtets du Kaffee, wenn da einer drin ist," zwinkerte sie und ließ ihn rein. „Gern ja." Er schaute sich um, Saariia hatte bereits alles eingeräumt und es sah gemütlich aus. Auf dem Sofa sah er das Kissen. „Wie sieht es mit der Beziehung zu deinem Kissen aus," konnte er sich nicht verkneifen. „Och, wir haben uns ausgesprochen, sind aber der Meinung, wir sollten das langsam angehen." Sie boxte ihn in die Schulter. Reatus holte Tassen aus dem Schrank und stellte sie unter den Vollautomaten. Saariia füllte Bohnen ein und stellte die Milch bereite. „Was möchtst du," fragte sie ihn. „Milchkaffee wäre klasse." Mit beiden Tassen setzte sie sich zu ihm an den Tisch und reichte ihm eine. „Hör zu Saariia ich muss für eine Weile weg, zu den Dimastral. Ich kann dich daher nicht unterrichten, würde es aber gut finden wenn du die Zeit nutzt und mit dem Kissen übst. Fokusiere es, konzentrier dich darauf was du tun willst. Ich bin sicher du bekommst das hin. Bei Fragen kannst du dich jeder Zeit an Oliviaraa wenden," erklärte er. „Was machst du bei den Dimastral?" – „Es ist kompiziert dir das jetzt auf die schnelle zu erklären, und ich bin schon spät dran. Aber wir holen das nach wenn ich zurück bin." – „Okay, klingt ja spannend. Aber es ist nicht gefährlich oder? Diese Dimastral sind nett?!" Auf seinem Gesicht breitete sich ein Lächeln aus. „Die Dimastral sind keines Wegs gefährlich, alles nette Leute, gefährlich ist nur der Weg zu ihnen, aber ich werde mit Ariteus fliegen, also keine Sorge." Saariias Augen wurden groß. „Neee, jetzt bin ich total beruhigt, wenn das Vieh bei dir ist!" Reatus lachte: „Wann wirst du Ariteus verzeihen?" – „Er hätte uns fast umgebracht," entgegnete sie gespielt aufgebracht. „Ihr wart nah an der Grenze, er hat euch als Gefahr gesehn." – „Ach und deswegen bringt er uns dann hierrunter? Wäre verjagen nicht besser gewesen!" – „Seine Instinkte sind offensichtlich nicht menschlich," lachte er, „er hat so gehandelt wie er es für richtig empfand. Wie auch immer, Ariteus ist ein guter Drache und wird auf mich aufpassen." Er hatte sich bereits erhoben und seine Hand um den Türgriff gelegt. „Wir sehen uns."

Sie wollte das Lonkero-Glas vom gestrigen Abend holen, hielt aber auf dem Steg inne, Ihr Blick schweifte zum Wald gegenüber, weiter zum Abhang, zum Wasserfall, den man von hier aus nicht sehen konnte, aber die Berge die das Volk der Maaren umgaben konnte sie sehen. Kasiim hatte gesagt, er würde sie besuchen, aber das sagte man eben so. Vielleicht hatte er sie längst vergessen, oder doch noch eine Prinzessin der Maaren gefunden, die ihm gefiel. Saariia schüttelte den Kopf, als könnte sie so die Gedanken loswerden, sie setzte sich an den Schreibtisch und begann die CDs in den Laptop einzulesen und in MP3 umzuwandeln, zog sie dann auf den Player und verband diesen mit der Stereoanlage, kurz darauf umgab sie die Stimme, die sie so liebte, das Gefühl von Sicherheit, von Geborgenheit das die Musik ihr gab, hüllte sie ein.

Sie fixierte die Eule auf dem Kissen, streckte die Hand aus, bewegte sie langsam nach oben, es wackelte und erhob sich dann zuckelnd zur Decke, Saariia lächelte, das Kissen sauste in diesem Moment zurück auf das Sofa und rührte sich nicht mehr. Niedergeschlagen senkte sie ihren Arm. ;Ich werd das nie können; dachte sie und machte sich noch eine Tasse Kaffee, setzte sich auf den Sessel und starrte auf das Kissen, sie kniff die Augen zusammen, hob erneut die Hand, langsam tanzte es in die Luft. Saariia deutete Kreise mit ihrer Hand, das Kissen drehte sich um die eigene Achse, verharrte in der Luft und glitt sanft zurück auf seinen Platz. „Ja," jubelte Saariia und wiederholte es ein weiteres Mal. Beim dritten Mal ließ sie es zur Anrichte fliegen, quer durch den Raum zum Schreibtisch, um es dann auf dem Sofa wieder landen zu lassen.

Euphorisch kam ihr der Gedanke auf die gleiche Weise die Blumen im Garten zu gießen. Sie ließ die Kanne zum Wasserhahn schweben, drehte am Hahn, mit der Hand und ließ sie volllaufen. Dann erhob sich die Kanne wackelnd und entleerte sich langsam ruckelnd über den Blumen, die Kanne landete sanft auf dem Boden. Saariia drehte sich um, sah die Berge, in ihrem Kopf hallten Maarlas Worte wider. Sie atmete schnell, Hitze stieg in ihr auf, auf der Wasseroberfläche des Sees loderte ein großes Feuer, dass wütende Flammen und den Himmel spie. Tränen brannten auf ihrem Gesicht.

Oliviaraa sah von weitem das Inferno und rannte zu ihr, sie schüttelte Saariia, aber sie kam nicht zu sich. Mit einer Handbewegung und einem Zauberspruch löschte Oliviaraa das Feuer, zur gleichen Zeit brach Saariia zitternd zusammen. „Was ist passiert," fragte sie entkräftet. Oliviaraa half ihr auf, setzte sie an den Terrassentisch und holte zwei Gläser Rotwein. „Hier trink, Saariia! Ich weiß nicht was passiert ist, ich hab nur das Feuer gesehen, aber da muss etwas in dir sein was dich schrecklich wütend macht." Saariia wischte sich mit dem Handrücken die Tränen aus dem Gesicht, nahm einen Schluck vom Wein und begann tonlos Oliviaraa alles zu erzählen, von Maarlas Erpressung vor 15 Jahren bis zu jenem Abend im Schloss als sie ihr die Gesichtshälfte verbrannte, ihr sagte sie auch, was Maarla an diesem Abend sagte. Entsetzt nahm Oliviaraa Saariias Hand. „Was für eine widerwertige Schlange, ich hätte dieses Miststück in die Luft gesprengt!" Saariia lächelte matt: „Weisst du, ich hätte sie wirklich gern in die Luft gesprengt, ich wußte nur nicht wie. Erst danach hab ich von Reatus erfahren, das ich eine Hexe bin." Ihre Tante tätschelte ihre Hand. „Warte kurz, ich bin gleich zurück."

Mit einem Fläschen in der Hand kam sie wenige Minuten später zurück. „Hier, trink das!" Sie reichte ihr das Fläschen, das Saariia zögernd entgegennahm, es war mit einer brauen, dickflüssigen Brühe gefüllt. „Was ist das," fragte sie skeptisch und drehte die Phiole in der Hand. „Das hilft dir in der Sache mit Marlaa, solange diese Wut in dir ist, kann Magie gefährlich sein, für jeden auch für dich!" – „Ich will aber nicht vergessen was sie getan und gesagt hat," sie stellte die Phiole auf den Tisch und verschränkte bockig die Arme vor ihrer Brust. „Du wirst gar nichts vergessen! Es schwächt nur deine negativen Gefühle ab." – „Und wo hast du das Zeug her, was ist da überhaupt drin?" Oliviaraa lächelte milde. „Ich bin eine Hexe die sich auf Kräuterkunde und Elixiere spezialisiert hat, ich hab den Trank selbst gebraut. Er besteht aus Flusstang, Tannennadeln und Kieferrindensaft, mit Flusswasser aufgekocht, im groben erklärt!" Saariia nahm das Fläschen an sich, drehte den Verschluss auf und roch daran, sie rümpfte die Nase. „Bäh! Das riecht fürchterlich," stellte sie fest. „Ich kann dir versichern, es schmeckt kein bisschen besser als es richt," lachte Oliviaraa. „Na spitze! Das ganze leer tinken?" Oliviaraa nickte. Saariia setze an, kippte das Gebräu in den Mund und schluckte es hinunter. Sie schüttelte sich. „Du hast gelogen, es schmeckt viel schrecklicher als es riecht," lachte sie und spülte mit Wein nach.

„Ich muss meine Vorräter etwas auffüllen! Hast du Lust mich zum Kräutersammeln zu begleiten?" Saariias Augen begannen zu leuchten und sie nickte eifrig. Nach einem kurzen Stopp an Oliviaraas Hütte, die sie beide mit einem Korb den man auf den Rücken band ausstattete, machen sie sich auf den Weg Richtung Fluss.

In der Ferne sah Saariia weitere Hütten und Gebäude. „Was ist das," deutete sie mit der Hand in die Richtung. „Dort befindet sich der große Markt, eine Ansammlung von Geschäften aller Art und Cafe´s, zudem weitere Siedlungen der Hokurus, und weitere Hexenmeister, wie Reatus die die Siedlungen dort leiten. Auf der anderen Seite des Flusses siehst du das große Gebäude mit Türmchen und Erkern aus Backstein, das ist die Schule." – „Welche Schule?" – „Hexoria, Hexenschule der Hokurus, dort lernt man Kräuterkunde und Elixiere, Zaubersprüche, Portal, Bändigung und Tierbändigung, um ein paar Zweige zu erwähnen." Gedankenverloren nickte Saariia. „Muss ich auch auf diese Schule?" – „Vielleicht irgendwann. Fürs erste unterrichten dich Reatus und ich, dann sehen wir weiter," zwinkerte sie ihr zu.

Sie waren an der Brücke angelangt, die sie mit Kasiim nach dem irren Drachenflug nutze. Saariia blieb stehen, schaute zum Wasserfall. „Heimweh," fragte Oliviaraa. „Nein!" – „Kasiim?" Saariia sah ihre Tante an, die sie mit liebevollen Augen ansah. „Ähm... nein...nein.. gar nicht... quatsch," stritt sie ab. „Wieso lässt du das Gute in deinem Leben nicht zu? Wieso konzentrierst du dich auf diese Wut?" – „Was ist schon gut bei mir," traurig schaute sie zu Boden. „Die Hokurus, die Magie, Kasiim, Du," zählte

Oliviaraa auf. „Seit ich hier bin, war Kasiim nicht ein einzigesmal da. Er ist Prinz, wird König, was will er da mit mir! Egal ob als Prinzessin der Saben oder als Hexe der Hokurus, ich denke das macht es nicht besser." – „Da muss ich dir leider recht geben. Saben wie Maaren haben das Gesetz das eine Hexe oder ein Zauberer niemals einen Thron besteigen dürfen, großes Glück für deine Mutter das keine Magie in ihren Adern fließt." – „Aber dann kann ich doch gar keine Königin im Reich meines Vaters werden." Hoffnung keimte in Saariia auf. „Wenn deine Magie bekannt wird nicht! Was glaubst du, warum deine Mutter nicht wollte das du davon erfährst," klärte Oliviaraa sie auf. „Marlaa weiß es, und wird mit allen Mittel darum kämpfen, Vulaan auf den Thron zu bringen!" Oliviaraa stimmte ihr schweigend nickend zu. „Lass uns rüber zum Wald, da finden wir die meisten Kräuter, auf dem Rückweg nehmen wir noch Flusstang mit," wechselte sie das Thema. Diesmal nickte Saariia schweigend und folgte ihr.

„Das ist Spitzwüterich, zusammen mit Graumatzblatt hilft er gegen Schmerzen." – „Pflanzliches Iduprohfen," grinste Saariia. „Ja, so kannst du es sehen. Dort drüben finden wir Silberkopfstrauch und Zwirbelkraut, die Hauptbestandteile für ein Elixier um Wunden zu heilen. Wende den zauberspruch *Sammital* an, so pflückst du Blumen oder bewegst du Dinge zu dir ohne dich zu bücken. Versuche es! Nicht nuscheln." lachte Oliviaraa ihr zu. „Ähh *simm..*was?" – „*Sammital!* Ruh dich beim sprechen etwas auf dem >m< aus bevor du den nächsten Buchstaben sprichst." – „*Sammidal,*" sagte sie, nichts passierte. „Deutlich Saariia! es ist ein T kein D. Nochmal! Und fixiere die Pflanze die du pflücken möchtest." Saariia suchte sich den Silberkopfstrauch aus, dessen Blätter dunkelgrün, klein und spitz waren, dazwischen hingen kleine silberne Knospen nicht größer als eine Heidelbeere. *„Sammital!"* Kaum ausgesprochen hielt sie die Knospen auch schon in der Hand. Saariia fand gefallen daran und pflückte wie wild weiter. Oliviaraa lachte laut auf. „Ok kleine Hexe, das ist genug. Ich hab zwar keine Ahnung was wir mit Gänseblümchen und Löwenzahn anfangen sollen, aber ich schlage in meinem Buch nach, da findet sich sicher was. Lass uns langsam zurück gehen." Saariia zog einen Schmollmund, es hatte gerade erst richtig angefangen Spaß zu machen. Kichernd nahm Oliviaraa sie an der Hand. „Es gibt noch viele andere Zaubersprüche, die dir sicher auch Spaß machen. Hast du schon mal Wasser gebündelt?" – „Sicher mach ich ständig, ich halte ein Glas unter die Flasche und bündle den Innhalt da rein." – „Sehr gut, ein echtes Naturtalent, wie sieht es aus ohne Glas?" Saariias Augen wurden groß: „Das geht?" – „Natürlich ich zeigs dir. dann bündelst du Wasser und ich sammle Flusstang. Also auch bei diesem, wie bei allen Zaubersprüchen ist es wichtig das du deutlich sprichst und fokusierst was du willst! Wasser, oder Flüsigkeit im allgemeinen bündelst du mit dem Spruch *Hoddinktum veserial* , hier ein D kein T." Saariia sprach den Spruch nach, erst lag der Fluss desinteressiert vor ihr und nicht ein Tropfen löste sich aus seinem Strom. Bei weiteren Versuchen spuckte er Fontänen in den Himmel, bis sie es schließlich schaffete, Wasser zu bündeln und in ihren Fingern zu halten als wäre es in einem Glas. Jedoch hielt dieser Zustand nicht lange, das Wasser glitt durch ihre Finger und klatschte auf den Boden. „Ahh jetzt hab ich nasse Füsse," lachte sie ausgelassen. „Ich sag doch du bist ein Naturtalent. *Durrdiktas,"* sagte sie. „Ein Trocknungszauber." Mit trockenen Füssen kamen sie an der Hütte mit der lila Tür an, stellten die Kräuter ab. „Hast du Lust mit mir zu kochen? Ich lad dich ein, allein macht es einfach keinen Spaß," fragte Saariia. „Gute Idee, wir kochen bei dir, auf Art von Hexen, dann kann ich mir auch gleich noch genauer ansehen was du aus der einsamen Hütte bis jetzt gemacht hast." – „Ohne Rovanja und Reatus wäre sie nicht so wunderschön wie sie jetzt ist."

**Kapitel 42**

In den weiteren Tagen übte Saariia verbissen, *Sammital*, Blumen pflücken und *Hoddinktum veserial*, Wasser bündeln. Sie tauchte ein Shirt in den See und ließ es mit *Durrdiktas* in Sekunden trocknen. Oliviaraa war unglaublich Stolz auf sie, sie hatte es im Blut, war ehrgeizig und zielstrebig.

Oliviaraa zeigte ihr heute Hexoria, vor dem Schulgebäude lag ein Feld mit Pusteblumen. *„Semmital,"* sagte Oliviaraa und hielt eine in der Hand. „Pass gut auf!" Sie pustete feste auf die Blume und der Samen flog durch die Luft *„Verisable wanddinum,"* sagte sie und die Samen verwandelten sich in bunte Schmetterlinge. „Woww," entwich es Saariia fasziniert. „Dachte ich mir das dir das gefällt. *verisable wanddinum*," wiederholte sie. „Nur Schmetterlinge?" – „Was du möchtest, aber zu beginn solltest du kleine Tiere wählen, Schmetterlinge, Libellen, Marienkäfer, Grashüpfer oder kleine Echsen zum Beispiel," riet sie Saariia. Auch hier benötigte sie ein paar Versuche, bis es klappte, aber dann waren Schmetterlinge, Libellen, Marienkäfer, Grashüpfer und kleine Echsen um sie herum, sogar ein paar wenige Singvögel hatte sie geschafft. „Ich meinte nicht, das du jedes Tier das ich erwähnte auch herzaubern sollst," lachte sie „Aber ich bin beeindruck, vorallem von den Singvögeln, du hast die Magie wirklich in jeder Ader. Und es scheint so als würdest du das selber auch endlich glauben." – „Jaaaaa," quicke Saariia breitete die Arme aus und drehte sich im Kreis, sie strahlte mit der Sonne um die Wette. Oliviaraa stoppte sie, „Da wir schon mal Vögel hier haben kannst du auch einen Tierbändigungszauber versuchen! Mit *lindurium staisarum,* lockst du den Vogel zu dir, auf die Hand zum Beispiel. Deutlich sprechen!" Saariia sprach den Zauber gleich 2x hintereinander aus, was zur Folge hatte, das sich zwei Singvögel auf ihre Hand setzten, verzückt grinste sie Oliviaraa an. „Ist das der Zauber den Reatus immer babbelt wenn er Ariteus ruft?" – „Oh nein, einen Drachen zu bändigen, vermag um einiges mehr als das. Das ist quasi die hohe Magie der Tierbändigung, davon verstehe ich nichts, aber Reatus kann dir deine Fragen in dem Bereich beantworten." – „Wann kommt er eigentlich wieder? Er ist schon eine ganze Weile weg." – „Also wenn Tierbändigung die Hohe Magie ist, liegt Reatus verstehen und einschätzen noch ein ganzes Stück Höher," zwinkerte Oliviaraa ihr zu. „Ich weiß gar nicht was du meinst," kicherte Saariia. Sie setzten sich in eines der kleinen Cafés, ihre Unterhaltung hatte keinen wirklichen Themapunkt, sie schlitterten eher von einem Thema in ein völlig anderes. Saariia erzählt von ihrem Leben als, Larissa. Dann stellte sie wieder Fragen zur Zauberei und im nächsten Moment ging es um Oliviaraas Tochter. Dann wurde Oliviaraa etwas ernster. „Ich würde dir gern noch zwei Zauber beibringen die ich sehr nützlich finde, einen Löschzauber den du persönlich denke ich gut gebrauchen kannst, und einen Stillstandszauber, sehr nützlich wenn Milch überkocht oder etwas zu fallen droht. Das sollten wir aber besser bei dir oder bei mir machen." – „Gut dann gehen wir zu mir," entschlossen war sie aufgestanden.

„Also was mache ich wenn Milch überkocht?" – „Das war nur ein Beispiel. Ich will dir einen Stillstandzauber zeigen, wichtig dabei ist ... " – „Deutlich sprechen, konzentriert und fokussiert sein!" – „Ähm ja, aber bei einem Stillstandzauber musst du noch etwas mehr beachten, alles was sich hinter dir befindet ist vom Zauber nicht betroffen, alles vor dir, steht still, und du kannst dich für wenige Minuten in dieser Szene bewegen. Ich zeigs dir, stell dich schräg hinter mich!" Sie ließ eine Flasche durch den Raum fliegen, dann löste sie den Zauber und die Flasche drohte zu Boden zu fallen. „*Inserium stoptierus,*" sagte Oliviaraa. Die Flasche blieb in der Luft stehen, aber auch die Gardine am Fenster wog sich nicht mehr mit dem Wind, drehte sie sich allerdings um bewegte sich die Gardine hinter ihr noch genauso wie vorher. „Wie gesagt, es hält nur wenige Minuten an, aber genug Zeit um die Flasche zurück auf den Tisch zu stellen oder die Milch vom Herd zu ziehen." Saariia versuchte den Zauber, er funktionierte, oder sie hatte sich daran gewöhnt, die Sprüche deutlich zu sprechen. „Mit *Sessperum odinut,* kannst du löschen, wahlweise könntest du auch *Blossurum dirketur,* verwenden, das ist kein Löschauber, sondern ein Windstoßzauber, was aber zum Löschen möglicherweise auch funktionieren könnte. Sorgfältig schrieb Saariia alles in ein kleines Heft. „Was machst du da," wollte Oliviaraa wissen. „Ich notiere mir die Sprüche und ihre Wirkung, aber auch die Kräuter mit Zusammensetzung und was es dann für Elixiere gibt." – „Vorbildlich," nickte sie anerkennend.

**Kapitel 43**

Weitere Tage vergingen, in denen Saariia die Sprüche lernte und Kräuter sammelte. Zudem hatte sie angefangen, Kräuter in ihren Beeten an der Hütte zu sähen und sie hatte aufgehört negative Gedanken zu haben oder an Kasiim zu denken, er kam ja doch nicht, was sie allmählich für das Beste hielt, wo hätte das denn auch hinführen sollen?

An diesem Nachmittag kam Reatus zusammen mit Xela zurück. Freudig fiel Saariia ihr um den Hals, um sie zu begrüßen.

„Wieso ist Kasiim nicht mitgekommen," konnte sie die Frage nicht zurückhalten. Auch wenn Saariia versuchte, gelassen zu klingen, konnte Xela die Traurigkeit in ihren Augen sehen. „Saariia, ähm, also zum einen war ich nicht zu Hause, ich war mit Reatus bei den Dimastral, das müsstest du sehen, es ist der Wahnsinn dort, pures Licht und alles glitzert. Und ... naja ... Reatus und ich ... weißt du wir haben uns seit der Sache mit der Flusshexe öfter gesehen und ... " – „Ihr Name war Nirlaa! Und was zwischen dir und Reatus läuft sieht ein Blinder, ihr seht süß zusammen aus. Ich freu mich für euch, Was sagt dein Vater dazu?" – „Der weiß noch nichts davon aber ich denke nicht das er begeistert sein wird. Er hat so nen komischen Prinzen für mich ausgesucht, ehrlich der Typ geht gar nicht, aber eine Hochzeit würde das Land beider Reiche vergrößern, klar was anderes zählt ja nicht. Aber ich bin zumindest keine Thronfolge, Kasiim hats da wesendlich sch ..., " brach sie ab, weil sie das Thema nun doch wieder auf ihn lenkte, was sie zu vermeiden versuchte. „Das heißt also das dein Vater eine Prinzessin für Kassim gewählt hat?" Xelaa rang mit sich, wenn sie ihr die Frage beantwortete, würde sie ihr das Herz brechen, aber sie wusste auch, dass Saariia nicht aufhören würde, bis sie eine Antwort hatte, Lügen kam für Xelaa nicht in Frage. Mitfühlend sah sie in Saariias flehende, glasige Augen.

„Saariia, du kennst Kasiim, er ist stur und wehrt sich gegen diese Prinzessin die Vater für die *Richtige* hält, Mom versucht ihm zu helfen, aber Vater ist überzeugt dass er ihn nur so endlich auf die Thronfolger – Line bringt. Er vermisst dich und ...," – „Na klar, deshalb war er in den letzten Wochen auch so oft hier, weil er mich *vermisst,* lass mal Xelaa, dein Vater hat sicher Recht," Saariias Stimme zitterte, sie kämpfte, aber ihre Stimme brach, sie schüttelte den Kopf und rannte weg.

Xelaa suchte Reatus auf, der sich mit Oliviaraa unterhielt, sie schilderte, was passiert war. Reatus wollte sofort los, um sie zu suchen, aber Oliviaraa hielt in zurück. „Du kannst ihr jetzt nicht helfen! Lass sie erstmal allein." Sie wich seinem Blick aus, schaute zu Boden, rieb sich dann die Augen und schaute Reatus wieder direkt in die Augen. „Weißt du, sie schien glücklich in der letzten Zeit, wir haben viel gelacht, ich hatte schon Hoffnung sie würde sich für die Hokurus entscheiden und das Portal nicht benutzen wollen. Sie hat so eifrig gelernt und sie ist wirklich gut. Sie hat ihre Magie im Griff, ich denke es ist an der Zeit deinen Teil des Deals zu erfüllen," sagte sie leise. „Welchen Deal," warf Xelaa ein. „Ich hab ihr versprochen sobald sie ihre Magie beherrscht, kann sie entscheiden wo sie leben möchte, ich ermögliche ihr alles auch wenn sie zurück in die Parallelwelt will." – „Du hast *WAS*," schrie Xelaa außer sich. „Sag mal hast du sie noch alle, wie konntest du ihr so einen Mist versprechen?" –

„Weil ich geglaubt habe, wie Oliviaraa, das sie hier bleiben würde." – „Da hast du dich ganz offensichtlich mächtig getäuscht, Hexenmeister!" Reatus Mine verfinsterte sich. „Wirklich?! Du hast gehört das sie glücklich war, viel gelacht hat! Wer ist es denn, der sie ständig runterzieht? *Dein Bruder!* Schon mal darüber nachgedacht," schrie er Xelaa an. „Ich will hier weg, bring mich sofort nach Hause!" – „Hey, es tut mir leid! Ich wollte nicht ..., " lenkte er ein und wollte sie in die Arme nahmen, aber Xelaa wandte sich von ihm ab. „Bring mich nach Hause, jetzt!" – „Na schön, wie du willst!" Er rief Ariteus zu sich und half Xelaa auf den Rücken des Drachens.

Saariia saß am Fluss, die Füße im Wasser, ihr Gesicht von den Tränen gerötet.

„Huhu, wieso weinst du denn *schon* wieder. Mal ehrlich soviele Tränen kann doch keiner haben, oder," piepste Sassa. „Ich habs echt versucht Sassa, aber ich gehöre hier nicht her," flüsterte sie leise. „So und das weißt du woher nochmal genau," Sassa stemmte ihre kleinen Arme in die Hüften und flog, wie eine lästige Biene vor ihrer Nase herum. „Sieh mich doch an! Das hier ist nicht meine Welt, es ist eure! Und Kasiim ... " – „Ich erzähl dir mal was, Dummchen. Es gibt auch echt tolle und hübsche Hexer, ich komm viel rum, glaub mir, ich weiß es! Muss ja nicht der Blondschopf sein." – „Ach Sassa, wenn das nur so einfach wäre," sie vergrub ihr Gesicht in ihren Händen, „für eine kurze Zeit dachte ich, ich könnte mich hier wohl fühlen, hier ein zu Hause finden..." – „Und dann? Was ist passiert das du jetzt wieder zweifelst?" Saariia bündelte Wasser und frischte sich ihr Gesicht ab. Traurig zog sie die Schultern hoch und sah Sassa an. „Ich weiß auch nicht. Xelaa hat mir gesagt, dass Domiinus eine Prinzessin für Kasiim gewählt hat, ich meine es ist ja eigendlich auch besser so, alles andere ist ja doch nur träumerei, aber es tut trotzdem weh." Sassa seufzte laut, schüttelte ihren kleinen Elfenkopf und setzt sich dann in Saariias Hand. „Mal ehrlich, wenn Elfen graue Haare bekommen könnten, ich hätte den ganzen Kopf voll davon, du bist manchmal echt anstrengend. Hab ich dir nicht gerade gesagt das es auch super tolle, wahnsinnig gutausehende und richtig sexy Hexer gibt, hmmm!! Schau doch einfach mal hin, Blondie ist nicht der einzige gutausehende, ach so tolle Typ in Suomatra, Himmel noch mal!!!" Kaum hatte Sassa zu Ende gesprochen, war sie auch schon verschwunden.

Die Sonne versteckte sich langsam in einem Wunderschönen orangerot hinter dem Wald und machte Platz für den Mond und die Nacht.

Als Saariia endlich in ihrem Bett lag, auf die Sterne schaute und der Musik lauschte, dachte sie an Sassa, an Kasiim, an Xelaa, Oliviaraa, an Reatus ... wann würde er ihr endlich erlauben zurückzugehen, nach Hause, in die Parallelwelt. Dort wo sie hingehörte.

>Let me go<, sie schloss die Augen und ließ sich in Samus Stimme fallen, bis sie endlich einschlief.

**Kapitel 44**

Saariia wachte aus wirren Träumen auf, tapte verschlafen ins Bad und duschte kalt, was ihre Lebensgeister einwenig weckte.

Mit einer Tasse Kaffee setzte sie sich in die Affenschaukel und schaute mit leerem Blick auf den See. Das Klingeln an der Tür holte sie grob aus ihren Gedanken. Reatus wünschte ihr einen Guten Morgen, und sie bat ihn herein. Ohne darüber nachzudenken öffnete sie magisch die Schranktür, ließ eine Tasse herausschweben und füllte sie mit Kaffee. Reatus staunte, Saariia tat dies mit einer unglaublichen Sicherheit und Routine, als hätte sie nie etwas anderes gemacht. Er fischte seinen Kaffee aus der Luft und folgte Saariia auf die Terrasse.

Er nahm einen großen Schluck und linste dabei über den Tassenrand Saariia an. Sie sah abgespannt aus.

„Wie geht es dir," brach er das Schweigen. „Ich hab schlecht geschlafen!" Wieder wandte sie den Blick von ihm und starrte auf die Wasseroberfläche des Sees, schließlich holte sie tief Luft und sagte: „Wie war´s bei den Dimastral? Hattest du Erfolg? Bei was auch immer!" – „Ja, es lief echt ganz gut. Der Weg zu den Dimastral ist kompliziert und auch gefährlich, ich kann Ariteus nicht ständig als Lastenesel missbrauchen, ich war dort um eine Möglichkeit zu finden, die Güter aus der Paralellwelt einfach, schneller und in größeren Mengen zu ihnen zu bringen. Wir hatten eine Idee, die zumindest einen Versuch Wert ist." – „Ahh ja dieser schreckliche Wald am Ende des Saben-Reiches, sicher nicht lustig und das du

Ariteus enlastest ist auch gut, selbst wenn ich diesem Vieh nie verzeihe das er uns fast umgebracht hat," trotzig schob sie eine Unterlippe nach vorne. Reatus konnte ein Grinsen nicht unterdrücken. „Ihr hätte ja auch weiter im Landesinneren streiten können und eben nicht direkt am Wasserfall." – „Ich hatte auch nicht vor mit Kasiim zu streiten! Ich wollte hier her, zu den Hokurus, allein!!" – „Weißt du ich hab ja gehört das es auch echt tolle Hexer geben soll hier," feixte er. „Ja und wahninnig gutaussehend und sexy obendrein, hattest du kürzlich ein Gepräch mit einer gewissen Elfe," knurrte sie, lächelte aber dabei. „Nein hatte ich nicht, aber wenn selbst die Elfe das sagt," zwinkerte er. Saariia verdrehte die Augen und streckte ihm die Zunge raus. Laut lachte er auf, ihre Laune schien sich zu bessern. „Oliviaraa sagte du machst super Fortschritte, dass mit meiner Tasse war auf jeden Fall beeindruckend." – „Sie ist klasse bringt mir viele Sachen bei, langsam glaube ich, ich bin tatsächlich eine Hexe. Guck!!" Saariia stand auf, und goss die Blumen, indem sie die Kanne schweben lies, im Prinzip, das Gleiche, wie die Sache mit der Tasse. Dann ging sie zum Steg und bündelte Wasser, reichte es Reatus, als wäre es in einem Glas, zum Schluss entzündete sie die Kerzen auf dem Tisch. Wieder drehte sie sich zum See, ließ Wassertropfen in die Luft strömen und verwandelte diese in bunte Schmetterlinge, die munter umherflogen, als wären sie schon immer dagewesen. Sie lockte einen Singvogel vom Baum, der sich auf ihre Hand setzte, sie neugierig musterte und dann wieder weiterflog, um ihre Demonstration abzuschließen, pflückte sie – ohne sich zu bücken – eine der Mohnblumen und brachte sie Reatus. „Nicht schlecht, oder," grinste sie stolz. „Nicht schlecht?! Du bist klasse! Selbst in Tierbändigung bist du begabt und das ist echt nicht leicht," seine Augen leuchteten voller stolz, gleichzeitig wurde ihm klar, Oliviaraa hatte Recht, es war an der Zeit seinen Teil des Deals einzulösen, dies wiederum legte einen trüben Schleier über seine Augen. „Ach was, ich hab den Vogel nicht gebändigt ich hab ihn vom Baum zu meiner Hand gelockt, nichts weiter," wiegelte sie ab. „Und das liebe Bibi sind die die Anfänge der Tierbändigung," grinste er breit. „Klingt ja echt interessant, aber ich finde Kräuterkunde und Elixiere sehr viel spannender, Oliviaraa hat mir wahnsinnig viel beigebracht, ich hab sogar schon einen eigenen kleinen Kräutergarten hinter der Hütte." Ihre Augen hatte wieder dieses kindliche Leuchten, als hätte irgendeine Elfe versehentlich Einhornglitter verschüttet. Er schmunzelte, doch dann überkam ihn plötzlich die Angst, Saariia könnte ihn fragen, wann sie durch das Portal zurückkönnte, diese Diskussion wollte er so lange wie nur möglich aufschieben, also sollte er zusehen, das er hier verschwindet. „Oh schon so spät, ich muss los, ich hab Xelaa versprochen sie abzuholen," flunkerte er sie an, in Wahrheit hatte er seit gestern nicht mehr mit ihr gesprochen, sie war ohne ein Wort und ohne sich nochmal umzudrehen von Ariteus´s Rücken geglitten und zwischen den Bergen verschwunden. „Oh klar, grüß sie schön." Er nickte nur und zog die Tür hinter sich zu. Saariia schüttelte nur den Kopf, schlüpfte in ihren Badeanzug und sprang in den See. In der Ferne sah sie Oliviaara in ihrem Garten und winkte ihr zu. Wenige Schwimmzüge später klopfte es erneut an der Tür.

Sie stemmte sich aus dem See, trocknete sich magisch ab und öffnete lächelnd die Tür, was ihr im fast selben Moment ins Gesicht gefror. „Was machst *DU* denn hier?" – „Bitte lass uns reden! Xelaa..." – „Sie hat dich hergeschickt damit du... was auch immer ... tust oder sagst, ich denke du solltest besser zu deiner Prinzessin gehen *PRINZ*," zischte sie und wollte gerade die Tür wieder schließen, doch Kasiim hielt sie mit der Hand auf.

„Was? Nein! Jetzt warte doch mal, ich werde keine Prinzessin heiraten..." bettelte er. „Früher oder später bestimmt, aber wenn du meinst dann lass es! Was hab ich damit zu tun?" – „Was du damit zu tun hast, im Ernst? Würdest du das wollen?" – „Ich muss es mir ja nicht mit ansehen, zum Glück!"

„Was meinst du denn damit?"

„Ich habe meine Magie im Griff, ich kann sie kontrollieren und beherrschen, Reatus wird mir bald erlauben wieder nach Hause zu gehen!"

„Du kommst zurück ins Schloss! Das is super dann können wie uns wieder öfter sehn. mal ehrlich der Weg durch die Höhle im Berg ist ... " – „Nicht ins Schloss, zurück in die Paralellwelt, ich gehöre nicht hierher!" Ihre Stimme klang entschlossen und fest, auch wenn in ihrem Inneren sein Tornado sein Unwesen trieb.

„Liekki, bitte nicht," seine Hand fiel kraftlos von der Tür, seine ozeanblauen Augen sahen sie flehend an.

„Ist das beste für alle," quälte sie sich zu sagen und schloss die Tür.

Sie sank an der Wand zum Boden, weinte, war das der letzte Blick in seine Augen, fragte sie sich und spürte die Hitze in sich aufsteigen.

**Kapitel 45**

Tage waren vergangen seit Kasiim vor ihrer Tür stand. Ihre Laune wurde jedoch nicht besser, sie wollte weg von hier, weg von Kasiim.

Oliviaara überredete sie mit ihr in den Wald zu gehen, um Kräuter zu sammeln. Lustlos folgte sie Oliviaara zwischen Bäume und Sträuchern hindurch.

„Sag mal," begann sie schließlich „ ... wann glaubst du wird Reatus seinen Teil des Deals einlösen, was erwartet er noch von mir? Ich hab die Magie im Griff, nichts ist igendwie abgefackelt, oder? Was will er noch?" – „Hast du denn schon eine Entscheidung getroffen," stellte Oliviaara die Gegenfrage, mit dem Gefühl im Magen das sie ihre Antwort nicht hören wollte. „Ja, ich gehe zurück. Jetzt komme ich in meiner Welt klar, ich weiß was damals passiert ist, ich weiß warum und ich weiß das ich nicht nach Suomatra gehöre." – „Und du bist dir ganz sicher das du nicht versuchst wegzulaufen?" – „Wovor denn?" – „Vor Kasiim!" Saariia verdrehte die Augen, „Da ist nichts wovor ich weglaufen müsste, er ist Prinz, Thronfolger, er wird eine Prinzessin heiraten und sie wird seine Königin, alles so wie es sein soll." Saariia legte sachlich die Tatsachen klar. „Egal wo du hingehst, du wirst nie zur Ruhe kommen wenn du das nicht klärst, abschließt und das tust du nicht indem du irgendwo hingehst wo er weit genug weg ist, deiner Meinung nach." fast schon verzweifelt ließ Saariia sich auf den Stamm eines umgefallenen Baumes fallen und stöhnte genervt. „Aber wenn er da ist ... seine Augen ... sein Lachen ... einfach alles an ihm ... was soll das schon bringen, in diesem

Scheiß Land gibt es Gesetze, blöde, bescheuterte Gesetze, ja, aber eben Gesetze was soll das bringen? Ich bin Prinzessin aber im falschen Volk und ich bin Hexe und dannoch ein ganz normaler Mensch in einer Welt, die von alledem hier nichts weiß, das Beste ist es dort zu Leben wo ich weit weg von ihm bin." – „Du bist ganz schön verliebt, hmmm!" – „Das hilft mir aber rein gar nichts!" – „Ich weiß, aber niemand zwingt dich zu einer Entscheidung, du kannst so lange hier bleiben wie du willst, der Deal ist doch im Grunde nebensächlich." Saariia sah ihr in die Augen und nickte stumm. „Wir sollten uns langsam auf den Rückweg machen," schlug Oliviaraa vor. „Geh schon mal vorraus, ich brauch noch einbisschen für mich, okay?!"

Stumm nickte Oliviaraa und ließ Saariia allein.

„Bist du in Ordnung? Muss man Hilfe holen," gurrte eine niedliche Stimme neben Saariia. Sie schreckte auf, es fing schon an zu dämmern sie konnte niemanden sehen, obwohl die Stimme ganz nah klang. „Wer bist du? Ich hab dich hier noch nie gesehen." gurrte es wieder neben ihr auf dem Waldboden, dort saß eine Eule. Verwirrt suchte sie die weitere Umgebung ab, soweit kam es noch das Eulen sprechen, na klar. Abgesehen davon gibt es hier auch Elfen, in ihrer Welt auch nicht üblich. „Hast du gerade geredet," fragte sie vorsichtig. „Siehst du sonst noch wen, außer uns beiden," gurrte es. „Ähm nein, aber ich hab auch noch nie eine Eule sprechen hören," stellte Saariia richtig. „Na das wundert mich nicht, ich bin ja auch nicht irgendeine Eule, ich war die Begleiterin einer Hexe, diese hat mich mit einem Sprachzauber belegt, andere Eulen sprechen nicht." – „Oh und wo ist diese Hexe jetzt?" – „Sie starb vor ein paar Jahren, seither lebe ich wieder im Wald." – „Das tut mir leid." – „Ja mir auch." Langsam schlug die Eule ihre Lider über die orangen Augen. Sie hatte ein Federkleid in hellem und dunklem braun mit schwarzen Punkten. Sie war wunderschön. „Darf ich dich anfassen," fragte Saariia vorsichtig. „Wenn ich dir dafür die Hand abbeisen darf," gurrte sie. Erschrocken zog Saariia die Hand zurück. Das Gurren der Eule gluckste leicht, „War nur Spaß! Du darfst mich anfassen, aber nur wenn du mir deinen Namen sagst!" – „Ich heiße Saariia," schüttelte sie lächelnd den Kopf. „Mein Name ist Eufinra. Bist du eine Hexe?" – „Ja sieht irgendwie ganz so aus. Ich bin noch nicht lange in Suomatra und habe so meine Probleme mit diesem Land." – „Menschen haben immer ein Problem mit irgendwas, wieso also sollte das bei dir anders sein," gurrte Eufinra. „Da hast du wohl Recht," kicherte Saariia.

„Ich muss mir noch eine Maus fangen, ich hab Hunger, aber vielleicht hast du Lust mal wieder vorbei zukommen, ich mag dich," gurrte Eufinra und flog davon.

Nach ihrem ersten Kaffee am nächsten Morgen machte sie sich auf den Weg zu Reatus. Er würde von ihrer Idee nicht begeistert sein, das war klar, wahrscheinlich würde es wieder in einem Streit enden.

„Hey," grüßte sie ihn, als er die Tür öffnete. „Hey, was machst du denn schon hier?" – „Ich muss mit dir reden!" Ein gedehntes „Okay" kam von ihm und er deutete ihr sich zu setzen. „Worum gehts," versuchte er ahnungslos zu klingen, wobei er durchaus einen Verdacht hatte. „Um unseren Deal!"

Bääähm, da war es, das Thema das er versuchte mit aller Macht zu umgehen. „Ich beherrsche meine Magie, das hattest du verlangt! Lass mich jetzt zurück!" Forderte sie ohne Umschweife. Reatus presste beide Hände vor sein Gesicht, rieb darüber und seufzte schwer. „Bist du sicher dass du zurück willst. Du bist eine Hexe, du gehörst hierher zu uns!" – „Du hast gesagt du wirst meine Entscheidung akzeptieren," sie klang eine Spur zu ärgerlich. „Das tu ich auch, ich will nur mit dir darüber reden, mehr nicht," erklärte er sich. „Na schön ich bin mir sicher! Können wir dann!" – „Was erwartest du wenn du zurück gehst? Glaubst du da ist alles super? Wie willst du erklären wo du warst, wer du bist? Und was wenn du feststellst das es dort genauso schwer ist und du dich nicht wohlfühlst, auch wenn du jetzt die Wahrheit kennst?" Saariias Entschlossenheit von zu Beginn des Gesprächs geriet ins Wanken, unsicher irrte ihr Blick, von Reatus zum Fenster wo sie ihre Hütte sehen konnte und wieder zurück zu ihm, in Dauerschleife. Reatus bemerkte ihre Unsicherheit. „Wie wäre es wenn du einfach für ein paar Tage in die Parallelwelt zurückkehrst und dich dann entscheidest, du hast Zeit! Geh zurück und finde heraus ob du dich dort wirklich wohlfühlst, dann kommst du wieder zu uns und wir sehen weiter." – „Du machst aus unserem Deal einfach einen neuen," blaffte sie ihn an. „Ich erweitere ihn, weil ich will das du dich richtig entscheidest und nur für dich, für niemanden sonst. Solltest du nach deiner Rückkehr noch der gleichen Meinung sein, werden wir deine Sachen packen und du kehrst Suomatra den Rücken, oder du bleibst hier, deine Entscheidung." – „In Ordnung, klingt vernünftig. Wann?" Reatus versuchte, seine Erleichterung zu unterdrücken. „Wie wärs mit morgen? Heute hab ich noch einiges zu erledigen." – „Na schön dann bin ich morgen früh hier."

Wieder zurück in ihrer Hütte überkam sie ein Gefühl, sie wollte ihre Eltern sehen, warum konnte sie nicht sagen, aber sie wusste, das sie ins Schloss musste.

Sie zwängte sich hinter dem Strahl des Wasserfalls in die Höhle und erklomm die schmalen, dunklen, feuchten

Stufen. In der Höhle oben hielt sie inne, Xantrias Stein zum Überqueren des Flusses fest in der Hand, flackerten die Bilder von ihr und Kasiim vor ihrem geistigen Auge auf, hier hatte er sie geküsst ;Nicht hilfreich; mahnte sie sich und trat aus der Höhle.

Sie wollte gerade den Stein auflegen, der die Brücke sichtbar machte ... „Was machst du auf Boden der Maren?!" Erschrocken fuhr Saariia herum, ließ den Stein in ihrer Hosentasche verschwinden. „Ich ... ähm ... es tut mir leid, ich wollte nicht," stotterte sie. „Du hast hier nichts zu suchen, *Sabin!*" Der Mann packte sie grob am Arm und zog sie mit sich. Zerrte sie ins Haus des Königs. „Bitte nicht," flehte sie. Er öffnete eine weitere Tür und stieß sie in den Raum, Saariia konnte sich gerade noch auf den Beinen halten. Lilja, die Königin, war allein, drehte sich zu ihr. „Saariia! Was machst du denn hier?" – „Ich wollte nicht ... ich war auf dem Weg zu meinen Eltern ... es tut mir leid," versuchte Saariia sich zu erklären. „Lüge," schrie der Mann hinter ihr. Domiinus, der König betrat durch die hintere Tür den Raum ... mit Kasiim. „Sie war auf unserem Land, am Wasserfall," grölte der Kerl weiter. „Still," gebot der König. „Erklär mir das Saariia!" Wieder stammelte Saariia eine Entschuldigung und versuchte, sich zu erklären. Kasiim stand hinter seinem Vater und sagte kein Wort, sein Blick fest auf Saariia gerichtet. „Saariia, du weißt doch das du den Fluss nicht überqueren darfst, einfach so, er ist die Grenze beider Reiche," Domiinus sprach ruhig mit ihr. „Ich weiß, ich war die letzen Monate bei den Hokurus, ich wollte meine Eltern sehen, ich weiß keinen Weg hier rauf, außer den durch den Berg," betroffen sah sie zu Boden. „Und woher weißt du von dem Weg durch den Berg?" – „Mit reichlich Rotwein werden die Hokurus schnell redselig," log sie. Domiinus lachte kurz auf. „Dennoch darfst du nicht hier sein!" – „Ich wollte mich verabschieden, ich gehe zurück in die Parallelwelt, dann ... " – „Nein," schrie Kasiim auf, an seinem Vater vorbei und nah zu ihr. „Du weißt das es falsch ist zurück zu gehen! Du gehörst hier her, in dieses Land," redete er auf sie ein. „Ich kann nicht ... " flüsterte sie leise, verlor sich in seinen himmelblauen Augen, eine Träne brannte heiß über ihre Wangen. Kasiim schluckte schwer, er wollte die Träne wegwischen sie in seine Arme nehmen und trösten, aber er durfte nicht. Stattdessen wandte er sich seinem Vater zu. „Lass sie auf die andere Seite des Flusses zu ihren Eltern und dann wieder zurück zu den Hokurus, bitte!" – „Das geht nicht! Auch als König muss ich mich an die Gesetze dieses Landes halten und ... " – „Die Scheiße sind und das weißt du ... " unterbrach er ihn„ ... sie ist eine Prinzessin ... " – „Ja! Ist sie! Aber die *falsche* Prinzessin, mein Sohn! Glaubst du ich bin blind!" Die harten Gesichtszüge von Domiinus erschreckten Saariia. „Wo ist dein Problem! Sie geht zurück! Weg von Suomatra, völlig egal ob Prinzessin oder nicht," Kasiim rang nach Luft, fuhr sich mit den Händen über sein Gesicht und durch die Haare. „Würdest du es verhindern wenn du könntest? Wäre sie die Prinzessin die du nicht ablehnen würest," fragte der König sanft seinen Sohn.

Saariia blickte sich um, der Kerl stand hinter ihr, das war nicht gut. Sie machte einen Schritt zurück, aber der Kerl grunzte und stellte sich wieder hinter sie. Sie wich zur Seite von ihm ab. Lilja bemerkte Saariias Unsicherheit und schickte den Kerl weg.

Kaum war er verschwunden, schnippte Saariia mit den Fingern. „Inserium stopierus," mumelte sie. Alles stand still. Sie hatte nur wenige Minuten Zeit, bis der Zauber seine Wirkung verlor. So schnell sie konnte, rannte sie zurück zum Fluss, kurz hielt sie inne, schaute auf das in der Ferne liegende Schloss, schloss die Augen und trat in die Höhle, zurück zu den Hokurus.

Völlig außer Atem stieß sie mit Reatus zusammen. „Was hast du dir dabei gedacht," schimpfte er drauflos. „Ich wollte doch nur kurz... woher weißt du eigendlich was passiert ist," stutze sie. „Ich spühre deine Zauber." – „Meine? Warum denn ausgerechnet meine?" – „Weil ich uns, als du dem Deal zugestimmt hast, mit einem Zauber verbunden hab. Welchen Zauber hast du verwendet?" – Ach das weißt du also nicht! Ich hab nur für ein paar Minuten die Zeit stillstehen lassen, damit ich da wegkonnte." – „Hmm, gut, ok. Und es brennt sicher nichts," brummte Reatus, hatte aber bereits ein Lächeln auf den Lippen. „Nein, Ehrenwort, kein Feuer nicht mal ein Funke," hob sie die Finger zum Schwur. „Na schön, aber keine Alleingänge mehr, wenn du wo hin willst sag es einfach, verstanden!" – „Jawohl mein Meister," feixte Saariia.

Mit einem Glas Rotwein saß sie vor dem Kamin, leise knisterte das Feuer und verströmte eine wohlige Wärme. ;Wäre sie die Prinzessin, die du nicht ablehnen würdest; ging ihr Domiinus Frage durch den Kopf. ;Blöde Kuh! Du konntest mit diesem Hokuspokus nicht warten, bis er geantwortet hat! Nein! Natürlich nicht, typisch du! Du bist die dämlichste Hexe überhaupt, Saariia! Wie kann man nur so blöd sein; schimpfte sie mit sich.

**Kapitel 46**

Einige Kleinigkeiten hatte sie in ihren Rucksack gepackt und riss die Tür schwungvoll auf, um zu Reatus zu gehen und dieses Portal nach Hause zu nutzen. „Wo willst du hin," fragte Kasiim, der gerade an die Tür klopfen wollte. „Zu Reatus ... um das Portal zu benutzen," fügte sie kaum hörbar hinzu. „Jetzt! Heute! Du hättest dich nicht verabschiedet! Du wärst einfach so gegangen!" – „Ich war doch gestern da!" – „Du wolltest aber gar nicht zu mir. Du bist nur erwischt worden! Wo bist du eigendlich plötzlich hin? Von einem auf den anderen Augenblick warst du weg!" – „Ich hab einen Zauber angewandt, sorry das war nicht nett, aber was hätte ich sonst tun sollen," betreten sah sie ihn an, vermied aber den Blick in seine Augen, würde sie das tun, würde ihr Entschluss sicher ins wanken kommen. Kasiim jedoch drehte sanft ihren Kopf zu sich. „Geh nicht, bitte," flehte er. „Erstmal geh ich nur für ein paar Tage, dann komme ich zurück, das musste ich Reatus versprechen. Aber letztendlich werde ich dann für immer zurück gehen," wieder senkte sie den Blick, raus aus dem Bann dieser Augen. „Und was ist mit uns?" – „Uns? Kasiim es gibt kein uns! Du bist Thronfolger der Maaren, und ich eigendtlich von den Saben, nenn mir einen Grund warum ich hier bleiben soll!" – „Du kannst keine Thronfolge sein! Das Gesetz verbietet Hexen als Thronfolge," klärte er sie auf. „Sowas hat Oliviaraa auch schon mal erwähnt. Und weiter?" – „Wielange bist du weg?" – „Darüber habe ich mit Reatus noch nicht genau gesprochen aber es wird sicher eine Weile sein." – „Versprich mir dass wir uns sehen sobald du wieder da bist," Hoffnung lag in seinen Augen. „Okay," hauchte sie.

Er legte seine Hand in ihren Nacken, zog sie zu sich und küsste sie. „Das gibts nur hier! Nur für dich! Nur von mir," hauchte er die Worte die er ihr schon einmal, am Fluss gesagt hatte. Ein Schauer durchzog Saariia, sie rang nach Luft. „Tule takaisin," (Komm zurück) flüsterte er ihr ins Ohr, dann drehte er sich ab und ließ sie allein.

Reatus führte sie in den Keller, dort stand das Hauptportal, anders als das Ding, das sie hierher brachte, viel größer und das Glitzeroval in einen Steinbogen gebettet mit kleinen Rädchen an der Seite. „Wie funktioniert das Ding," fragte sie. „Du gibst die Koordinaten mit den Rädchen hier ein und gehst durch, fertig. Wann kommst du zurück?" Als Saariia nicht antwortete, sprach er weiter. „Ich muss wissen wann ich das Portal wieder aktivieren soll, sonst kommst du nicht zurück." – „Kann ich nicht einfach die Koordinaten von hier auf der anderen Seite des Portals eingeben?" – „Nein. So ein Portal wie dieses gibt es nicht mehr, in der Parallelwelt sieht es dann genauso aus wie das mit dem du hierher gekommen bist, und es verschwindet nach einigen Minuten." – „Wie kommst du zurück wenn du dort bist?" – „Ich bin Hexenmeister, ich kann das Hauptportal auch von der Paralellwelt aus steuern," zwinkerte er. „Wie fies," kicherte sie. „Ich dachte so an zwei Wochen," sagte sie etwas unsicher. Reatus zog eine Augenbraue in die Stirn, wieder sein gedehntes „Okay", was Saariia sagte, das er nicht wirklich einverstanden war. „Von München weiß ich nicht viele Koordinaten," gab er zu bedenken. „Welche hast du?" – „Olympiaplatz, in der Nähe dieser Halle. ;Die Olympiahalle, dort hatte sie schon einige Konzerte von Sunrise Avenue erlebt, vielleicht hatte sie ja Glück und sie waren in den nächsten zwei Wochen dort, dann könnte sie endlich wieder ... ; „Willst du jetzt doch nicht mehr hin," klang er schon fast freudig. „Was? Doch, natürlich, Olympiaplatz ist prima," stotterte sie, weil er sie so abrupt aus ihren Gedanken holte. Das Leuchten des Portals wurde Heller und das Glitzern intensiver. „Du kannst durchgehen, in zwei Wochen um 11.00 Uhr bist du wieder genau an der Stelle, an der du gleich rauskommst, in Ordnung." – „Klar, elf Uhr," zwinkerte sie und trat vorsichtig in das Portal. Jetzt wo sie wusste, was passiert, wollte sie sich genau darauf konzentrieren, aber eigentlich passierte nichts, wie ein kühler Windstoß fühlte sich das Portal an und dann war sie auch schon in dem Gewölbe vor der Olympiahalle. Sie rannte vor zu den Werbetafeln, aber es war keine Anzeige von Sunrise Avenue dort zu finden. ;Sobald mein Handy wieder lebt, google ich das mal, es muss einfach klappen; dachte sie.

Ein dicker Klos, schnürte ihre Kehle zu, als sie vor dem Haus ihrer Pflegeeltern stand. ;Wie willst du erklären, wo du die Zeit über warst; hallte Reatus´s Einwand in ihrem Kopf wider. Der Mut verlies sie und sie wollte gerade den Rückzug antreten, als ihre Mutter aus dem Haus kam. „Larissa!" Sie schlug sich beide Hände vor den Mund und kam in schnellen Schritten auf sie zu. Verwirrt blickte sich Saariia um, ob weitere Personen zu sehen waren, aber sie stand allein auf dem Bürgersteig. „Larissa, wo hast du gesteckt, wir waren krank vor Sorge und dann dieser Brief der so gar nicht nach dir klang," redete ihre Pflegemutter drauf los und es schien als würde sie keine Luft holen. Wie eine Feuerwelle traf es Saariia, *sie* ist Larissa! Hier ist sie Larissa. Hatte sie das wirklich fast vergessen! „Ähm, ... Hallo ... " Das fühlte sich ganz und gar nicht so an, wie sie dachte, aber sie brauchte sicher nur einbisschen Zeit um sich wieder zurechtzufinden, das war schließlich ihr zu Hause. Ihre Mutter schleifte sie mit sich ins Haus. „Du musst erstmal was Essen! Und dann sagst du mir was passiert ist und wo du gesteckt hast!" ;Ach du Scheiße; dachte Saariia, was sollte sie nur sagen. Ihr Vater kam nach Hause, blieb wie angewurzelt stehen und stotterte ihren Namen, der für sie so fremd klang. Fest drückte er sie an sich. „Wo hast du nur gesteckt, Kind?!" Überfordert schloss sie die Augen, während ihr Vater sie wieder losließ und sich erwartungsvoll zu ihnen setzte. „Ja, wo war ich denn? Mal hier mal da mit Freunden unterwegs," stammelte sie. ;Fuck, das würde ihr doch niemand abkaufen; schoss es ihr durch den Kopf. „Was für Freunde denn?" – „Ich hab ihn durch so eine Partner App kennengernt, er ist Finne und ich dachte ... " – „Du hast nie deinen Flug nach Finnland angetreten, auch keinen anderen Flug! Und für was brauchst du denn ne Partner App!" – „Na Carola sagte doch immer das ich auf nen Prinzen warte ich dachte vielleicht findet sich ja da einer." – „Und Prinzen gefunden?" – „Nur den falschen ist kompliziert mit dem Adel Zeug. Aber er, wir haben viel gechattet und uns schließlich getroffen, in Schweden ich bin mit dem Zug gefahren, wir waren meist zu dritt unterwegs, er, seine Schwester und ich, ein wirklich lustiges Gespann." Ihr Vater zog die Stirn kraus. „Mit dem Zug in Schweden, also. Und wie heißt der Kerl." – „Re ... ähm ... red ich zu schnell?Hab ich das nicht schon gesagt," versuchte sie Zeit zu schinden. „Nein hast du nicht. Du wirkst verwirrt, sollen wir einen Arzt.." – „Nein, alles gut sind ja einige Wochen gewesen, da vergisst man schon mal was zu erwähnen." – „Wochen!! Larissa du warst sechs Monate verschwunden ... " – „So lange," brach es aus ihr heraus. „Kein Anruf nichts, was hast du dir dabei gedacht!" – „Ich hab mein Handy verlohren." - „Verlohren! Oder hat der Kerl es dir weggenommen und dich entf ... " – „Hat er nicht," trotzig verschränkte sie die Arme vor ihrem Brustkorb. „Wie war sein Name nochmal?" – „Rick! Ja genau Rick heißt er." – „Und wo ist dieser Rick jetzt, wir würden den Kerl der sechs Monate mit unserer Tochter mal *hier* mal *da* gewesen ist, gern kennenlernen." Saariias Hände fingen an zu schwitzen, das hier konnte doch nie und nimmer gut gehen. „Das geht gerade nicht, er ist ... auf ... ähm ... Geschäftsreise. Deswegen bin ich ja jetzt wieder hier." – „Auf Geschäftsreise, was macht er denn beruflich?" – „Hexen!" Erschrocken hielt sie die Hand vor den Mund, dann versuchte sie, diese Geste zu entschärfen, indem sie gekünstelt hustete. „Bitte, was?" – „Hatte er mir versucht zu erklären, ich habs aber nicht verstanden, irgendwas was die Wissenschaft nicht erkären kann." – „Er ist also Wissenschaftler!" – „Na, ja er beschäftigt sich irgendwie mit Phänomenen die der Wissenschaft eher unerkärlich sind." – „Das klingt fast noch schlimmer als deine Geschichte von damals. Mit der Prinzessin, dem Stallburschen und noch einem Mädchen das im Schloss deines Vaters, dem König lebt. Aber wieder drei Personen, zwei Mädchen und ein Junge, jetzt zwei Frauen und ein Mann ... " murmelte ihr Vater vor sich hin. „Ich hab das damals so erzählt!?" – „Ja so in etwa zumindest." – „Und obwohl ich euch ständig gefragt hab, habt ihr mir das nie erzählt," sie war sauer, ihre Stimme bebte. Sie hatte von Saato und Tarija erzählt und niemand hatte ihr geglaubt oder nach ihrem Fragen davon erzählt. „Wir wollten dich nicht noch mehr verwirren, indem wir deinen Geschichten eine Bedeutung geben." – „Mom, das ist Bullshit!" – „Aber jetzt sind wieder solche wirren Geschichten in deinem Kopf, was immer damals passiert ist, wir haben das Ausmaß wohl unterschätzt!" – „Ihr hab ja sowas von keine Ahnung von mir!" Hitze stieg in ihr auf, brannte ihren Körper innerlich aus. „Euer Verhör müssen wir auf morgen vertagen, ich bin müde," keuchte sie, rannte nach oben und knallte die Tür ihres Zimmer hinter sich zu. Tief atmete sie, ruhig und gleichmäßig um die Hitze in den Griff zu bekommen. Ob Reatus ihre Zauber auch hier spürt, wenn sie in der Paralellwelt war, konnte sie hier überhaupt kontrolliert zaubern, wie in Suomatra, fragte sie sich, schielte auf die Kerze an ihrem Schreibtisch, konzentrierte sich. ;Ist sicher hilfreich, wenn ich irgendwas anzünde, wenn auch nur eine Kerze; grinste sie in sich hinein. ;Na, los versuch es, Bibi; hörte sie Reatus´s Stimme in ihrem Kopf, sie schloss die Augen, Augen auf und *„JAAA"* jubelte sie, als die Kerze brannte. „Larissa? Alles in Ordnung." – „Ja , Gute Nacht." Sie konnte also auch hier richtig zaubern. Im Bad startete sie einen weiteren Versuch. „Hoddinktum veserial," murmelte sie und das Wasser bündelte sich. „Fantastisch!"

Schließlich legte sie sich ins Bett, kein Blick in die Sterne. Ein seltsames Gefühl breitete sich in ihr aus, alles ist vertraut und doch nicht so, wie sie es erwartet hatte.

## Kapitel 47

Als sie in die Küche kam, saßen ihre Eltern schon am Tisch, erwartungsvoll, gespannt und besorgt zugleich.

„Guten Morgen," murmelte sie. „Hast *du* das geschrieben?" Der Brief den Reatus von ihr hier abgeben hatte, wurde ihr vor die Nase gehalten. „Ja," war ihre knappe Antwort. „Ein wüsterer, finsterer Kerl mit Vollbart und einem Zopf hat ihn wohl in unseren Briefkasten geworfen," redete ihr Vater weiter. „Hmmm, tatsächlich, wir haben einen Freund gebeten das zu tun. Und war es nicht eher so, das Carola ihm den Brief weggenommen hat? Und einen wirklich absurden Rückbrief geschrieben hat!" – „Ja stimmt, Carola war an diesem Tag hier. Noch ein Freund also." – „Tja gibt ne Menge Menschen auf dieser Welt," warf Saariia genervt ein. „Wo warst du die ganze Zeit über! Und diesmal die Wahrheit!" Saariia verdrehte die Augen. ;Stillstand Zauber und weg hier, nur wohin; schoss es ihr in den Kopf. „Können wir das jetzt endlich lassen! Ich war unterwegs, hab nicht darüber nachgedacht das ihr euch Sorgen machen könntet." – „So bist du aber nicht! Das würdest du nicht tun," warf ihre Mutter ein. „Irgendwann ist immer das erste mal," knurrte sie. „Die Polizei wird wissen wollen, mit wem genau du unterwegs warst und wovon ihr gelebt habt, es waren keine Abbuchungen auf deinem Konto, oder hast du deine Bankkarte zusammen mit deinem Handy verloren," diesmal schlug ihr Vater mit der Faust auf den Tisch. „Ich geh nicht zur Polizei nur weil ich mal ne Auszeit genommen hab! Vielleicht sollte ich einfach wieder verschwinden!" Sie stockte, nun war sie zurück, erst wenige Stunden, dachte sie wirklich jetzt schon daran, nach Suomatra zurückzukehren? War das Reatus´s Absicht, als er das hier vorschlug, wusste er, was hier los sein würde? Konnte sie ihn erreichen, damit er ein Portal öffnete? Und dann, zurück in Suomatra würde sie dann zusehen, wie Kasiim eine Maarenprinzessin heiratete, zuckersüße Vorstellung! Sie kannte zwei Welten, es konnte doch nicht wirklich sein, dass sie in keiner der beiden zurechtkam! „Ich brauch frische Luft," schnauzte sie und verließ das Haus.

Sie schlenderte durch die Straßen, sah in die Schaufenster, holte sich Kaffee im geliebten Pappbecher, schließlich blieb sie vor dem Flowers stehen. Zaghaft öffnete sie die Tür, Carola band Blumengestecke. „Das glaub ich jetzt nicht, Larissa!" – „Ähm, Hey!" Eine junge Frau kam von hinten in den Verkaufsraum, etwa in ihrem Alter. „Brauchst du Hilfe?" – ;Aha man hat mich also bereits ersetzt; dachte Saariia. „Wo hast du blos gesteckt?" – „Ich hab in einer Paralellwelt das hexen gelernt und mich in einen Prinzen verliebt den ich, obwohl ich auch Prinzessin bin nicht haben kann, weil eine Hochzeit beider Völker gesetzlich verboten ist. Ich fands zum kotzen dort und wollte unbedingt zurück nach Hause, nur um festzustellen das es hier noch schlimmer ist als dort," plapperte Saariia. „Du solltest Bücher schreiben," lachte Carola. „Haha, ja genau." – ;Eigendlich ist es völlig egal, was ich erzähle, glauben tut mir ja eh keiner; dachte sie. „Was sagst du zu Sunrise Avenue?" – „Hähh, was soll ich sagen, geile Band!?" – „Ich meine dazu, das sie aufhören," schüttelte Carola den Kopf. Sie ließ ihren, zum Glück bereits leeren, Kaffeebecher fallen. „Bitte was! Wann?" – „Stell dich nicht so an, das ist überall in den Medien." – „Suomatra verfügt nicht über Satelitten oder Sozial Media," murrte sie. „Nächstes Jahr gehen sie auf Abschiedstour, heißt es." Diese Welt hier wurde immer schlimmer. „Gibt es schon Tourdaten?" – „Nein soweit ich weiß nicht. Aber jetzt erzähl doch mal, wo hast du gesteckt? Hier war alles in Aufruhr wegen deinem Verschwinden, dem Brief und so weiter." – ;Sagte ich das nicht schon; dachte Saariia genervt. „Ich brauchte Zeit für mich, das ist alles." Carola kam zu ihr in den Verkaufsraum, „Du brauchtest Zeit für dich? Im Ernst wer war dieser Neandertaler!?" – „ Nenn ihn nicht so, er ist ein Freund, ein sehr guter Freund, okay!" – „ Schon gut, reden wir säter darüber. Jetzt lass dich erstmal drücken! Es ist so schön, das du wieder da bist," sie breitete ihre Arme aus und schloss Saariia fest darin ein. „Mhm," machte Saariia. „Lass uns heute Abend zusammen Essen gehen, dann kannst du alles erzählen!" – „Ok, 19 Uhr am gewonnten Platz?" – „Perfekt, ich freu mich." – „Ja, ich mich auch," Saariia setzte ein gekünsteltes Lächeln auf und verließ das Flowers wieder. Sie zog ihr Handy aus der Tasche und googelte Sunrise Avenue, es stimmte, sie gaben es am 2.12. in einer Pressekonferenz bekannt. Saariia schloss die Augen, schwer legte sich diese Information um ihr Herz und drohte es zu erdrücken.

Gedankenverloren lief sie ziellos durch die Straßen. Bis sie sich auf den Weg machte, Carola zu treffen.


„So und jetzt nochmal von vorne und ganz in Ruhe, wo warst du?" Gerade als Saariia anfangen wollte zu erzählen, kamen Fabian und Sven zu ihnen an den Tisch. Saariia verdrehte die Augen. Aber als würde das nicht schon mehr sein, als man einem zumuten konnte, trafen auch noch ihren Eltern ein. ;Prima! Carola hat alle informiert wann und wo sie sich treffen, gleich kommt bestimmt noch der ermittelnde Beamte; dachte sie genervt, sie brauchte einen Plan, schnell! Sven griff nach ihrer Hand, die sie ihm ruppig entzog. Alle Augen waren auf sie gerichtet. „Ähm ja also von vorne," versuchte sie etwas Zeit zu gewinnen. „Ich bin zu meiner Hütte gefahren, war spatzieren, wie immer, da ist mir Re ... Rick begegnet, wir haben uns unterhalten, er ist sehr nett, .... wann habt ihr eigendlich bemerkt das ich weg bin?" Sie brauchte eine Geschichte, die mit allem übereinstimmte, nur wusste sie nicht, was in der Zeit hier passiert war und wann. „Als du nicht nach Hause gekomen bist, deine Koffer für Finnland gepackt in deinem Zimmer, dein Auto vor der Hütte aber von dir keine Spur, als wärst du vom Erdboden verschuckt worden," erzählte ihr Vater. ;Vom Erdboden verschluckt kommt in etwa hin; grinste sie innerlich. „Ich hab mich öfter mit Rick getroffen, ihm irgendwann meine Geschichte erzählt, keine Ahnung warum, ich hab ihm von Anfang an vertraut und er hörte zu, machte sich nicht lustig oder gab mir das Gefühl verrückt zu sein, ganz im Gegenteil, er bot mir seine Hilfe an ... " – „Und was war das für eine Hilfe? Dich entführen," knurrte ihr Vater. „Klar mich dann foltern und misshandeln," gereizt schlug sie mit der Hand auf den Tisch. „Sehe ich irgendwie krank für euch aus?" – „Jetzt lasst sie doch einfach mal reden," warf Fabian ein, für das sie ihm einen dankbaren Blick schenkte. „Rick und ein paar andere haben ein altes, damals leerstehendes Hotel gekauft und es renoviert, aber statt es als Hotel neu zu eröffnen, hatten sie eine andere Idee. Es sollte ein Ort werden für Menschen die irgendwie oder irgendwelche Probleme haben ... " – „So und welche Probleme sind das, willst du mir erzählen das es eine ganze menge Leute gibt die irgendwo aufgefunden werden wie du," wieder polterte ihr Vater ihr ins Wort. Fabian verdrehte die Augen. „Nein, aber es gibt Leute die zum Beispiel einen Unfall hatten und jetzt im Rollstuhl sitzen, ihr gewohntes Leben dadurch völlig aus den Fugen geriet und sie sich nicht zurecht finden. Frauen die vor ihren gewalttätigen

Männer flüchteten oder Leute die irgendeinen Entzug machen und weg von ihrem Umfeld versuchen es zu schaffen, es gibt verdammt viele Schicksale die in der Gesellschaft nur müde belächelt werden, dort ist das nicht so," zischte sie bedrohlich leise in seine Richtung. „Wir habe dich nie *belächelt!*" – „Aber die Wahrheit habt ihr mir auch nie gesagt! Alle von euch haben mir nur immer gesagt, ich solle aufhören nach dem Vergangenem zu suchen," ihre Stimme wurde lauter und zornig. „Na schön es gibt da dieses Hotel das ein Zufluchtsort ist für Menschen, ... ähm denen es zu viel in ihrem Leben wird, du hättest anrufen können," – „Ja, Carola, ein Anruf hätte es euch erleichtert, aber nicht mir. Weil ihr alle gekommen wärt um mich nach Hause zu holen! In dem Moment, in dem du dich entscheidest dort zu bleiben, gibst du dein Handy ab, es gibt keinen Ferseher oder Radio. Einkäufe werden von den *Betreuern,* gemacht. Man ist völlig von der Außenwelt abgeschnitten." – „Und wer finanziert das alles? Wie schon gesagt, es waren keine Abbuchungen auf deinem Konto," wieder fiel ihr Vater ihr ins Wort. Tief sog Saariia die Luft in ihre Lungen. „Wenn man entscheidet zurück zu gehen, bezahlt man, bar, und man unterschreibt einen Verschwiegenheitsvertrag, damit dieser Ort auch so beibt wie er ist." – „Und welches Vermögen knöpfen sie dir jetzt für 6 Monate ab?" – „Ich habe mich noch nicht endgültig entschieden nach Hause zu kommen. Ich werde nach einer Weile zurückgehen, zur Ruhe kommen und erst dann entscheiden was ich weiter machen werde. Was bedeutet ich werde wieder von jetzt auf gleich verschwinden." – „Oh nein das wirst du nicht! Du bleibst genau hier! Ich kann nicht glauben das du freiwillig für so einen Zirkus deine Finnlandreise hast sausen lassen, das ist doch Gehirnwäsche vom feinsten," polterte ihr Vater los. „Finnland läuft nicht weg, vielleicht wäre es auch eine Option in Finnland zu leben, neu anzufangen, ich weiß es noch nicht. Ihr habt meine Erklärung, ihr wisst meine Pläne, findet euch damit ab!" Ohne auf die Fragen der anderen einzugehen stand sie auf und ging.

**Kapitel 48**

Ihre Eltern hatten die wundervolle Idee, eine Grillparty zum Frühlingsbeginn und Rückkehr von Larissa zu organisieren, die ganze Verwandtschaft und Freunde. Saariia war überwältigt: „Das is ja eine super Idee! Den Zirkus braucht kein Mensch!" – „Jetzt hab dich nicht so, es wird ein sehr schöner Abend," lächelte ihre Mutter. „Aber wozu denn. Ihr hab mir verspochen zu akzepieren und nicht weiter zu fragen. Warum der Aufwand mit all den Leuten?" – „Weil wir wollen das du siehst wo du zu Hause bist, wo deine Fraunde sind. Möchtest du das dieser Rick auch kommt? Sollen wir ihn einladen? Ich glaube ja das du dich in ihn verrliebt hast." Saariia verschluckte sich am Kaffee. „Was? Spinnst du!? Ich hab mich ganz sicher nicht in Rea ... Rick verliebt!" – „Dann in einen anderen den du dort kennengelernt hast? Ich bin nicht blind Larissa, wo immer du gewesen bist, da ist jemand der dir sehr viel bedeutet, vieleicht ist er der Grund warum du dorthin zurück willst." – „Mom, ich geh dorthin zurück weil es ein Teil der, nennen wir es Therapie, ist um festzustellen ob man zu Hause wieder zurecht kommt! Da ist ... ," sie senkte den Blick und wurde leise „ ... da ist niemand." Kaum ausgesprochen hörte sie Karuuns Stimme in ihrem Kopf. ;Niemand der im Nix wohnt; „Und unglaublich sexy ist," sagte sie kichernd und laut. „Aha wer ist denn so sexy," Carola grinste sie geheimnisvoll an. „Ähhh, was oh, shit, niemand," und wieder fing sie an zu kichern. „Jetzt sag schon!" – „Is die Wahrheit, es ist niemand." – „Du verarscht mich doch! Was grinst du so blöd!" – „Du sprichst sicher von mir," platzte Sven in ihr Gespräch und

schlang seine Arme um Saariias Taille. „Träum weiter," zischte sie und befreite sich aus seinen Armen. „Sven, ich glaube unsere Larissa hat sich doch tatsächlich verliebt, nur nicht in dich. Ich will alles wissen, los erzähl, wie sieht er aus? Wie heißt er?" – „Er ist blond, groß und hat die unglaublichsten blauen Augen die du dir nur vorstellen kannst. Er ist witzig aber auch mitfühlend und hilfsbereit, Sassa denkt es gäbe auch andere und ich solle mich umsehen und Karuu ... " – „Wer ist Sassa?" – „Ähm, ein zierliches, quirrliches Ding." – „Und wie heißt dein Blondschopf mit den blauen Augen?" – „Wir benutzen nicht unsere eigenen Namen, ich nenne ihn meistens *Blödmann,*" – „Na toll findet er sicher toll." – „Nein nicht wirklich, aber genau das find ich witzig." Sie zuckte mit den Schultern und schaute sich in der bereits eingetroffenen Menschenmenge um. Der Garten war mit bunten Lampions dekoriert und ihr Vater hatte drei Grills aufgestellt.
Tische standen in Reih und Glied mit weißen Papiertischdecken ausgelegt unter einem nagelneuen Pavillon; Der brennt sicher noch besser als der alte; kicherte Saariia. Eine ihrer Tanten kam auf sie zu und drückte sie herzlich. „Hast du herausgefunden was damals passiert ist?" – „Ähm ich hab gelernt damit umzugehen, es wird immer etwas geben was wir nicht verstehn. Ständig nach dem Grund zu suchen hintert uns am leben," versuchte Saariia der Frage auszuweichen. „Aber du hast doch so ein großes Problem damit nicht zu wissen was passiert ist." – „Menschen haben immer ein Problem mit irgendwas, mann muss nur lernen damit umzugehen!" Saariia wandte sich ab, das Gespräch war für sie beendet. „Und wer ist dieser Neandertaler," hielt Carola sie erneut auf. „Hör verdammt nochmal auf ihn so zu nennen, er ist ein wirklich wichtiger Mensch für mich!" – „Schon gut, wenn der *Typ* blond wäre und blaue Augen hätte würde

ich ja sagen das es dieser *Blödmann* ist. Aber das kommt wohl nicht hin," Carola wirkte beleidigt. „Nein er ist nicht Ka ... , lass es einfach gut sein." Carola stemmt die Hände in die Hüften. „Werde ich nicht! Du sagst du gehst zurück, keiner weiß wohin, ich bin deine beste Freundin, mir hast du immer alles gesagt." – „Carola, ich brauch das für mich. Ich kann dir nicht davon erzählen, aber glaub mir, alles wird gut. Manchmal verändern sich Menschen oder Situationen so ist das nun mal!"

## Kapitel 49

Mit ihrem geheimen Therapieort schienen sich alle zufriedenzugeben. Saariia traf sich mit Carola, die immer Sven mitschleifte. Aber dennoch waren die Tage schön. Sie hatte sich wieder zu Hause eingelebt, war ausgeglichener und fühlte sich wohl. Reatus würde in ein paar Tagen das Portal erneut öffnen, sie würde nach Suomatra gehen, um alles zu regeln, wenn sie dann wieder nach Hause kommen würde, wäre der Start nicht so holprig wie beim ersten Mal. Die Hütte im Wald hatte sie ausgeräumt und verkauft, sie brauchte sie nicht mehr. Das einzige, was ihr nach wie vor schwer auf dem Herzen lag, war das Ende von Sunrise Avenue, die Tour war inzwischen bekanntgegeben worden und sie war sich sicher soviele Konzerte wie nur möglich zu besuchen. Die Zeit bis zum Tourstart würde reichen, um in Suomatra alles zu erledigen, dann könnte sie hier neu anfangen. Ein Neuanfang mit dem Ende ihrer Lieblingsband, das klang irgendwie nicht richtig. Aber ändern konnte sie das nun mal nicht.
Die Tage vergingen wie im Flug, sie hatten viel unternommen, viel gelacht, es war schön, wieder mit Carola unterwegs zu sein. Sie löcherte sie immer wieder wegen ihrem unbekannten, blonden mit den blauen Augen, das machte es nicht einfacher, Kasiim zu vergessen. Noch eine letzte Nacht würde sie hier verbringen, morgen um 11.00 Uhr wird sie durch das Portal zurück nach Suomatra gehen, was dann sein wird, wusste sie noch nicht genau, aber sie wusste das Reatus nicht sonderlich erfreut sein würde über ihren Entschluss.

Nervös rutschte sie auf ihrem Stuhl hin und her, als sie mit ihren Eltern beim Essen saß. „Alles in Ordnung?" – „Ja alles gut. Ich werde morgen zurück gehen." – „Nein! Du bleibst hier! Hier ist dein zu Hause," fing ihr Vater schon wieder an laut zu werden. „Ich habe euch gesagt dass ich erstmal zurückgehen werde und dann entscheide ich was ich mache. Und morgen sind die zwei Wochen um, die ich hier sein wollte, was nun passiert oder was ich machen werde habe ich noch nicht endgültig entschieden." – „Wie kommst du dort hin?" – „Mit dem Zug." – „Und wann geht der Zug?" – „12.47 Uhr," log sie. „Wie lange wirst du bleiben? Wann kommst du zurück?" – „Sie hat gerade gesagt das sie das noch nicht entschieden hat, hör auf sie zu drängen! Sonst kommt sie vielleicht gar nicht mehr zurück," jetzt war es ihre Mutter, die sauer war. „Danke, ich werde mich melden. oder einfach wieder hier stehen."

Sie stand auf, räumte den Tisch ab und ging nach oben, sie lag auf ihrem Bett, starrte in die Dunkelheit. ;Ich hab mich doch schon entschieden, zurückzukommen, wieso sag ich es ihnen nicht; dachte sie.

Saariia wachte auf, als die Nacht dem Morgenrot wich. Sie duschte und packte ein paar Sachen in ihren Rucksack, dann schrieb sie einen Zettel für ihre Eltern in dem sie sich verabschiedete und schlich aus dem Haus. Sie machte noch einige Besorgungen und stieg dann in die S-Bahn zum Olympiaplatz. In 6 Wochen begann der Vorverkauf für die Tickets, bis dahin musste sie zurück sein. Und in drei Monaten war Tourstart. Freude und Trauer kämpften in ihrem Inneren einen unerbittlichen Kampf und sie wusste, es würde keinen Gewinner geben.

10.58 Uhr, Saariia zog ihr Handy aus der Tasche, schrieb Carola schnell eine Nachricht, das sie erstmal wieder weg sein würde, kaum hatte sie auf Senden gedrückt, flackerte es vor ihr und das *Glitzer-Ding* baute sich auf. Noch ein

Blick zurück und dann setzte sie einen Fuß an und schritt durch das Portal, nach Suomatra.
Breit grinsend stand Reatus da und begrüßte sie. „Da ist ja meine Lieblingshexe wieder, war langweilig ohne dich," – „Idiot! Ich freu mich auch dich zusehen," lachte sie. „Müde? Oder hast du Zeit für mich?" – „Zeit wofür? Nein ich bin nicht müde, hab zwar nicht gut geschlafen letzte Nacht aber müde bin ich trotzdem nicht." – „Ich will dir was zeigen und dabei können wir, wenn du willst, auch über deine letzten zwei Wochen reden." – „Okay," diesmal war es Saariia, die das Wort dehnte.
Sie folgte Reatus, machte einen kurzen Stop an der Hütte am See, um ihren Rucksack abzustellen.
„Ich bin mir zwar ziemlich sicher, dass Oliviaraa dir das alles schon gezeigt hat, aber möchte es dennoch selbst auch machen. Deine Ausbilgung hat Oliviaraa übernommen obwohl ich gesagt habe, das ich das machen werden, das tut mir leid, ich hatte nicht damit gerechnet dass ich sooft weg sein würde," erklärte sich Reatus. „Nicht schlimm es hat Spaß gemacht mit ihr zu lernen," entgegnete sie zwinkernd. Dankbar nickte er. „Das hier ist der Marktplatz, der Markt findet jeden Tag statt und du findest dort alles was du brachst. Weiter hinten, etwas abseits findest du die Schulen, aller Art und ... " – „Willst du den Deal jetzt wieder erweitern und mich auf diese Schule schicken?" – „Nein. Das ist allein deine Entscheidung, ich will nur, das du weisst, was du für Möglichkeiten hättest. Die Schulen sind gut, wenn du dich als Hexe auf etwas spezialisieren möchtest. Die Ausbildungen dauern, ja nach dem welche man macht, unterschiedlich lange. Darf ich etwas zurück greifen und dich fragen was du vor einigen Wochen bei deinen Eltern wolltest? Warum hast du versucht zu den Saaben zu kommen?" – „Um ehrlich zu sein, weiß ich das gar nicht wirklich genau. Ich wollte sie sehen, ich hab so lange

nach ihnen gesucht, nach der Wahrheit, aber als ich sie gefunden hatte, hab ich dann doch die meiste Zeit hier verbracht," versuchte Saariia zu erklären.

„Verstehe, fühlst du dich hier nicht wohl, bei den Hokurus?" – „Doch schon, aber in meinem Kopf ist so ein Durcheinander dass es schwer macht klar zu denken." – „Es ist viel passiert, dass musst du erst verarbeiten. Wobei ich aber überzeugt bin das, dass größte Durcheinander Kasiim verursacht!" – „Kasiim selbst, ist nicht das Problem, eher Suomatra macht es kompliziert. Ich kann nichts für meine Gefühle, sie sind nun mal da und ... " – „Aber wenn du hier Aufgewachen wärst, dann hättest du von Anfang an mit diesen Gesetzen gelebt und es wäre erst gar nicht zu einer Begegnung mit ihm gekommen." – „So kann man das auch nicht sagen, ich hätte gewusst das es verboten ist, was nicht bedeutet das ich nicht neugierig gewesen wäre auf dieses Volk. Du kennst mich," grinste sie. „Mag sein," gab er zu, „Wäre Suomatra für dich erträglicher wenn das mit Kasiim nicht wäre?" – Ja denke schon. Nur ist das nicht mehr wichtig. Ich ähmm ... ich habe mich entschieden zurückzugehen, tut mir leid aber ich gehöre hier nicht her." Stille legte sich über die beiden, eine Stille, die sie zu erdrücken drohte. Reatus lief neben ihr, aber in seinem Gesicht war nichts zu erkennen. „Warum," krächzte er leise aus trockener Kehle. „Weil Suomatra nun mal nicht mein zu Hause ist, Reatus, ich hab zu lange woanders gelebt." – „Und die Hokurus sind auch nicht dein Hause?" – „Die Hokurus sind toll, aber eben auch ein Volk Suomatras. Ich will zurück in meine Welt, da gehöre ich hin." – „Da gibt es ein kleines Problem, für das ich wirklich nichts kann," hob er entschuldigend die Hände. „Und welches wäre das?" – „Es ist erneut an der Zeit für einen dieser, wie nennt man das, Königsbälle, deine Eltern möchten das du anwesend bist, als Prinzessin. Die Völker erwarten das." – „Ist mir egal was die erwarten! Wozu soll das denn nützlich sein wenn ich Suomatra verlasse!? Ich hasse diesen Prinzessinen Quatsch!" – „Es soll anders laufen wie die Bälle bisher. Eine Zusammenkunft aller angränzenden Völker, also Saaben, Maaren und Hokurus und nicht nur für Könige, oder jemanden wie mich, sondern für alle Bewohner Suomatras." Saariia weitete die Augen. Warum das denn?" – „Ich hab keine Ahnung. Aber es würde dir die Chance geben, alle wissen zu lassen, was Maarla getan hat. Zurück kannst du doch dann immer noch, oder nicht?" – „Na schön. Das war ein echt gutes Argument," lächelte sie. „Ich gehe hin. Wann ist der blöde Ball?" – „In einer Woche. Aber sie möchten das du heute zum Abendessen bereits da bist um dich wieder in deinem *echten* zu Hause einzuleben, so die Worte deines Vaters." – „Na spitze, Jackpot, Cinderella erwache, hex hex." Reatus lachte, dann verloren seine Augen wieder den Glanz und traurig fügte er hinzu: „Ich werde dich vermissen, Bibi. Jetzt erzähl doch mal von deiner Zeit *drüben* hat niemand gefragt wo du gesteckt hast?" Sariiaa erzählte ihm alles, auch das sie sich schon nach ein paar Stunden das erste Mal ein Portal gewünscht hatte. Sie erzählte ihm vom geheimen Therapieort, das es ab dem Moment wirklich schön war, wieder zu Hause zu sein und vom Ende von Sunrise Avenue. „Deswegen musst du Suomatra nicht zwingend verlassen, ich kann dich zu jedem Konzert mit einem Portal lassen und wieder zurück," versuchte er erneut sie umzustimmen. „Das is sehr lieb, ich denke drüber nach ok," sie wollte ihn nicht anlügen, aber sie wollte ihm nicht noch länger in die traurigen Augen schauen, die ihr das Gefühl gaben, er wäre überzeugt, versagt zu haben. „Ich würde noch gern im Wald spazieren gehen, bevor ich wieder mit Regeln und Etikette bombariert werde, ist das in Ordnung!?" – „Na klar, ich bring dich mit Ariteus hoch zum Schloss, du

kennst seinen Landeplatz, bei uns hinterm Haus, sei um 19.00 Uhr da." – „Mit Ariteus," Sariiaa zog eine Miene, „Super ich freu mich!"
Sie überquerte die Brücke und lief auf den Wald zu. Sie wollte Eufinra suchen und sich von der Eule verabschieden. Am Wald angekommen suchte sie die Bäume nach der Eule ab. ;Kann ich sie einfach rufen; fragte sie sich. „Da bist du ja wieder, dachte schon du kommst nicht mehr her," gurrte die Eule über ihr auf einem Ast. „Oh hey, ich hab nach dir gesucht!" – „Es freut mich das du mich nicht vergessen hast. Darf ich dich etwas fragen?" – „Klar, was ist los," fragte Saariia die Eule. „Ich hab Hunger und kann seit Tagen keine Maus finden, bist du genug Hexe um mir ein paar herzuzaubern," schlug Eufinra die Augenlider langsam auf und zu. „Ähh ja schon, aber schmecken denn gezauberte Mäuse?" – „Wenn du´s nicht verkackst, dann sind die durchaus genießbar." Saariia lachte auf und versuchte, sich an einen passenden Zauberspruch zu erinnern. Sie schaute auf die Mohnblumen, die am Waldrand wuchsen. „Verisable wanddinum," sprach sie deutlich und langsam, dabei konzentrierte sie sich auf die Blumen. Kurz darauf wuselten ein duzend Mäuse am Boden herum. Eufinra stieß einen Schrei aus und stürzte sich auf die Beute. Sariiaa empfand Mitleid für die Mäuse, konnte aber auch die Eule verstehen, das Gesetz der Natur eben, fressen und gefressen werden. ;Außerdem waren es ja eigentlich nur Blumen; beruhigte sie ihr Gewissen. Eufinra gurrte und flog Saariia auf die Schulter. „Du bist eine verdammt gute Hexe, die Hokurus können sich glücklich schätzen dich gefunden zu haben, Elementarhexen sind selten." – „Wie kommst du darauf das ich eine Elementarhexe bin?" – „Na die Mäuse hatten einen leicht rauchigen Geschmack, ich tippe auf Feuer." – „Tzzz du verarscht mich doch," ungläubig schaute sie die

Eule an. „Nein tu ich nicht, hab hab mein halbes Leben bei einer Hexe gelebt ich kenn mich aus." – „War sie auch eine Elementarhexe?" – „Ha!! Siehst du, ich hatte Recht du bist eine, nein sie war keine. Ich bin wirklich froh dich als Freundin zu haben. Es ist schön nicht mehr allein zu sein," piepste die Eule. „Warum hast du mich denn eigentlich gesucht," fragte die gesättigte Eule. „Ähmm nur so, weil ich eben schon lange nicht mehr hier war," log Sariiaa, sie brachte es nach Eufinras Worten, nicht übers Herz ihr zu sagen das sie die Hokurus und Suomatra verlassen würde. „Ach so, ja das stimmt wohl, wenn du mir versprichst, das du in Zukunft häufiger herkommst verzeih ich dir. Außerdem sollte eine begabte Hexe, eine Elementarhexe, wie du, nicht ihr Gabe verschwenden, die Schulen sind sehr gut hier, sagt man." – „Du kennst nicht zufällig einen Hexenmeister der Reatus heißt," skeptisch schaute Sariiaa die Eule an. „Einen Rea ... was?" – „Schon gut war nur so ein Gedanke. In den nächste Tagen werde ich nicht kommen können ich muss bei den Saaben Prinzessin spielen." – „Prinzessin?? Bei den Saaben?? Wieso machst du denn sowas?" – „Na weil ich nicht nur Hexe bin, sondern auch Prinzessin, komplizierte Sache:" – „Blöde Sache, trifft wohl eher, du bist viel mehr Hexe als du je Prinzessin sein könntest, die Hexe liegt dir im Blut, die Prinzessin ist nur ein äußerlicher Titel," krähte Eufinra und flog davon.

Kopfschüttelnd machte sich Sariiaa auf den Weg zu Reatus.

„Hey, na bist du bereit Prinzessin Bibi," feixte Reatus. „Idiot, nein aber was solls. Sag mal gibt es sprechende Eulen?" – „Klingt lustig, aber ich weiß von keiner, ich wüsste auch nicht, von einem anderen Tier das sprechen kann, wieso fragst du?" – „War nur so ein Gedanke," wiegelte sie ab. „Ich hoffe es waren nicht allzu viele Lonkeros die du gebraucht hast, um zur Cinderella zu werden," lachte er, half ihr auf den Drachen und stieg schließlich selbst auf, um zum Reich der Saben zu fliegen. Oben am Wald gelandet fragte Sariiaa: „Du kommst doch noch mit?" – „Hatte ich nicht vor, aber wenn dir dann wohler ist natürlich." – „Mir wäre sehr viel wohler, ja. Ich hab von oben den Wald gesehen, Xelaa sagt dahinter leben die Dimastral und alles glitzert dort." – „Ja das stimmt hinter dem *grausamen* Wald liegt das Reich der Dimastral und ja es glitzert." – „Deine Betohnung auf grausam bedeutet Ironie, richtig? Es ist einfach nur ein Wald," hackte Sariiaa nach. „Ja es ist ein Wald, aber einer den man nicht betreten möchte, glaub mir, keine Ironie."

## Kapitel 50

Saato öffnete das Tor und grinste sie breit an: „Schön das du wieder da bist, Prinzessin." Saariia schnaubte kurz und antwortete zuckersüß: „Ich freu mich auch dich zu sehen ... " dann änderte sie ihre Stimmlage und fügte hinzu: „Stallbursche." Beide lachten auf, Saariia steuerte unbeirrt auf den Stall zu, um Pantas zu begrüßen. „Na mein Großer, lang nicht gesehen, ich hab dich vermisst." Pantas nestelte mit seiner Oberlippe an ihrem Blusenkragen und wieherte leise. „Saariia, sie warten schon alle auf dich, du kannst später wieder zu Pantas." Seufzend rollte sie die Augen, na dann auf ins *Vergnügen*."
König und Königin begrüßten sie und nahmen sie fest in die Arme, während Reatus nur missbilligende Blicke erhielt. Sie folgten dem Königspaar in den Speisesaal, wo bereits Maarla und Vulaan am Tisch saßen.
„Tervetuloa kotiin, juuri sitä kaipasin! Tuo tyhmä lehmä!!" (Willkommen zu Hause, das ist genau, was ich vermisst habe! Diese blöde Kuh!), sagte sie vor sich hin.
„Ah, da bist du ja endlich, das Essen wird schon kalt," schnappte Maarla. „Was hast du da gerade gemurmelt? War wohl so ein blöder Zauberspruch, den dir dieser Merlin da beigebracht hat," zischte sie weiter und nickte in Reatus's Richtung. „Ja, er verwandelt dich in ein Wildschwein, damit Mona morgen was in der Pfanne hat," schoss ihr Saariia entgegen. Alle waren mucksmäuschen still, niemand rührte sich. „Wie kannst du es wagen ... du ... du ... "keifte Maarla außer sich. Saariia beugte sich zu ihrer Tante, sah ihr unbeeindruckt, fest in die Augen und flüsterte bedrohlich: „Hüpsche Brandwunde in deinem Gesicht! Will wohl nicht heilen,

was?! Aber bedenke, heute weiß ich was ich tu und bestimme gezielt die Auswirkung meines Handelns," mit einem Zwinkern setzte sie sich an den Tisch, Reatus neben Saariia. „Willst du mir drohen du Miststück!" – „Aber nicht doch! Nur eine Wahrung!" Der König räusperte sich: „Ähmm, ja nun gut lasst uns essen!" Reatus konnte sich nur schwer ein Lachen verkneifen, er war mächtig stolz auf Saariia, sie hatte sich ihrer Tante gestellt, die Ruhe bewahrt und ihr offensichtlich eine Heidenangst eingejagt, denn diese verlor nicht mehr ein einziges Wort.

Ihre Eltern hingegen versuchen ein Gespräch mit ihrer Tochter. Doch Saariia wich den Fragen entweder aus oder antwortete kurz und aussagelos. „Schön das du mit uns auf den Ball kommst, als eine Familie," lächelte ihr Mutter. „Meine Begeisterung hält sich in Gänzen, aber es wird ja *erwartet*." Das Lächeln der Königin gefror auf ihrem Gesicht.

Wortlos stand Saariia auf und begleitete Reatus zurück zum Wald.

„Du warst klasse, Bibi. Ich bin stolz auf dich," knuffte Reatus ihr mit dem Ellbogen in die Seite. „Ja es wird sicher eine *traumhafte* Woche," gab sie zurück, ihren Blick auf die Berge gegenüber des Flusses.

„Du schaffst das!"

**Kapitel 51**

Saariia stand bei Mona in der Küche und trank ihren Kaffee. „Ganz schön mutig, was du gestern zu Maarla gesagt hast, dein Vater findet das sicher nicht toll und du solltest aufhören dich als Hexe auszugeben!" – „Maarla ist eine falsche Schlange der ich den Gar aus machen werde, wirst sehen und was das andere betrifft ich bin ... " der König hatte das Gespräch mitgehört und viel seiner Tochter ins Wort: „Du wirst dich mit Maarla versöhnen, sie ist deine Tante, sie ist Familie!" – „Darauf kannst du echt lange warten, eher lernen Fische Fliegen, ich werde gar nichts, weil ich ... " – „Oh doch das wirst du! Du bist die Prinzessin und du wirst dieses Reich mit einem Prinzen an deiner Seite regieren! Einem Saaben um es genau zu sagen! Du hast dich zu fügen! Verstanden!" Saariia sah ihren Vater mit weit aufgerissenen Augen an, so hatte er noch nie mit ihr gesprochen. Sie schnappte nach Luft. „Du wirst dich auf den Ball bei Maarla entschuldigen, vor allen! Du wirst deine Hochzeit mit Tiimo bekannt geben ebenfalls vor allen. Er hat nach dem letzten Ball um deine Hand angehalten und ich habe ihm mein Einverständniss gegeben!" – „DUUU hast ihm dein Einverständinss gegeben, ohne ein einziges Wort mit *mir* zu reden," Saariia zitterte am ganzen Körper. „Ich bin der König, dein Vater, ich entscheide das! Und was deinen bescheuerten Deal mit Reatus angeht, ist mir egal, aber damit er Ruhe gibt wirst du auf dem Ball verkünden das du dich für ein Leben in deinem Königreich, hier bei uns entschieden hast, zusammen mit Tiimo." Ohne auf eine Reaktion von Saariia zu warten machte er kehrt und verließ die Küche. Lautlos brannten sich heiße Tränen in ihre Wangen. „Saariia, das hörte sich gerade schlimmer an als es ist. Er meint es gut. Die Gerüchte sind niederschmetternd er muss handeln, im Sinnes eines Königs. Tiimo ist ein netter Bursche er war oft hier." Saariia wischte sich die Tränen vom Gesicht, Wut stieg in ihr auf und eine Hitze, die sie innerlich ausbrannte, sie keuchte: „Wasser!" Mona reichte ihr ein Glas, das sie mit einem Zug leerte, aber es half nichts. ;Das darf jetzt nicht passieren, ich muss mich beruhigen! Ich muss hier raus; dachte sie und rannte aus dem Schloss, über den Hof zum Tor direkt auf den Wald zu. Panisch hämmerte sie an Xantrias Tür. „Saariia, du schlägst noch die Tür ein, komm rein!" – „Dein Kamin ist aus," keuchte sie und schleuderte ein Dutzend Feuerbälle in den Kamin. „Besser," hauchte sie zitternd und sackte zu Boden. „Um Himmels willen, was ist denn passiert," Xantria reichte ihr ein Glas Rotwein, „Hier trink erstmal und komm zur Ruhe!"

Saariia brauchte erschreckend, lange bis sie sich beruhigte und Xantria alles erzählen konnte. „Was willst du jetzt machen?" – „Du musst mich zu Reatus bringen, er muss mich durch das Portal lassen, jetzt!!!" – „Das wird dir nichts bringen, diesmal wissen sie, wo sie dich suchen müssen, sie werden dich finden." – „Was soll ich denn dann machen? Königin vom diesem Tiimo werden, ich kotz gleich!" – „Das hab ich nicht gesagt, aber ich würde so tun als würdest du dich fügen, sonst sperrt er dich noch weg bis zum Ball, oder schlimmeres. Wenn er der Meinung ist, das du deinen Weg als Prinzessin und zukünftige Königin der Saaben gehst, wird er dich in Ruhe lassen und du kannst nachdenken. Ich versuch natürlich auch mir was zu überlegen. Auf diesem Ball wenn wirklich alle besammen sind, kann er dir nicht mehr ins Wort fallen, er sowie alle anderen Anwesenden müssen dir zuhören, egal was du sagst. Aber der König muss überzeug sein das du in seinem Sinne handelst, sonst lässt er nicht dich reden sondern übernimmt das selbst." Saariia schloss die Augen, Xantria hatte Recht. „Was wenn das nicht funktioniert?" – „Dann bist du echt am Arsch, aber dann kannst du immer noch durch das Portal verschwinden, das Ding läuft ja nicht weg, nur das dann ganz Suomatra die Wahrheit kennt."

Saariia schloss die Augen, nickte kurz und verließ Xantrias-Hütte. Würde es so laufen, hatte sie all die Jahre nach der Wahrheit gesucht nur, um dann mit irgendeinem Prinzen verheiratet zu werden, den sie nicht mal wirklich kannte, um ein Königreich zu regieren in einem Land, das so kaputt war, Wollte sie, *dass* finden? Ihr Blick glitt zum Fluss, aus der Ferne sah sie Kasiim an der Felswand lehnen, sie hatte versprochen zu ihm zu kommen, sobald sie aus der Parallelwelt zurück war, aber was sollte sie ihm sagen? Sie wandte sich vom Fluss ab und ging zurück zum Schloss.

„Wo bist du gewesen," knurrte ihr Vater. „Nirgendwo bestimmtes, ich wollte nur allein sein." – „Saariia niemand darf erfahren das du Magie in dir hast, verstehst du?" – „Ja, ich hab die Magie jetzt unter Kontrolle, dank Reatus und Oliviaraa, mach dir keine Sorgen, ich schaff das schon," sagte sie leise, sah ihren Vater aber nicht an. „Heißt das, dass du dich fügst, in deiner Stellung als Prinzessin und baldige Königin?" – „Ja Vater!"

In der letzten leeren Box im Pferdestall setzte sie sich auf einen der Strohballen, ihre Gedanken kreisten, würde sie jetzt das Portal benutzen, hätte Oliviaraa Recht, dann wäre es nicht ihre Entscheidung, dann würde sie weglaufen, in eine Welt mit neuen anderen Problemen ;Du bist viel mehr Hexe als Prinzessin, die Hexe hast du im Blut, die Prinzessin ist nur ein äußerer Titel; hallten ihr Eufinra Worte im Kopf wider. ;Elementarhexen sind selten, du solltest auf die Schule gehen, um dein Talent

nicht zu vergeuden; – ;Das gibts nur hier, nur von mir, nur für dich; – ;Ich will nur, das du weißt, welche Möglichkeiten du bei den Hokurus hast; – ;Du gehörst genau hier her; – ;Du bist soviel mehr als du glaubst, wenn du endlich mal an dich denken würdest; Saariia vergrub ihr Gesicht in ihren Händen.
„Darf ich mich zu dir setzen," piepste Karuun leise neben ihr. „Was willst du mir diesesmal vorwerfen?" Karuun weitete erschrocken die Augen. „Ich will dir gar nichts vorwerfen, ich will mich entschuldigen. Ich hab sovieles falsch gemacht. Ich hab dich so sehr vermisst, überall nach dir gesucht und als du endlich wieder da warst, war ich so glücklich, das mir nicht klar war, dass du inzwischen erwachsen bist, dein Leben wo anders gelebt hast und mehr zufällig als gewollt nach Suomatra gestolpert bist. Alles hier ist dir fremd, als dein Freund und Gefährte hätte ich dir beistehen müssen, deine Fragen beantworten, dir alles zeigen doch stattdessen hab ich dich belogen und dir Vorwürfe gemacht. Und damit bin ich verantwortlich für alles was dir passiert ist, für diese ganze Situation," brodelte es aus Karuun heraus. „In welche Situation denn?" – „Na du hast dich mit diesem Maaren getroffen, weil er deine Fragen beantwortet hat und ihr seid Freunde geworden. Aber das ist verboten! Man freundet sich nicht mit Maaren an!" – „Ach," stieß Saariia aus. „Und warum freundet man sich nicht mit ihnen an? Und sag jetzt blos nicht wegen dieser Prinzessin und dem Stallburschen! Das ist ewig her!" – „Doch im Grunde ist es dieser Vorfall der die Völker entzweit hat. Aber da ist natürluch noch mehr!" – „So so und was ist da noch," fragte sie bestimmt. „Die Maaren halten sich für was besonderes, halten freundlichen Kontakt mit den Hokurus, aber denen darf man erst recht nicht trauen, Magie liegt im Wald und seinen Bäumen, nicht in den Händen von Menschen. Das ist nicht richtig!"

– „Ich bin eine Hexe! Ich habe Magie in mir!" – „Nein! Bist du nicht! Nein! Hast du nicht," schrie Karuun aufgebracht. „Doch! Hab ich, oder wie erklärst du dir die Brandwunde in Maarla´s Gesicht?" – „Das war eine Fehlzündung eines Gasherdes, dass warst nicht du!" Saariia riss die Augen auf, was war hier die ganze Zeit über los?! „Sagen sie das hier," wollte sie erschrocken wissen. Karuun nickte. „Und was sagen sie noch?" – „Der Maare hat ... " – „Sein Name ist Kasiim!" – „ ER hat dich, da du dich ja hier nicht auskennst mit den Gesetzen uns so weiter, um seine Finger gewickelt, hat ja auch funktioniert, du hast ihm vertraut, dass hat er ausgenutzt und dich zu den Hokurus gebracht, die hielten dich fest und so ließen sie die Gerüchte entstehen du wärst eine Hexe! Was bedeuten würde das du kein Recht auf den Thron hast, das dulden die Saaben nicht. Auf dem Ball werden die Saaben all das richtig stellen und kund geben das sie nie wieder etwas mit den Maaren und den Hokurus zu tun haben wollen!" Saariia war wie gelähmt, fassungslos starrte sie Karuun an. „Es ist doch klar, das es so ist, die Prinzessin damals wurde vom Geist der Hexe, einer Hokurus, in den Tod gezogen. Das dieser Geist wirklich exisierte Hat dieser Reatus ja bewiesen!" – „Wenn es Nirlaa war die die Prinzessin ertränkte, wieso ließ man dann den Stallburschen hängen," versuchte Saariia Zweifel in Karuun zu wecken. „Das war eine Warnung des Königs an die Maaren. Dieser Bursche hat sich an seine Tochter rangemacht, um sie der Flusshexe zu opfern und so das Bündniss mit den Hokurus zu stärken! Saariia, siehst du nicht das sich alles mit dir auf eine gewisse Weise wiederholt? Du verliebst dich in den Maaren, der dich an die Hokurus ausliefert, ziemlich nah dran an dem was vor 100 Jahren passiert ist, findest du nicht auch?"
Karuun glaubte, dass wirklich alles, was sie hier

erzählten, jede noch so kleine Lüge. Wenn das der Grund für den Ball war, würde es in einem Desaster enden! „Was ist mit Xantria? Sie ist eine Hexe und lebt bei den Saaben?" – „Ja leider! Dein Vater versucht seit ihrem auftauchen hier, sie wieder loszuwerden, nur findet er nichts, was gegen unsere Gesetze verstöst!" – ;Dann ist er ziemlich schlecht darin, wenn ihm diese Machenschaften von Maarla nicht aufgefallen sind; schoss es Saariia durch den Kopf. „Wer hat dir das alles erzählt?" – „Der König, die König und Maarlaa," blähte er stolz die Brust. „Sie haben dem ganzen Land wissen lassen, was passiert ist und ich hab ihnen geholfen! Marlaa hat dich wirklich gern, wenn du nicht immer so zickig zu ihr wärst, würdest du das auch merken! Und Tiimo hat mehr als einmal versucht zu den Hokurus zu kommen um dich zu retten, nur fand er keinen Weg dorthin." – „Ich glaub ich spinne!" – „Saariia, du wirst doch keinen Ärger machen, es wird alles gut, wenn du tust was dein Vater sagt. Glaub mir! Jetzt bist du sicher vor *denen*!" Wortlos schüttelte sie langsam den Kopf und lief aus dem Stall.

Nun konnte sie nicht mehr einfach durch das Portal zurück, sie würden die Maaren und Hokurus dafür verantwortlich machen, sie musste das richtigstellen.

**Kapitel 52**

Schlaflos wälzte sich Saariia in ihrem Bett, von Unruhe getrieben stand sie auf und öffnete die Tür zum Balkon, frische Nachtluft wehte ihr entgegen. Sie schloss die Augen und sog die Luft tief in ihre Lungen. Als sie die Augen öffnete, bemerkte sie ein Flackern am Fluss. Das Licht ging aus, dann wieder an, wirbelte durch die Nacht. Saariia zog sich ihre Jeans und ihr Shirt über und kletterte an den Ranken nach unten, schlich über den Hof und rannte zum Fluss, nahe am Wasserfall blieb sie stehen. Wieder flackerte das Licht auf und die Brücke erschien, mit schnellen Schritten überquerte jemand die Brücke. „Kasiim," hauchte Saariia. „Liekki, ich hab gehofft das du das Licht bemerkst," er zog sie in seine Arme. „Ist es wahr? Bist du wirklich eine Hexe? Ich dachte Reatus hätte dir an jenem Tag geholfen." – „Ich bin eine Hexe, ja. Das war der Grund warum ich bei den Hokurus war." – „Also hatte Xelaa recht!" – „Wem hat Xelaa davon erzählt?" – „Nur mir, wem hätte sie es sonst sagen sollen?" – „Stimmt auch wieder," gab sie zu. „Kasiim ... ich ... " seine Lippen verschlossen die ihren, sanft drückte sie ihn von sich. „Liekki, bitte ich ... " Ein Knacken eines Astes ließ die beiden erschrocken zusammen zucken. Kasiim legte einen Finger auf ihre Lippen, um ihr zu deuten, dass sie still sein soll. „Wer ist da," donnerte eine Männerstimme von der anderen Seite des Flusses. „Und wer bist du," keifte sie zurück. Kasiim verdrehte die Augen, wieso konnte diese Frau nicht einmal machen, was man ihr sagte. „Du bist doch die Saaben-Prinzessin?" – „Ja, die bin ich! Und ich bin auf der richtigen Seite des Flusses, also lass mich gefälligst in Ruhe, *Maare*!" – „Is ja gut, tut mir leid! Was machst du mitten in der Nacht hier?" – „Wüsste nicht was dich das angeht, solange ich den Fluss nicht überquere! Und selbst," zische sie zurück. „Ich suche Kasiim. hast du ihn zufällig gesehen, er ist nicht zu Hause, alle machen sich Sorgen," antwortete der Mann auf der anderen Seite nun freundlicher. „Habt ihr etwa euren Prinzen verloren? Das tut mir aber leid, ist nur nicht mein Problem! Viel Spaß beim suchen," sie machte auf dem Absatz kehrt und lief tiefer in den Wald zu Kasiim. „Was machst du hier, Kasiim?" – „Ich wollte dich sehen, es hieß du bist wieder im Schloss und wirst zum Ball kommen. Ich wollte dich vorher sehen. ich denke mein Vater wird auf diesem Ball meine Hochzeit bekannt geben, ich weiß nicht mal wer diese Prinzessin ist. Ich wollte das du es von mir selbst erfährst," weinte Kasiim. „Ja, mein Vater will mich auch zu einer Hochzeit mit diesem Tiimo zwingen. Und sie erzählen schreckliche Dinge über dich und die Hokurus." – „Ich hab davon gehört," kraftlos ließ er sich auf den Waldboden fallen. „Ich weiß nicht weiter, Liekki." – „Ich auch nicht. Ich hätte nie nach der Wahrheit suchen sollen, dann wäre das Portal nie aufgegangen und alles wäre gut!" – „Nichts wäre gut, ich würde alles wiedermachen, egal was sie sagen oder tun. Du gehörst hierher. Oder wir benutzen beide dieses Portal und verschwinden zusammen." – „Nicht auszudenken was dieser König, mein Vater, dann für Gerüchte ins Land setzt und deiner Familie damit antut. Ich werd alles richtig stellen auf dem Ball, ich weiß noch nicht wie, aber es wird schon irgendwie gehen. Danach gehe ich zurück in meine Welt. Vielleicht ist diese Prinzessin ja ganz nett und hüpsch, du wusstest immer das, dass dein Weg sein wird," sanft küsste sie ihn. Worauf er sie fest in seine Arme zog und erneut küsste. „Is mir egal wie nett oder hüpsch sie ist, ich will dich," hauchte er ihr ins Ohr. „Nur leider geht das nicht." –

„Willst du deswegen zurück? Weil du genauso empfindest?" – „Was hast du deinem Vater geantwortet als man mich auf eurem Land erwischt hatte und zu euch gebracht hat? Wäre sie die Prinzessin, die du nicht ablehnen würdest, hat er dich gefragt! Was hast du ihm geantwortet?" Kasiim grinste kurz schief. „Was wünscht du dir, das ich geantwortet hab?" – „Blödmann, ich wills einfach wissen." – „Du weißt was ich geantwortet hätte, aber um ehrlich zu sein, gab ich ihm keine Antwort darauf. Im nächsten Moment warst du weg und ich ging auf mein Zimmer."
Die Sonne lugte über die Bergspitzen und beide machte sich auf den Rückweg. Ein letzter Kuss, ein letzter Blick zurück zu ihm, bevor die Brücke hinter ihm verschwand und der Fluss sie wieder trennte. Wie das Wasser das Land teilte, so teilte sich ihr Herz vor Schmerz, nie könnte sie so leben, hier, verheiratet mit einem Typen, wo doch der eine, nur eine Flussbreite entfernt war. Sie musste zurück!

„Wo zum Teufel bist du gewesen," kam ihr Vater wütend über den Schlosshof auf sie zu. Desinteressiert hob Saariia nur die Schultern. „Wenn du bei diesem Maaren warst! Ich schöre dir ich ertränke ihn eigenhändig im Fluss." Erschrocken schlug ihre Mutter die Hände vors Gesicht. ;Blos keine Wut jetzt, du musst ruhig bleiben, Bibi,; ermahnte sie sich. „Ich war im Wald, Eichhörnchen, Vögel, Igel, hier und da ein Käfer und Schmetterlinge, ich hoffe das dies nicht gegen ein Gesetzt verstöst, Majestät," zischte sie. Grob packte ihr Vater sie am Arm. „Du gehst jetzt sofort auf dein Zimmer. „Schön! Hatte ich eh vor," schrie sie und riss sich von ihm los.
Sie knallte die Tür zu und holte ihre Musik, ein kleiner, winziger Trost und alles, was sie noch hatte.
Der König riss die Tür auf und stürmte in ihr Zimmer,

reglos vor Schreck starrte sie ihn an. Er griff nach ihrem Handy und riss ihr damit die Kopfhörer aus den Ohren, ohne ein Wort verließ er schnellen Schrittes den Raum. Saariia rannte ihm hinterher. „Was soll das," schrie sie. Am Brunner machte ihr Vater halt. „Jetzt ist ein für alle mal Schluss damit," schrie er und warf beides in den Brunnen. „*Neeeeiiinnn*;" schrie sie. Erst füllten sich ihre Augen mit Tränen, dann brodelte die Hitze in ihr hoch, sie drehte sich zu ihrem Vater, ihre Augen glühten feuerrot. Erschrocken wich er einige Schritte von ihr zurück. Saariias Augen fixierten den König, Wut, Hass und lodernde Flammen tobten in ihr. „Ich hab lange genug diesen Unsinn geduldet, jetzt ist Schluss damit, du bist hier zu Hause. Die Parallelwelt existiert nicht mehr für dich! Und wenn dieser Zauberkasper auch nur den Versuch wagt dir das Portal zu öffnen, lass ich ihn hängen zusammen mit diesem Maaren-Prinz!" Saariia keuchte, sie musste sich unter Kontrolle bekommen. „Domiinus und Lilja würden dir die Pest an den Hals jagen, wenn du ihrem Sohn etwas antust," schrie sie. „Ja, das würden sie wohl, wenn sie könnten," schmetterte er ihr überheblich zurück. Saariia trat einen Schritt auf ihn zu, ihre Augen wieder smaragdgrün. „Ich kann! Vergiss das nie ... " hauchte sie ihm leise flüsternd ins Gesicht. Wieder wich der König von ihr ab.
„Du wist auf dem Ball kein Wort reden! Mit niemandem! Das übernehme ich!"
Saariia schrie! Ihre Hände begannen zu glühen, dann bildeten sich Feuerbälle auf ihren Handflächen, die sie mit enormer Wucht in den Brunnen schleuderte.
Ein Schatten legte sich über den Schlosshof. Saariia erkannte Ariteus, Reatus hatte ihren Zauber gespürt und war sofort hergekommen, gut möglich das er bereits ihre Anspannung spürte und es für ihn nur noch eine Frage der Zeit war, bis die Magie ausbrach. Ariteus landete vor dem

Tor, Reatus stieg ab.

Saariia rannte auf den Drachen zu. „Du musst hier verschwinden, schnell! Die tun dir sonst was an!" Ariteus gelbe Augen lagen auf Saariia, ein Lidschlag von ihm und dann erhob er sich in die Luft und flog davon.

„Was ist hier los," wollte Reatus wissen. „Verschwinde von diesem Land Hexer, bevor du es bereust und komm nie wieder her!"

„Du musst gehen, Reatus," befahl ihm Saariia. „Aber ... " versuchte er die Situation einzuordnen. „Gehhh," flehte sie. „Ich komm klar!" Tränen füllten ihre Augen, als die Schlosswache bewaffnet auf den Hof trat, war Reatus klar, dass er keine Chance hatte ihr zu helfen.

Saariia lief weinend zurück ins Schloss, in ihr Zimmer rammte den Stuhl unter die Klinke und sank zu Boden, sie zog die Beine eng an ihren Körper und umschlang sie mit ihren Armen. Sie hätte nie hier her kommen dürfen.

Die folgenden Tage sprach sie nicht ein einziges Wort, mit niemanden, nicht mit Saato, nicht mit Mona, nicht mit Tarija, nicht mit Karuun, mit dem König und der Königin schon gar nicht, nicht mal mit Pantas.

Morgen sollte der Ball sein, auf dem sie nichts sagen durfte. Dieser Ball fühlte sich für sie an, wie ihr eigenes Begräbnis. Sie blickte ihr Spiegelbild an, bereit aufzugeben, als die Textpassage in ihrem Kopf widerhallte >Never let your Flag go down< Sie schloss die Augen, summte leise die Melodie, man konnte ihr Sunrise Avenue nicht nehmen, nicht mal Samu Haber selbst konnte das, er konnte die Band auflösen, ja, aber er konnte ihr nicht nehmen, was sie bisher hatte, wenn er es nicht kann, dann kann es auch kein König egal in welcher Welt. Wieder sah sie ihr Spiegelbild und dann wurde es ihr plötzlich bewusst, sie wusste, was sie wollte, sie wusste wo sie hingehörte und es formte sich der Plan, dies umzusetzen.

## Kapitel 53

Die halbe Nacht hatte sie damit verbracht, alles vorzubereiten, dann legte sie sich schlafen.
Tarija kam ins Zimmer und wollte ihr beim Ballkleid helfen, doch Saariia stand schon fertig angezogen vor ihr mit einem Turban auf dem Kopf. „Oh du bist ja schon feritg. Trockne deine Haare dann mach ich dir die Perlen rein," sagte sie bedrückt. „Ne lass mal, ich schaffe das selbst!" Beinahe beleidigt nickte Tarija. Saariia stand im Bad, wickelte den Turban vom Kopf und grinste.
„Wir müssen los!" – „Ich komme," rief sie zurück und lief zur Treppe. Ihre Mutter stieß einen spitzen Schrei aus und legte die Hände auf den Mund. „Was ist mit deinen Haaren passiert," piepste sie. „Die sind ab! Auch wenn es keiner wissen soll, ich bin eine Hexe und hatte Lust auf Veränderung." Ihre lange Mähne wich einem, fransigem, gestuftem Look in Schulterlänge. „Saariia, du wirst dich..." – „An die Gesetze Suomatra´s halten," vollendete sie den Satz. Ihr Vater nickte nur.
Der Ball fand wieder am Fluss statt, wieder waren Bretter und Balken über dem Fluss angebracht worden, es standen Kerzen überall und Tische säumten das jeweilige Flussufer, deutlich zu erkennen das man sich von der gegenüberliegenden Seite distanzierte. Auf der angebrachten Brücken stand das Rednerpult, an dem die Könige ihre Vorhaben und Vorträge halten werden und ihr Vater ihre Hochzeit bekannt geben würde. Sie durfte ja nichts sagen, wie sie es anstellen sollte sich an diesem Pult gehör zu schaffen, wusste sie noch nicht, aber sie musste dahin, und sie musste es schaffen, das ihr Vater sie nicht von dort wegzerrte, davon hing ihr ganzer Plan ab.

Reatus kam auf sie zu, doch der König machten ihm wütend klar, dass er hier unerwünscht ist und sich auf der anderen Seite des Flusses aufhalten solle. „Ich bin ok, Reatus," rief sie ihm nach, konnte jedoch seine Sorgenfalten genau erkennen. Kurz verfing sich ihr Blick in Kasiims blauen Augen und sie zwang sich, wegzusehen.

Tiimo eilte auf sie zu, schloss sie wie selbstverständlich in die Arme und küsste sie. Völlig überrumpelt konnte Saariia nichts dagegen tun. Als er sie wieder losließ, traf ihr Blick wieder Kasiim, aber wieder wandte sie sich ab. Der König schob sie an ihren Tisch, wo Maarla und Vulaan bereits Platz genommen hatten. „Hallo Tante Maarla, Hallo Vulaan, schön euch zu sehen," sie fasste sich an den Mund und drehte sich zu ihrem Vater um. „Oh entschuldige, ich soll ja nicht sprechen!" zischte sie in seine Richtung. Vulaan zog die Stirn kraus, irgendetwas stimmte hier nicht. „Tolle Frisur," versuchte er ein Gespräch. Saariia nickte nur lächelnd. Sämtliche Hochzeiten wurden bekanntgegeben, Reatus informierte über die Vorhaben bezüglich der Dimastral und dann nahm ihr Vater den Platz am Pult ein.

„Ich freue mich hier sein zu können und euch alle davon in Kenntnis zu setzten das Saariia wieder in der Obhut ihrer Familie ist. Es erfüllt mich mit Stolz, sie Tiimo in naher Zukunft zu Frau zu geben und den beiden so den Thron und mein Reich zu überlassen." Saariia schluckte schwer, wenn sie nicht bald an dieses Pult kam, war alles verloren. Tiimo nahm sie bei der Hand und führte sie zu ihrem Vater und ans Pult. „Ich möchte das Saariia selbst unsere Hochzeit bekannt gibt," forderte Tiimo bestimmt. Saariia grinste in sich hinein, dieser Trottel hatte sie gerade gerettet. Der König nickte skeptisch, deutet seine Tochter an das Pult, er konnte sich nicht erlauben, das sich Gerüchte auftaten, er würde sie nicht sprechen lassen.

Saariias Blick schweifte durch die Menge, Reatus rieb sich nervös die Hände, Xelaa hielt sich die Hand vor den Mund, Xantria sah sie entsetzt an und Kasiims traurige Augen, die von ihr zu Tiimo hin und her schweiften.
„Alle hier wissen, was mir passiert ist und ich möchte mich entschuldigen für das ein oder andere Verhalten meinerseits," sie sah, das ihr Vater im Begriff war aufzustehen, doch Vulaan ihn wieder zurück auf seinen Platz zog. „Alles hier in Suomatra war neu und fremd für mich, ich hasste es. Aber niemand hier weiß die ganze Wahrheit, mir wurde verboten heute zu sprechen, aber dank Tiimo habe ich nun doch die Chance euch alle wissen zu lassen was damals passierte. Meine kindliche Neugierde hat mich dazu gebracht durch dieses Portal zu gehen, dass mich in die Parallelwelt brachte. Diese Portal wurde von einer Hexe geschaffen," entsetzt sah Xantria sie an, während ein tiefes Raunen durch die Tische zog. „Diese Hexe wurde von meiner Tante Marlaa dazu gezwungen, dies zu tun, erstaunlich das dem König dieses Landes das nicht auffiel, wo er doch so emsig darin war die Hexen aus dem Reich der Saaben zu vertreiben..." – „Saariia was machst du da," unterbrach sie Tiimo. „Halt die Klappe! Ich bin noch nicht fertig." – „Oh doch! Das bist du, du kommst sofort da runter," schrie ihr Vater. „Lass sie reden," fiel ihm Domiinus ins Wort. „Ich würde sehr gern hören was sie zu sagen hat, wenn ich ihr meinen einzigen Sohn zum Mann gebe," forderte Tiimos Vater. ;Gott bewahre, blos nicht, deinen einzigen Sohn kannst du behalten! Aber danke für die Fürsprache; dachte Saariia und fuhr fort. „Marlaa hat dies getan um den Weg für Vulaan als König zu ebnen, ich musste weg. Nebenbei ich bin sicher wenn diese *Frau* davon abgehalten wird Vulaan zu bestimmen, wäre er ein wundervoller König. Ich hab all die Jahre in der Parallelwelt damit verbracht

herauszufinden was passiert war, wo ich her kam und warum mich niemand vermisste, bis sich eines Tages durch Zufall dieses Portal erneut öffnete und ich nach Suomatra zurückkehrte. Mit meinem Auftauchen scheiterte Marlaa´s Plan Vulaan auf den Thron zu bringen. Erneut versuchte sie, die Hexe zu zwingen mich ein für alle mal von Suomatra zu verbannen. Aber die Hexe weigerte sich, was nicht leicht für sie war und sie auch andere deswegen in Gefahr brachte. Ja, ich habe Kasiim kennengelernt und ja wir haben uns angefreundet, laut den Gesetzen verboten aber das wusste ich zu Anfang nicht, ich weiß aber, das ich es ohne ihn nie geschafft hätte die ganze Wahrheit zu erfahren! Ich bin hier als Prinzessin der Saaben, die mit *ihm*," sie deutete auf Tiimo. „ ... den Thron meines Vater übernehemen soll. Doch ich will nicht schon wieder gegen ein Gesetz Suomatra´s verstoßen, und dass diesmal wissendlich! Ich habe eine Zeit bei den Hokurus gelebt, freiwillig, niemand hat mich dahin verschleppt, niemand hat mich gezwungen dort zu bleiben. Ich war freiwillig bei Reatus und Oliviaraa um den Umgang mit meiner Magie zu beherrschen und zu kontrollieren, denn ICH bin der Grund für Marlaa´s Brandwunde im Gesicht! Ich war das! Es passierte nicht bewusst, nicht gewollt, aber es tut mir auch kein bisschen Leid, sie hätte viel mehr verdient als eine kleine Bandwunde! Ich bin eine Hexe und somit laut den Gesetzen Suomatra´s nicht des Throns würdig." Ihr Vater schlug auf den Tisch. „Du bist auf der Stelle still!" – „Weil sonst was?! Willst du mir wieder drohen, Reatus und Kasiim zu hängen, wenn ich nicht tu was du sagst!" Wieder ein empörtes Raunen durch die Reihen. Wieder ergriff Saariia das Wort. „Ich bin mit Reatus zu den Hokurus, er versprach mir, sobald ich meine Magie kontrollieren kann, dürfte ich entscheiden wo ich leben möchte. *Hier* oder in der *Parallelwelt* und ich habe mich

entschieden." Reatus stand auf und schüttelte mit flehendem Blick den Kopf, Kasiim rannen Tränen über sein Gesicht, Xelaa schaute weg und Xantria starrte sie nur an. „Ich bin eine Hexe, eine Elementarhexe die sind selten, es steckt so viel mehr in mir als ich ahne. Die Hexe liegt mir im Blut, die Prinzessin ist nur ein äußerlicher Titel. Ich bin eine Hokurus! Und ich habe mich entschieden als eine Hexe bei den Hokurus zu leben, denn dort gehöre ich hin!" Saariia riss an ihrem Kleid, das sie umgenäht hatte und warf es in die Ecke, darunter trug sie die rotbraune Hose und die Wickelbluse der Hokurus. „Nein du bist keine Hexe," schrie ihr Vater wutentbrannt. Saariia schloss die Augen, sie konzentrierte sich, sammelte sich, sog ihre Magie in sich zusammen und entzündete jede aufgestellte Kerze. „Jaaa! Du bist klasse, Bibi," jubelte Reatus. Saariia grinste, stolz setze sie sich an den Tisch zu den Hokurus. Die Maaren waren aufgestanden, klatschten und nickten ihr anerkennend zu.
Dann begab sich Domiinus ans Pult. Jetzt war es Saariia, die weinte, denn sie wusste, was nun folgen würde.
„Tja nun, das sind erschütternde Neuigkeiten gewesen, die Saariia uns verkündet hat. Ich habe große Achtung vor ihr, schon als sie früher bei uns war, ihr Herz ist am richtigen Fleck und ihre Absichten keineswegs falsch, nur scheint Supmatra noch nicht bereit zu sein für derartige Veränderungen. Meinen größten Respekt hat sie sich allerdings heute verdient, es gehört eine Menge Mut zu dem, was sie heute gemacht hat," begann er. „Was diese Marlaa angeht, ist die Sache der Saaben, aber der König wird seiner Schwester sicher beistehn," verachtend warf er einen Blick durch die Reihen der Saben. „Und nun zu meinem Sohn." Saariia schloss die Augen. „Ich bin stolz, erfahren zu haben, das er Saariia beistand und sie beschützt hat, das dies zu einer ... " er machte eine Pause und lächelte. „ ... Freundschaft führt ist nicht

verwunderlich. Auch ich werde heute meine Thronfolge bekannt geben und die Prinzessin an seiner Seite." Alles in Saariia zog sich schmerzend zusammen und raubte ihr die Luft zum Atmen. Sie sah zu Kasiim, der sein Gesicht in seinen Händen vergrub und kaum merklich mit dem Kopf schüttelte.
„Ich werde meinen Thron an Toraan, meinen Neffen und Prinzessin Almina weitergeben." Saariia schaute Domiinus an. Ihre Augen leuchteten, sie lächelte. Wischte sich die Tränen aus dem Gesicht. Kasiim hob den Kopf, wuschelte sich mit den Händen durch die Haare und grinste breit. „Ich bin König, aber auch Vater! Ich dachte ich würde Kasiim lediglich die Last des Throns ersparen können, aber wie es jetzt aussieht....Es gibt kein Gesetz in Suomatra das einem Maaren verbietet eine Hokurus zu lieben oder umgekehrt," er zwinkerte Saariia zu. „Du kannst ihn glücklich machen!" Saariia sprang von ihrem Stuhl auf und rannte in Kasiims Arme. Der hob sie an den Hüften hoch und drehte sich mit ihr im Kreis. „Ich glaub ich träume," kicherte Saariia. „Ach ja, sowas träumst du," neckte er sie. „Und dann lässt du mich das nicht wissen." Sanft ließ er sie auf den Boden zurück und küsste sie. Xelaa lief zu Reatus, der sie fest zu sich zog und ebenfalls küsste. Jukaa nahm vorsichtig Xantrias Hand. „Kein Gesetz verbietet es mit einem Maaren zusammen zu sein, wenn man eine Hokurus ist! Geh zurück." Eifrig nickte Xantria. „Das werd ich!" Alle johlten und klatschen. Nur die Saaben zogen sich stillschweigend zurück.

Zusammen liefen sie zum Wasserfall, Ariteus wartete bereits auf sie. Als der Drache Saariia erkannte, stupste er sie mit der Schnauze und neigte seinen Kopf. „Er weiß das du ihn beschützen wolltest und auch hast," sagte Reatus.
Erst flog er mit Kasiim, Saariia und Xantria zu den

Hokurus, danach holte er Xelaa und Jukaa ab.

Saariia lag in Kasiims Armen und er flüsterte ihr ins Ohr. „Kaipasin sinua niin paljon." (Ich hab dich so vermisst) „Minä sinäkin." (Ich dich auch). „Ich wollte immer in deinen Armen einschlafen," lächelte sie. „Das gibts nur hier, nur von mir, nur für dich, Liekki," raunte er. „Aber wehe du küsst je wieder einen anderen! Ich konnte es kaum ertragen." – „Ich hab ihn nicht geküsst, er hat ... ich wollte das nicht ... aber ohne diesen Trottel hätte ich es vielleicht nicht geschafft sprechen zu können," verteidigte sie sich. „Na dafür sind wir dem Trottel aber wirklich dankbar." Er küsste sie.

**Kapitel 54**

„Wo willst du hin," mummelte Kasiim verschlafen. „Ich muss noch dringend was erledigen, bin gleich zurück," sie beugte sich über ihn und küsste ihn leicht.

„Eufinra!! Bist du hier irgendwo, ich bin zurück und hätte ein paar rauchige Mäuse für dich," rief Saariia in den Wald. Ein Schrei aus einer Baumkrone und die Eule kam angeflogen. „Hat ganz schön lange gedauert," beschwerte sich die Eule, während sie die Maus verspeiste. „Ja, tut mir leid, das ganze wäre auch beinahe schief gegangen," – „Quatsch du hättest das schon geschafft, egal wie," sie schlug ihre Lider langsam auf und zu. „Hast du nicht mehr Mäuse?" – „Doch und ich hätte auch einen warmen Platz in der kleinen Hütte einer wirklich kleveren Elementarhexe, wenn du willst," grinste Saariia. „Die schnellste bist du ja nicht gerade! Ich dachete schon du fragst mich nie," plapperte die Eule. Saariia kicherte. „Na dann komm!"

„Wo kommt die Eule her," fragte Kasiim verdutzt. „Das ist Eufinra, wir haben uns im Wald kennengelernt." – „Ahh ja. Ihr habt euch kennengelernt." – „Was ist daran denn so schwer zu glauben," gurrte Eufinra. „Ähm Liekki, die Eule spricht." – „Ja ich weiß." – „Klar alles ganz normal," schüttelte er lachend den Kopf. „Blödmann!" – „Allso hör zu, Eufinra, es ist völlig ausreichend wenn die kleine, freche Hexe da mich so nennt, für dich einfach Kasiim, bekommst du das hin?" Eufinra legte den Kopf schief. „Nein!"

„Wir sollten los, Reatus wartet sicher schon," unterbrach Saariia die beiden.
Sie hatten sich alle zum Frühstück bei Reatus verabredet. Sein erster Blick fiel auf die Eule. „Oh das ist ... " – „Ich heiße Eufinra und lebe ab jetzt bei Saariia, der Elementarhexe, freut mich euch alle kennenzulernen," piepste sie. „Oh sieh einer an, eine sprechende Eule," lachte Reatus. „Ja was es nicht alles gibt, hmmm." Unschuldig hob Saariia die Hände und alle brachen in lautes Gelächter aus.
Saariia zog Reatus zur Seite: „Du hast das doch Ernst gemeint, du kannst mich zu den Konzerten bringen und wieder hierher zurück!?" – „Auf jedes! Wenn du willst, Bibi!" – „Danke," hauchte sie.

Hand in Hand liefen sie durch den Wald zurück zur Hütte, Eufinra flog über ihnen. „Wie genau kommst du zu der Eule?" – „Sie ist ganz allein, die Hexe bei der sie lebte ist verstorben, sie hat niemanden mehr. Und sie hat ne Menge dazu beigetragen, das ich mich letztendlich für die Hokurus entschieden hab." – „Ein wirklich tolles Tier, ich werd ihr ein paar extra Mäuse fangen." – „Kasiim. Ich will zu den Dimastral und die anderen Völker Suomatras kennenlernen, können doch nicht alle so bekloppt wie die Saaben sein. Kommst du mit?" Er seufzte. „Na klar, Liekki, irgendwann wirst du schon was finden was uns umbringt, der Drache hats ja nicht geschafft," grinste er. „Wie meinst du denn das?" – „Weil es mit dir, *Mit Sicherheit gefährlich* wird!"

„Blödmann ..."

\*\*\*\*

## Danksagung

Mein erster und größter Dank geht an Dich!
Danke das Du mit mir die Reise nach Suomatra angetreten bist, ich hoffe, das Lesen hat Dir genauso viel Spaß gemacht wie mir das Schreiben.

Desweiteren möchte ich

* meiner Familie für die Unterstützung und Verwirklichung meines Traumes

* meinen Testlesern
  Markus, Selina, Lorena, Manuela, Alex, Sina, Sabrina

* meinen Ideenfindern
  Kerstin, Markus, Kaktus, kleiner Käfer, Pascal

* Akin-artist für die Covergestaltung

Danken, ohne Euch wäre das nie machbar gewesen.

*Danke, Danke, Danke*

Ich hoffe wir lesen uns bald wieder im Folge-Roman:

*Suomatra mit Sicherheit gefährlich*

## **Über Rosmarie Anmalin**

Mit ihrem Debütroman
*Suomatra ein Leben in zwei Welten,*
hat sich die 50-Jährige einen ihrer größten Träume
erfüllt.

Sie lebt mit ihrer Familie in Bayern, liebt das Meer,
die Berge und Finnland.

Zudem gehören Musik und Bücher zu ihren weitern
Leidenschaften.

Mehr über Rosmarie Anmalin auf Instagram:

rosmarie_anmalin